MW01528047

À PROPOS DE L'AUTRICE

Née à Paris en 1981, Solène Bakowski a partagé sa vie entre la France et la Chine, avant de s'adonner à la littérature. Porté par une narration complice et une magie douce, *Rue du Rendez-Vous* est son sixième roman.

Rue du rendez-vous

SOLÈNE BAKOWSKI

Rue du rendez-vous

roman

Harper
Collins
POCHE

HARPERCOLLINS FRANCE

83-85, boulevard Vincent-Auriol, 75646 PARIS CEDEX 13
Tél. : 01 42 16 63 63

www.harpercollins.fr

ISBN 979-1-0339-0945-3

À celle qui a continué malgré tout.
À celui qui n'est pas loin et qui veille.

« *C'est une époque où tout le monde gueule de soli-*
tude et où personne ne sait qu'il gueule d'amour.
Quand on gueule de solitude, on gueule toujours
d'amour. Et je ne vous dis pas que l'on ne peut pas
vivre sans amour : on peut, et c'est même ce qu'il y
a de si dégueulasse. »

Romain Gary, Clair de femme

1

1929 – Soilly

Ce devait être une soirée mémorable qui changerait sa vie à jamais. Ce le fut. Mais pas pour les raisons que Denise avait escomptées.

Les trois amies s'étaient préparées en vue du bal comme pour un spectacle. Pendant plus de deux semaines, elles avaient cousu leurs robes, ciré leurs souliers, répété leurs pas de danse.

Enfin, on y était. Aux premiers signes du crépuscule, endimanchées et coiffées, Denise, Léonce et Lucienne se mirent en route en promettant à leurs parents de se tenir à carreau et de rentrer avant minuit. Promesses envolées bien sûr sitôt que Soilly fut hors de portée. La brise était trop réjouissante pour tenir ce genre d'engagement.

Et surtout, elles avaient quinze ans.

Le chemin déroulait son ruban à travers les champs jaunis. La végétation asséchée craquelait sous les semelles. Çà et là, des chiens vagabondaient la langue pendante tandis que les bovins s'obstinaient dans les cercles d'ombres rachitiques formées par les arbres assoiffés. Malgré le déclin du jour, la chaleur refusait de succomber. Si bien que, parvenues à la moitié du trajet, les trois jeunes filles firent halte près de la rivière pour se rafraîchir d'une gorgée d'eau.

Revigorées, elles s'inventèrent des cavaliers et paradèrent entre les arbres et les rochers, histoire de faire traîner ce moment magique qui précède la réalisation des rêves.

Avant de se statufier, contrites, face au père Ballin qui avait surgi du sous-bois.

— J'parie qu'vous allez à Dormans ! lança le vieux menuisier en riant sous cape.

Elles opinèrent, les mains derrière le dos, les joues gonflées d'embarras.

— Hé hé, soyez sages, les mômes ! ajouta-t-il.

Elles hochèrent la tête en arborant un minois de circonstance et observèrent l'homme qui s'éloignait en sifflotant dans la lame du couchant. Puis, n'y tenant plus, elles explosèrent d'un rire cristallin qui sonna le glas de la pause. Il était hors de question d'arriver à la fin des festivités. Elles se remirent en marche, excitées d'être si près des flonflons du bal du 14 Juillet.

Un kilomètre plus tard, la place du village s'offrait à leur vue. Les adolescentes se sourirent. Dans leurs yeux se reflétait la guirlande d'ampoules, autant de petits soleils alimentés par le réseau électrique tout neuf.

Les couples tournoyaient au son de l'accordéon, sous les cocardes et les drapeaux tricolores. Les talons crissaient sur les graviers et soulevaient la poussière. Clope au bec et béret de travers, les hommes guidaient les petits pas de java d'un air solennel, tandis que les cavalières minaudaient en prenant des poses lascives ou pompeuses. L'apprenti de la charcuterie et la fille de l'épicier chaloupaient ensemble en se tenant à bout de bras, sous les rires goguenards de quelques bambins. Assis sur un banc, un jeune vétéran battait la mesure de sa prothèse en bois, sous le regard de l'orme gigantesque.

Voix, verres et rires éclataient sur le stand de la buvette.

Captivée par le mouvement cadencé des couples, Denise sentait la musique vibrer dans son abdomen. Dormans… Jamais village n'avait si mal porté son nom. Dormir, impossible, la nuit lui appartenait.

— Il est là…, souffla Léonce alors qu'un fox-trot s'amorçait.

Ernest. Brun, teint hâlé, silhouette robuste, vingt et un ans. Il présentait un visage anguleux qu'on aurait dit taillé à la serpe, une cicatrice sous l'œil gauche, une manière bien à lui de rehausser un seul de ses sourcils qui conférait à son être un mystère viril. Une gueule et un charisme incroyables. Il n'était pas beau, il était magnétique.

Adossé contre un arbre, il fumait, entouré de sa cour. Une nuée d'admirateurs – dont nombre appartenaient à la gent féminine – bourdonnait autour de lui, comme des abeilles à proximité de leur reine.

Le cœur de Denise se gonfla de joie en même temps qu'il se serra de jalousie envers ces femmes qui se pâmaient en s'esclaffant trop fort. Plus âgées qu'elle, plus intéressantes, plus jolies.

Denise jeta un œil désabusé à sa tenue : la robe qu'elle avait assemblée avec tant d'ardeur et de fierté lui sembla soudain fade et grossière. À son image.

Elle pouvait retourner le problème dans tous les sens, elle ne faisait pas le poids. Elle n'était qu'une gamine qui trimballait ses joues rebondies de petite paysanne. Jamais Ernest ne s'intéresserait à elle et à ses yeux vairons dont tous les gosses du coin se moquaient depuis le cours préparatoire.

N'empêche, il la fascinait.

Depuis l'arrivée d'Ernest à Dormans, ils s'étaient parlé trois fois. La première, parce qu'il avait ramassé une pomme tombée de son panier ; la deuxième, lorsqu'il avait heurté son épaule un jour de marché ; la dernière, quand la chaîne de son vélo était sortie de son châssis. Denise s'était alors fait tout un tas d'idées auxquelles elle ne pouvait songer sans rougir. Ce soir, celles-ci se fracassaient sur la muraille de ces femmes aux allures de Greta Garbo.

Un coup de coude, suivi d'un second, l'extirpa de ses divagations : deux garçons sans intérêt venaient d'embarquer Lucienne et Léonce sur la piste.

Denise, elle, restait plantée là, les bras croisés sur sa robe moche.

— Tu danses ?

Allons bon, Jean. Ou la Jaunisse, comme elle le surnommait en raison de sa blondeur jaune pâle tirant sur le blême.

Jean était son voisin. Seize ans, des yeux de merlan frit dès qu'ils se posaient sur elle, un ventre gras, l'allure consternante d'un pigeon court sur pattes et le souffle saccadé d'un bœuf asthmatique.

Un fils de fermier, quoi.

Denise haussa les épaules. Danser avec la Jaunisse valait toujours mieux que de faire tapisserie. Elle se laissa embringuer sans entrain, le regard cramponné à Ernest, à son pantalon marron, à ses bretelles, à son pied droit nonchalamment posé contre l'écorce.

— On aperçoit les fondations du mémorial des batailles de la Marne ! Et t'as vu ? Ils ont presque fini de rafistoler le toit de l'église !

Jean s'efforçait d'amorcer la conversation. Il n'aurait pu s'y prendre plus mal. La der des der, Denise s'en fichait bien. Déjeuner avec son oncle et sa mâchoire démantibulée tous les dimanches lui filait déjà un sacré bourdon. Sans compter ce père, dont elle n'avait gardé aucun souvenir mais dont on lui rebattait les oreilles. Mort parmi les premiers de la fièvre typhoïde, en 1914. Même pas eu le temps de combattre. Tu parles d'une fierté. Lucienne, elle, était plus chanceuse : son amie pouvait se vanter d'avoir eu un père tué par un obus en portant secours à un camarade. Voilà qui avait du chien.

Jean poursuivait son monologue. Il parlait maintenant politique. Denise se contentait de mimiques distraites, l'attention confisquée par Ernest qui valsait à présent avec une jeune femme habillée comme à la ville, les épaules à demi couvertes d'un châle, les cheveux courts, un fume-cigarette entre ses doigts effilés.

C'est alors que les yeux d'Ernest croisèrent le regard fixe de Denise.

Le jeune homme la gratifia d'un signe de tête auquel elle répondit en mirant le sol, les oreilles échauffées de ce bonheur inespéré. Quand Denise releva le front, elle se rendit compte qu'il continuait à la reluquer.

Elle sourit. Il sourit.

Pour dissimuler son malaise et sa joie, Denise engloutit son visage rubicond dans le cou de Jean. Ce dernier, persuadé d'avoir enfin suscité une once d'intérêt dans le cœur de Nini, resserra son étreinte.

Au fil des secondes, un jeu muet s'engagea entre le bellâtre et la jeune fille : à la faveur des pas de danse, ils se rapprochaient et s'éloignaient, pour toujours mieux se frôler. Denise ne dansait plus, elle volait.

Lorsque l'accordéon entonna un autre air, la jeune fille pria pour qu'Ernest l'enlève des bras de Jean. Mais le jeune homme se borna à choisir une autre partenaire parmi les membres de sa clique. Le manège se poursuivit néanmoins entre eux le temps de plusieurs mélodies, à l'insu de leur partenaire respectif. Ils s'approchaient, s'éloignaient, s'effleuraient, se retrouvaient.

Jusqu'à ce que Nini finisse par le perdre de vue.

Son cœur dégringola.

— Tu cherches quelqu'un ? s'inquiéta la Jaunisse, couvert de sueur.

Elle mentit.

— C'est juste que j'ai soif.

Il lui proposa d'aller chercher à boire ; elle accepta, soulagée de se débarrasser de l'encombrant.

Près d'elle, des jeunes gens reprenaient des forces en s'aspergeant d'eau, vautrés sur les rebords de la fontaine. Un type frimait, debout sur un des bancs en pierre.

— Jaunisse t'a à la bonne, railla Léonce.

— Oh ! je t'aime ma Denise, renchérit Lucienne, moqueuse, avec une emphase de tragédienne.

Mais Denise n'était pas d'humeur à plaisanter. La déception lui cuisait le ventre.

Soudain, elle aperçut Ernest. Qui la dévisageait de ses yeux de mystère depuis l'autre côté de la piste.

Elle le vit jeter son mégot par terre et fendre la foule d'un pas assuré.

Dans sa direction.

Elle crut défaillir.

Sans prononcer un mot, le jeune homme saisit son poignet et la mena au milieu des danseurs, sous le regard éberlué et presque envieux de Lucienne et Léonce.

Nini ne distinguait plus ni la musique ni les vibrations des danseurs. Évanouies, les remarques persifleuses de ses amies. Disparus dans la foule, Jean et ses verres.

Il n'y avait plus qu'Ernest. L'étreinte de ses bras forts. Son odeur de tabac, d'eau de Cologne et de transpiration subtile. Ses pas de danse parfaits, ses gestes sûrs. Et les frissons qui la parcoururent de haut en bas quand il embrassa son cou.

La gorge sèche de stupeur délicieuse, les jambes flageo-lantes, elle le suivit sans rechigner à l'ombre d'une grange.

Il y eut l'assaut de ses baisers ardents ; ses mains expertes, empressées, sous sa robe et au-delà.

Tiraillée entre la volupté abyssale qui s'ouvrait en elle, la crainte et la pudeur, elle s'arrima aux yeux noirs du jeune homme. Il lui sembla y lire des mots d'amour auxquels elle voulut croire.

Alors elle capitula, confiante.

Dix minutes plus tard, l'affaire était terminée.

— T'es mignonne, lui dit-il en caressant sa joue.

Puis :

— Vaut mieux pas qu'on y retourne en même temps, ça jaserait.

Il l'abandonna, tout étourdie, sur la motte de paille où elle patienta, docile, comme il le lui avait demandé. Jugeant que le temps était venu, elle se releva et arrangea sa robe que l'envoûtement de l'instant embellissait. Elle se dirigea ensuite vers la piste, chancelante de bonheur, des tiges de blé dans les cheveux.

Ernest tournoyait dans le musette avec une de ces femmes aux allures de gravure de mode.

Il ne l'aimait déjà plus.

L'œil bleu de Denise s'assombrit tandis que le marron pleura sans bruit. Un « clac » retentit dans sa poitrine. Le cri de son cœur qu'on venait de piétiner.

Neuf mois s'étaient écoulés. La pluie frappait le bois des volets fermés. Denise se tordait de douleur dans son lit en mordant un coussin. Sa poitrine montait et descendait à la lueur d'une bougie vacillante.

— Allez me chercher une bassine d'eau chaude et des linges propres, ordonna le docteur.

Georgette obéit et déposa une cuvette en fer remplie d'eau bouillie sur la table de chevet. Elle se posta ensuite près de la porte où, inutile, elle se mit à nouer un torchon entre ses doigts inquiets.

La nuit s'étirait dans la chambre sombre. La flamme projetait des ombres démesurées sur la grande armoire centenaire.

Denise poussait en grognant. Ses yeux vairons roulaient dans leurs orbites. Georgette s'approcha et passa avec tendresse un tissu humide sur le front transpirant de sa fille. Denise chassa la caresse maternelle d'un réflexe, avant de se raviser et de tendre le bras à la recherche de la présence rassurante. C'était encore une fillette, au fond. Une fillette qui s'apprêtait à avoir un enfant.

L'impuissance rendait Georgette nerveuse. Elle qui n'était plus croyante depuis belle lurette psalmodia une prière en lorgnant du côté du crucifix suspendu au-dessus de la porte.

Denise râla et une tête apparut. Suivie d'un corps. Puis de l'annonce, teintée d'anxiété parce qu'un silence de mort s'était invité dans la pièce.

— C'est un garçon…

Une tape experte claqua les fesses toutes neuves. Un cri explosa. L'enfant vivrait.

— C'est un garçon, répéta le médecin d'une voix plus assurée.

Georgette enveloppa le bébé hurlant dans une couverture brique tandis que le docteur terminait son affaire entre les cuisses de Denise. Exténuée, l'adolescente le regardait trafiquer son intérieur avec des yeux bovins.

Le nouveau-né continuait de vagir à pleins poumons.

— Mettez-le au sein de sa mère.

Georgette tendit l'enfant à Nini. Comme cette dernière ne réagissait pas, la mère dégrafa d'autorité la blouse de sa fille et cala le nourrisson sur la poitrine transpirante de l'accouchée.

L'enfant chercha le téton en vain et se rabattit sur le vide. Sa fureur empira. Alors Georgette le guida sur le sein de sa fille. Les gémissements de satisfaction du bébé émurent la grand-mère dont les paupières se gonflèrent de larmes attendries.

Denise, elle, grimaçait de douleur. Visage exsangue, lèvres livides, cernes creusés, yeux obstinément rivés à l'armoire, en face, aux pieds du lit, aux volets clos et au sol, enfin, partout pourvu que l'enfant ne s'y trouvât pas.

Le nourrisson, retenu au giron de sa mère par la seule grâce de la couverture brique, cherchait à empoigner la peau de Nini. On n'échangeait pas un mot. Les gazouillis de succion emplissaient la chambre et se mêlaient aux plaintes du parquet.

Quand la grande pendule du salon sonna 1 heure du matin, le docteur suggéra de donner un nom au bébé.

Pas de réponse.

— Nini, insista Georgette en replaçant la couverture sur l'enfant, tu as entendu ? Comment que tu veux l'appeler, ton p'tit ?

Denise gonfla ses joues et fit un bruit de pet avec sa bouche. Cette fois, Georgette perdit patience :

— Alors ce sera Marcel, décréta-t-elle en récupérant l'enfant.

Ils sortirent de la pièce. Restée seule, Denise se recroquevilla en chien de fusil. Genoux repliés près de son menton, elle grelottait. Un peu de froid, un peu de peur, un peu de rage.

Elle se répéta qu'elle était la mère d'un petit Marcel. Elle jugea que ça ne sonnait pas très bien.

Elle entendit les pas s'éloigner, les portes claquer, les échanges de politesses sur le seuil. Elle en déduisit que la pluie avait cessé. La voix rauque du vieux médecin traversa les volets clos.

— Ne vous en faites pas, Georgette, elle est si jeune, laissez-lui le temps, elle finira par l'aimer.

Denise fit la moue. Chercha l'amour au fond de ses entrailles. N'y trouva que de l'indifférence. Quand elle entendit les pleurs de son fils, elle se couvrit la tête de son oreiller, fustigeant le manque de courage qui l'avait empêchée de choisir le rocher le plus haut, le jour où elle avait essayé de faire passer l'enfant.

Trois semaines depuis l'accouchement. Trois semaines que Denise croupissait d'ennui et sentait sa jeunesse se ternir en voyant le printemps se déployer sans elle.

Le bébé avait un appétit d'ogre que ses seins menus ne parvenaient pas à combler. À croire que cet enfant avait juré de lui pomper toute sa substance.

Georgette houspillait sa fille. « Tu exagères, c'est rien qu'une question de volonté, tout ça. » Mais la volonté avait bon dos. Quand le nourrisson souriait aux anges ou serrait le doigt de Denise, ça ne lui faisait ni chaud ni froid. Elle avait pourtant essayé de l'aimer. Mais ça ne venait pas. L'amertume des premiers temps s'était muée en une totale indifférence.

Ainsi que l'on exerce mal un métier que l'on n'apprécie guère, elle emmaillotait l'enfant n'importe comment, se bornait à le nourrir à heures fixes avec la régularité d'une éleveuse de vaches, traînait pour l'extraire de son berceau, ne le regardait pas, ou alors si, quelquefois, mais comme une chose insolite, une bestiole mal dégrossie.

L'idée d'écouter sa respiration, la nuit, ne lui traversait pas l'esprit.

Elle disait « lui » ou « le bébé » sans jamais prononcer son prénom. Pas de « mon » bébé, cela va sans dire.

Heureusement, Georgette palliait l'absence de tendresse. Ses mains rêches, abîmées de besogne viticole, caressaient l'enfant et s'assuraient qu'il ne manque de rien. Pour autant, la grand-mère ne pouvait être sur tous les fronts. Faire vivre sa famille était, depuis son veuvage prématuré, un travail qui l'accaparait à plein temps.

Ce soir-là, le feu crépitait dans l'âtre et diffusait une chaleur bienveillante dans la grande pièce où Nini cafardait. La jeune fille se balançait sur la chaise à bascule, un édredon sur les jambes. Face à elle, le buffet ventru, le jambon accroché à la poutre et, en dessous, penchée sur la table de bois épais, Georgette bourrant de chutes de tissu une poupée en laine tricotée pour son petit-fils.

C'est à cet instant que Denise prit sa décision. Après tout, il s'agissait de son fils, on le lui avait suffisamment répété, elle pouvait donc en disposer comme bon lui semblait.

Aussi, dès que la paysanne fut assoupie, la jeune fille emballa soigneusement l'enfant dans sa couverture brique. Elle sacrifia la robe du 14 Juillet d'un coup de ciseaux net. De ce vêtement qui l'avait rendue si désirable et qu'elle aimait bien enfiler de temps en temps pour se remémorer l'étreinte elle confectionna un lit moelleux au fond d'un panier.

Elle attrapa la poupée en laine dont elle cousit rapidement les bords pour que la bourre ne s'en écoule pas. La blottit contre l'enfant. Ferma discrètement la porte. Et s'engagea sur le chemin de Dormans, son frêle esquif dans les bras.

La pleine lune éclairait les champs étales parsemés de corps de ferme alanguis. Des pompons de fumée s'échappaient des cheminées et s'élevaient vers la lune.

L'enfant poussa de petits gémissements. Sans le sortir du panier, Denise le berça, malhabile, à grand renfort de « Chuuuut » et de supplications.

— Tais-toi, s'il te plaît…

Mais le bébé, tenaillé par la faim – et peut-être aussi par l'intuition –, se contorsionnait de pleurs. Alors, parvenue au bord de la rivière, Denise s'assit sur un caillou et allaita le nourrisson. L'air d'une berceuse lui vint tout à coup. Une vieille mélodie dont elle avait oublié les paroles. Elle en inventa.

Repu et apaisé, l'enfant s'endormit dans la tiédeur de sa mère, la bouche en cœur et les commissures blanches de lait. Denise le repositionna dans le panier et se remit en route, en tâchant de ne pas trop secouer son chargement.

Le vent s'engouffra dans les frondaisons. La forêt, dense et serrée, se gondola ; les arbres bruissèrent et se figèrent dans des postures de créatures tordues. Au loin, une chouette hulula. L'adolescente frissonna et accéléra la cadence. Elle inspirait pour contrôler ses émotions : surtout, ne pas courir, cela éveillerait le bébé.

À Dormans, la place du village était déserte. La brise dessinait des ronds dans l'eau de la fontaine où se reflétait la lune. Les deux bancs de pierre usés par le derrière des vieux attendaient l'aube sous l'orme tentaculaire.

Les images du bal jaillirent comme une remontée acide et tordirent le ventre de Denise. Mais elle se consola aussitôt avec les moyens du bord : après tout, elle avait tenu Ernest entre ses cuisses et pouvait se targuer d'avoir partagé un morceau d'intimité avec lui. Toutes les filles ne pouvaient pas en dire autant.

La fierté inonda sa poitrine, ses entrailles se décrispèrent.

De l'autre côté de la place s'élevaient les contours sévères de l'église. Le bâtiment, écorché par les combats, avait recouvré sa majesté d'avant-guerre. Dix ans après l'armistice, les jeunes mariés n'échangeaient plus leurs vœux sur le marbre d'un autel défoncé.

Denise ne put s'empêcher de s'imaginer devant le curé, en voile et robe blancs, au bras de son bel Ernest.

Mais, après le bal, il avait disparu de la circulation, parti se fabriquer une vie à Paris, à ce qui se racontait.

Nini chassa ces pensées stupides d'une respiration excédée et avança d'un pas résolu vers l'entrée. Elle déposa son fardeau sur le large perron où, chaque dimanche matin, les athées attendaient la fin de la messe en se moquant des culs-bénits.

Elle toqua de toutes ses forces à la grande porte.

Et détala.

— Où qu'il est, Marcel ?

Ce fut avec ces mots que Georgette cueillit sa fille sur le seuil. Cette dernière baissa la tête.

— Qu'est-ce que t'as fait de ton fils ? insista la grand-mère, tremblante de fureur, en secouant les épaules de l'adolescente.

D'une voix faible, Denise, penaude, avoua l'abandon devant l'église.

Une gifle monumentale s'abattit aussitôt sur sa joue. Jamais la mère n'avait cogné la fille.

— Mais j'ai tout bien fait, se défendit Denise, hystérique, écumant de larmes, la paume sur sa peau échauffée. Il aura pas froid, je lui ai mis ma robe, il a la poupée que tu lui as tricotée, je lui ai même donné à manger…

Une pluie de coups et de vociférations la contraignit au silence. La colère déformait le visage de Georgette :

— Pourquoi que t'as fait ça, hein, folle ? Je suis là, moi, t'es pas toute seule, je m'en serais occupée, de ton fils ! On n'abandonne pas un enfant ! Jamais, tu m'entends !

— C'est le mien, d'enfant ! hurla Denise. C'est à moi de décider ! C'est ma vie !

« Clac », la nouvelle taloche sur le museau de Denise.

« Clac », la porte.

Fichu sur les épaules, Georgette se précipita sur la route de Dormans, priant tous les saints auxquels elle ne croyait qu'en temps de crise de lui permettre d'arriver avant qu'il fût trop tard.

Pas rancuniers, les saints l'exaucèrent. Aussi trouvat-elle Marcel dans les bras d'Yvonne, la bonne du curé.

— T'as de la chance que ce soit moi qui sois tombée dessus, articula la petite femme dodue entre deux gazouillis à l'intention du bébé.

Georgette refit le chemin en sens inverse, toujours furibonde, quoique rassérénée du petit miracle de tenir le nourrisson sain et sauf contre son flanc. Sa Denise n'avait décidément pas plus de plomb dans la tête qu'un perdreau tombé du nid. Georgette espérait que cette histoire lui servirait de leçon et que sa fille finirait par réfléchir dans le bon sens.

Mais, à son retour, elle trouva la maison vide. De Nini ne subsistait plus qu'une chambre délestée de quelques affaires.

2

Voilà pour le premier début.

Parce que tout ce qui est arrivé hier a donné naissance à ce qui arrive aujourd'hui. De tout ce qui arrive aujourd'hui découle ce qui arrivera demain. Quoi que nous fassions, et peu importe le degré d'indépendance et de liberté que nous revendiquions, nous sommes toujours l'enfant de quelqu'un ou de quelque chose.

Comme dans la théorie des dominos, notre vie regorge de causes qui donnent des effets. Mais la comparaison s'arrête là : les dominos souffrent d'une prévisibilité déprimante, quand les effets dans nos vies se révèlent souvent surprenants.

L'histoire que je m'apprête à vous raconter n'est ni triste ni gaie ; elle alterne des moments de joie intenses et des drames ; elle arrange des sourires entre les larmes, et vice versa.

Pas de ténèbres sans lumière, pas de lumière sans ténèbres. Parfois, d'ailleurs, et c'est sans doute là que réside le sel de l'entreprise, la lumière n'a pas la tête de l'emploi.

Sautons donc à l'autre début. Puisque, de 1929 à nos jours, il n'y a qu'un pas. Un saut de puce à l'échelle de l'histoire de la planète sur laquelle nous vivons, vous et moi.

*

C'est l'automne, le ciel est maussade, il est 13 h 39. Comme presque tous les jours depuis une quinzaine d'années, Julien Grand conduit son RER en méditant, en vrac, sur la location des prochaines vacances, sur l'anniversaire de sa femme, sur sa fille qui grandit trop vite.

Tout à coup, la rame s'immobilise dans un vacarme métallique et ses pensées se désagrègent. La régie informe Julien Grand avoir coupé l'électricité sur l'ensemble de la ligne car des intrus ont été aperçus sur la voie. La procédure est bien rodée, le trafic reprendra dès qu'ils auront été évacués.

Le cheminot indique aux voyageurs la raison de leur arrêt forcé et leur demande de ne pas tenter d'ouvrir les portes. Il conclut par un « Je vous remercie de votre compréhension » distrait. L'habitude.

Comme cela s'éternise, Julien Grand fredonne dans le micro pour passer et faire passer le temps. Il chante faux mais peu importe, si on n'autorisait que les bons chanteurs à donner de la voix, ça ne chanterait pas beaucoup dans les chaumières.

Dans les wagons, deux ou trois râleurs mis à part, la majorité des voyageurs affichent une incrédulité charmée. Les secondes s'étirent et, de part et d'autre, on commente en s'échangeant des sourires de connivence. Un adolescent a retiré les écouteurs de ses oreilles, une quadragénaire dodeline de la tête, un homme en costume-cravate tape du pied au rythme de la chanson. L'attente prend une tournure guillerette.

Il est 13 h 46 lorsque Julien Grand se rend compte qu'il a épuisé son répertoire. À défaut d'autre chose, il soliloque une blague de Toto. Il n'entend pas les rires qui émanent des voitures de derrière mais il les suppose et ça suffit à le rendre heureux.

Il annonce ensuite un entracte de deux minutes, le temps de s'hydrater et de retrouver un semblant d'inspiration. Comme faire le spectacle lui a donné chaud, il entrouvre la porte de sa cabine. Il observe le ciel qui s'assombrit. Il a beau ne pas aimer les parkas, acheter un manteau étanche ne serait pas du luxe.

Enfin, l'enceinte crépite que l'incident est clos. D'ici quelques minutes, quand la régulation aura achevé de remettre la bonne distance entre tous les trains, la tension électrique traversera de nouveau les rails et on repartira.

Julien Grand s'apprête à passer le mot aux voyageurs quand il sent une main le tirer vers l'arrière et l'entraîner hors de sa cabine. Pris de court, pétrifié de sidération, il ne se débat pas et se recroqueville comme un chien apeuré. De toute façon, ils sont trois et il est seul.

Ainsi Julien Grand est-il roué de coups puis balancé, inconscient, dans un fourré.

Pas mort mais pas loin.

À 14 h 10, l'agression est constatée, Julien Grand évacué. À 14 h 30, les cheminots rentrés aux entrepôts font valoir leur droit de retrait, rapport à la sécurité qui se dégrade et aux moyens qu'on leur refuse. Les collègues sur le terrain sont prévenus. Une heure plus tard, le mouvement gagne la régie. À 17 heures, plus un train ne part du dépôt. À 17 h 30, les agents du Réseau des transports parisiens annoncent qu'ils stoppent à leur tour le travail pour une durée indéterminée et pour des raisons similaires, auxquelles viennent s'ajouter des revendications plus anciennes mais toujours d'actualité.

À 18 h 30, tandis que des gouttelettes de pluie pointillent le bitume, les taxis et les chauffeurs VTC se joignent aux protestations et démarrent une opération escargot. À 19 h 30, le trafic est paralysé, l'Île-de-France croule sous les bouchons, les artères de Paris sont impraticables, la capitale n'est plus qu'un klaxon ininterrompu.

À 19 h 35, toutes les rédactions sont sur le pied de guerre pour couvrir la confusion que personne n'avait vue venir. Des journalistes sont postés à tous les coins de rue et tendent des micros à des passants excédés de froid et d'humidité.

*

Pendant que la ville grogne, Avril Diakité est chez lui, dans la petite chambre de bonne sous les toits qu'il loue une fortune. Il a étendu à qui mieux mieux ses vêtements de travail jaune et vert sur le fil à linge tiré entre le haut de la cabine de douche et le coin de l'unique fenêtre.

Il vient de brancher le fer à souder. Il faut patienter plusieurs minutes pour qu'il soit chaud. En attendant, assis sur son clic-clac, Avril met un dernier coup de crayon au dessin qu'il a commencé un peu plus tôt, quand il buvait son café dans la boulangerie en bas de son immeuble.

En France depuis sept ans, il est éboueur. C'est un boulot, on ne peut pas dire que ça lui plaît mais il y met du cœur, il fait coucou aux gamins fascinés par le camion-poubelle, il aide les gardiens d'immeuble à rentrer les containers, il caresse les chiens qui passent. Parce que, quitte à faire quelque chose, autant le faire bien, sinon ça n'en vaut pas la peine.

Bien sûr, quand il a débarqué à Paris, il avait d'autres ambitions. Mais rester au cul du camion et crocheter sans réfléchir les poubelles aux grappins de la compactrice lui laisse le temps de rêver. Et rêver, ça lui donne l'impression d'être libre. Alors il s'en accommode et il attend son heure. Et si ça ne vient pas, tant pis, ce n'est pas la fin du monde.

Quand, dans la journée, il ne travaille pas, il boit des hectolitres de café et il dessine, installé sur un des mange-debout de la boulangerie Patach'. Il ne rentre dans son appartement que lorsqu'il n'a plus le choix. Dix mètres carrés, c'est trop petit pour ses rêves, c'est un coup à ce qu'ils s'accoutument à être en cage.

Ce soir, donc, tandis que le fer à souder monte en température, il crayonne, absorbé par la vision de la boulangère qui lui sourit toujours sans toutefois sembler le voir.

Descendons à présent de quelques étages, jusqu'au rez-de-chaussée. À la boulangerie Patach', Alice Beausoleil, vendeuse, accueille Mlle Aristide qui vient de débarquer, essoufflée, les lunettes recouvertes de buée. La faute à la pluie et à la différence de température entre l'extérieur et l'intérieur.

Mlle Aristide est une habituée. Chaque lundi, elle fait mettre de côté sept croissants, sept quiches lorraines et trois Tradition et demie. Elle congèle puis décongèle, au rythme de ses besoins.

— Je craignais qu'il vous soit arrivé quelque chose quand j'ai vu l'heure, dit Alice.

— C'est juste qu'avec tout ça j'ai dû rentrer à pied, alors, forcément, j'ai mis plus de temps. Mais merci de m'avoir attendue pour fermer. Je ne vous ai pas mise dans l'embarras au moins ?

Alice secoue la tête, elle n'est pas à cinq minutes près. Ni à dix, ni à quinze.

Mlle Aristide récupère sa marchandise et essuie ses lunettes en maugréant que l'hiver va être rude. Elle remplit ensuite un chèque d'une écriture en pattes de mouche.

— La même chose pour la semaine prochaine ? s'enquiert Alice, pour la forme, en ouvrant son carnet de commandes.

— Oui, s'il vous plaît.

Alice note, au cas où elle tomberait malade et que quelqu'un doive la remplacer au pied levé. Pour le « au cas où », elle précise entre parenthèses que les croissants doivent être bien cuits au contraire du pain qui, lui, est apprécié bien blanc.

La quinquagénaire aux cheveux filasse claudique vers la sortie. Alice lui emboîte le pas. Sur le perron, la vendeuse attrape la grande ardoise qui annonce les sandwichs du jour en songeant déjà à ceux qu'elle inscrira demain.

— À lundi, bonne soirée, mademoiselle Aristide ! sourit Alice.

— Bonne soirée à vous, réplique la cliente en s'éloignant. Et bon courage pour la fermet…

La phrase se perd dans les hoquets d'une sirène d'ambulance. Alice plisse les paupières pour adoucir ses tympans et soulève l'ardoise.

Elle appuie ensuite sur le bouton commandant le rideau de fer et ferme la porte électrique. Le tumulte de la rue ainsi tenu à distance, Alice respire mieux : c'est que le bruit l'effraie et que le chahut la perd.

Elle compte sa caisse, bercée par le calme des pièces tombant dans le tiroir, et se remémore les transactions de la journée.

Le libraire venu acheter sa tarte au citron meringuée pour le goûter, l'employé du bar-tabac et sa part de flan « sans trottoir, s'il vous plaît », le fleuriste qui a récupéré en coup de vent son pain complet tranché, l'éboueur vêtu comme une pomme granny qui s'installe des heures durant sur le mange-debout et boit son café en griffonnant, l'homme du kiosque à journaux avec les deux pains aux graines, la vieille dame et son déambulateur qui arbore une mine revêche dès qu'elle croise la jeune maman et sa poussette – « Vous comprenez, les gosses, entre leurs mains collantes et leurs postillons pleins de morve, c'est insupportable ».

La comptabilité achevée, Alice recopie les commandes du lendemain sur des bons qu'elle dispose dans le laboratoire à l'intention des boulangers et des pâtissiers. Fidèle à son habitude, elle gribouille des zigouigouis sur les tickets. Ça mettra du baume au cœur aux gars qui prendront leur poste dès l'aube.

Elle trie ensuite les restes. D'un côté, ce qui est du jour et peut repasser le lendemain. De l'autre, ce qui est voué aux ordures. De ceux-là elle fait deux pochons, un pour elle et un autre qu'elle donnera à Maurice, le clochard du coin de la rue. Pour ce dernier, elle s'efforce de soigner la présentation, saint-honoré dans un joli paquet monté, petite serviette autour du sandwich crudités-thon dont elle a retiré la mayonnaise parce qu'il ne la digère pas. Ça fait râler son patron mais elle s'en fiche.

C'est l'heure du ménage. Alice astique, passe le balai et la serpillière sur le carrelage. Ça sent le bonbon à la fraise noyé dans la Javel.

Quand elle a terminé, Alice contemple la boutique immaculée avec satisfaction. Une bonne journée de faite. Une journée de plus en moins.

Elle éteint la lumière comme on éteint des projecteurs. Elle passe la porte de l'arrière-boutique et, telle une comédienne, sent son ventre se tordre à la perspective de quitter la scène.

Dehors, le vent charrie un air froid. Alice frissonne et remonte le col de son manteau. Elle ouvre son parapluie rouge et presse le pas au son tonitruant des avertisseurs.

Comme tous les soirs, elle tourne à l'angle de la rue, s'avance vers Maurice et lui donne le paquet. Comme tous les soirs, elle lui souhaite bon courage et, comme tous les soirs, le SDF a cette phrase, simple, qui réchaufferait n'importe qui mais qui la transperce pourtant : « Merci pour votre sourire, mam'zelle, z'êtes quelqu'un de bien. »

Parce que Alice est un mensonge. Et son sourire, une belle escroquerie.

— Ça va aller avec ce froid ? lui demande-t-elle, prise de scrupules.

Il se marre, en désignant la bâche sous laquelle il se calfeutre, un bouquin corné et sa lampe frontale.

— Mais oui, bien sûr, ch'uis pas malheureux moi, ch'uis équipé, au chaud, dans mon palais. Y en a qu'ont même pas ça !

Alice se dirige à présent vers la bouche de métro dont l'accès est bloqué par une grille. Alors elle change son fusil d'épaule et zigzague entre les véhicules immobilisés vers la station de bus où une vingtaine de gens pétris d'espoir s'agglutinent. Mais l'un d'eux, brandissant l'application RATP de son smartphone, balaie leurs illusions : « Mesdames et messieurs, nous vous rappelons qu'en raison du mouvement social, aucun bus ne circule. » La vingtaine de gens soupirent comme un seul homme. Certains s'éloignent, front bas sous les parapluies ou les capuches, d'autres postillonnent sur leur téléphone portable.

Alice, elle, n'appelle personne. Depuis cette horrible journée, son répertoire s'est vidangé sec.

Elle habite loin, à deux métros, un RER et deux bus de là. Elle a déjà songé plusieurs fois à changer de travail pour se rapprocher du studio qu'elle loue en banlieue. Mais elle aime son métier, elle a ses habitudes, ses clients, et, si on sait ce qu'on perd, on n'est jamais sûr de ce qu'on gagne. *Dixit* sa mère.

Alice s'attarde donc sur le carrefour encombré de voitures et de scooters. La station de Vélib' est vide. Une seule trottinette électrique. Qui gît sur le bas-côté, le coffre de la batterie béant sur des fils arrachés.

Après tout, on lui a fait des jambes, alors autant s'en servir. Ça aussi, c'est de sa mère qu'Alice le tient.

La jeune femme dégaine son smartphone, essuie à l'aide de sa manche les gouttelettes de bruine sur son écran, indique sa ville, le nom de sa rue, et examine le tracé du chemin que le GPS lui propose.

Et, comme tout le monde autour d'elle, elle se met en route, son petit sachet au bout du bras et, au cœur, la désagréable impression que les gens marchent en sens inverse pour se diriger tout droit là où elle ne va pas, vers des couleurs qu'elle ne discerne plus.

La grève n'y est pour rien, ce sentiment ne date pas d'aujourd'hui.

Alice prend une inspiration et baisse la tête.

Soudain, une rafale de vent retourne son parapluie. Alice avise tristement le morceau de toile arraché de l'armature. Elle ne se doute pas un instant qu'on l'attend.

3

— Oh ! regarde, on dirait qu'Alice sourit aux anges, s'est émerveillé son père, penché sur son berceau à la maternité, deux heures après l'accouchement.

« Clic », photo.

— Souris à papa, Alice ! a demandé sa mère en lui désignant l'objectif, derrière le gâteau d'anniversaire planté de deux bougies fontaines.

Alice a souri.

« Clic », photo.

— Souriez, les enfants ! a commandé Mme Froment, le jour de la photo de classe.

Alice a souri et, tout en souriant, elle a passé sa langue dans le creux laissé par ses dents de lait.

« Clic », photo.

— Mais enfin, une chute, c'est quoi ? C'est rien du tout, hop, on arrête de se lamenter et on recommence ! a fulminé sa mère quand Alice a raté son freinage en rollers.

Son père lui a lancé un clin d'œil et a murmuré :

— Alice, je te promets que ces rollers sont magiques et qu'ils te porteront si tu souris.

Sa mère a fait la grimace, Alice a souri. Elle n'est plus tombée. Son père avait raison. Elle a souri de plus belle. « Clic », photo.

— Fais-moi un petit sourire, Alice, on se revoit bientôt… a supplié son père sur le seuil de l'appartement lorsque sa mère, une nuit, a décidé qu'elles iraient vivre ailleurs.

Alice a souri entre deux larmes. Il n'y a pas eu de photo.

— Veux-tu bien sourire un peu, ce n'est quand même pas le bagne d'avoir les cheveux courts, ça ira plus vite le matin ! s'est agacée sa mère dans le miroir du coiffeur.

Alice a regardé la montagne de cheveux châtains qui jonchaient le carrelage et elle a souri.

« Clic », photo. Le coiffeur s'en est servi pour la publicité dans le mensuel local.

— Ce n'est rien, les princesses aux cheveux courts sont plus rares, c'est pour ça qu'elles sont encore plus précieuses, l'a embrassée son père.

Comme son père sentait bon l'eau de toilette et que ses bisous étaient moelleux, Alice a souri sans qu'il le lui demande.

— Il faut sourire, ma puce, parce que tu as le plus beau sourire qui soit et parce que la vie sourit à ceux qui sourient. Souris, pour voir. Souris pour moi, a sangloté sa grand-mère, le jour de l'enterrement de son père.

Alice s'est forcée à sourire. Pour faire plaisir.

Depuis, elle sourit, pourvu qu'on lui parle ou qu'on la regarde, elle sourit pour les autres, pour qu'ils soient contents.

En public seulement.

Sitôt qu'elle est seule, son sourire se dégonfle comme un ballon crevé.

4

Les phares zèbrent les façades et les visages. Les lueurs se reflètent sur le béton humide. L'eau dégouline le long des caniveaux : il faut enjamber des ruisseaux pour se hisser sur le trottoir.

Les klaxons vocifèrent et les gens pestent. Ce qui ne fait pas avancer le schmilblick d'un iota. Là, deux hommes s'insultent et se menacent. Ici, une femme tire sur la laisse de son chihuahua apeuré dans les vapeurs des pots d'échappement.

Soudain un éclair fend le ciel. Flash. Photo.

Alice compte les secondes, comme le lui a appris son père. Un, deux, trois, quat… Le tonnerre gronde, l'orage n'est pas loin.

Déjà des gouttes de pluie s'écrasent sur ses baskets à la manière de grenouilles molles. Alice lève des yeux inquiets en direction des cumulus quand, au même moment, les nuages explosent en une averse serrée, poussant les piétons à se masser sous les porches.

Alice, elle, se cale sous le store replié d'un maraîcher. Elle songe à Maurice, à sa bâche qui ne tiendra pas, elle croise les doigts pour lui, à distance. Sous ses dehors triviaux et rustres, Maurice est un homme gentil, doux et délicat. Elle le sait parce que, lorsqu'elle termine plus tôt, elle s'assoit à côté de lui sur le banc et taille le bout de gras pendant que, autour, les passants, indifférents, passent. Maurice, c'est toute une histoire.

Partageant son abri de fortune, un gamin chouine et balance des coups de pied qui l'arrosent. Sa mère le rabroue en s'excusant. Alice sourit. Évidemment.

Le déluge redouble d'intensité. Las d'attendre la survenue peu probable d'une accalmie, des gens filent sous les trombes de flotte.

Alice a encore une longue route à parcourir. À ce train-là, elle va dormir dehors. Alors elle se résigne. Après tout, selon sa mère, personne n'a jamais fondu à cause de la pluie.

Alice se met à courir à son tour. Droite, gauche, encore à droite, conformément au liseré gris de son écran, Alice poursuit son chemin au pas de gymnastique, aveugle à ce qui l'entoure. Sur le bitume détrempé miroitent les néons fluorescents des vendeurs de kebabs. Il manque une lettre sur l'enseigne de La Poste.

Elle s'arrête soudain.

Devant elle, une rue sombre flanquée d'une barrière et d'un panneau sens interdit, sous lequel un écriteau « sauf riverains » a été ajouté.

Au-delà de la palissade, aucun lampadaire n'est allumé. Malgré les deux minuscules points de lumière qu'Alice discerne au loin, un en bas à gauche, l'autre en haut à droite, l'obscurité est si profonde que Paris même paraît avoir déserté l'endroit.

Elle sort à nouveau son portable et vérifie qu'elle ne s'est pas trompée de route. Mais force est de constater qu'il n'y a pas d'erreur, elle est bien à l'entrée de la rue du Rendez-Vous.

C'est un joli nom pour une rue aussi sinistre.

À proximité de la barrière, un panneau publicitaire offre une représentation réalisée par ordinateur de ce que l'endroit deviendra dans les prochaines années : une rue piétonne, large, bordée de bâtiments immaculés aux grandes ouvertures, autour d'un superbe chêne. On promet même un parc arboré avec un toboggan, un parking, un supermarché bio. Un programme ambitieux, à des années-lumière du décor actuel.

Comme elle n'a pas le choix, Alice s'engage dans l'artère moribonde. Les bulldozers sont passés par là. La carcasse métallique de l'un d'eux s'élève d'ailleurs entre des montagnes de gravats. Il reste à peine un bâtiment sur deux. Un affichage collé aux façades de ceux qui tiennent debout annonce leur destruction prochaine. Fenêtres murées, portes condamnées, tags à tous les étages, volets dégondés, pavés arrachés. Une atmosphère désolante de fin du monde.

Alice déglutit et ralentit sensiblement, hypnotisée par les contours des ruines dessinés par l'obscurité. Elle s'attarde un instant sur un lavabo ancien dont l'émail suintant de pluie brille sous la lune, entre papiers déchiquetés et collines d'éboulis.

L'averse s'est calmée. À présent, l'eau martèle les toits éventrés et les cadavres de gouttières.

Inquiète, Alice pivote en direction de là d'où elle vient. Là-bas, à moins de cinquante mètres, par-delà le panneau publicitaire, les phares, les enseignes, les klaxons, Paris. *Versus*, de l'autre côté, l'affligeante rue du Rendez-Vous où se dresse, au milieu du cimetière de béton, le squelette d'un arbre dénudé.

Elle entend un chat miauler, une cannette rouler puis s'échouer quelque part, les gouttes goutter. Elle en a la chair de poule.

À nouveau, elle consulte son écran, en vain, le smartphone est formel, c'est par là, ne rêve pas, Alice, pas moyen de biaiser.

Déjà la pluie reprend des forces.

Alice focalise sur les deux points de lumière, deux sémaphores dans l'océan de son angoisse. Ses yeux se cramponnent à l'un d'eux, au rez-de-chaussée d'un immeuble branlant dont toutes les fenêtres à partir du premier étage sont bouchées.

Huisseries à la peinture craquelée, petite marche en pierre devant une petite porte, carreaux sans double vitrage, l'endroit est une boutique ancienne.

Alice s'approche lentement, stupéfaite de trouver un magasin dans un endroit pareil.

Il y a certes de la lumière, mais elle est filtrée par une grille et une armada de souliers cul par-dessus tête qui encombrent la vitrine.

Au-dessus de la porte pendouille une enseigne décrépite dont la moitié manque.

« … *Dambre…*

bottier »

Une pancarte en bois vermoulu, accrochée à l'intérieur, indique que le magasin est fermé. L'heure à laquelle il doit rouvrir est illisible, grattée. Collée sur les boiseries, une affichette se démantibule. Un arrêté de la mairie. Les jours du magasin sont comptés.

Alice gravit la marche et se niche dans le renfoncement de la grille.

Elle envisage son sac de provisions lamentable et rincé où, à l'heure qu'il est, les crevettes de sa salade doivent être en train de nager. Ses pieds barbotent dans ses baskets. Elle claque des dents.

Elle se résout enfin à couler un œil à travers la grille de la boutique.

Il y a des cartons amoncelés sur le parquet, des étagères saturées de chaussures, un canapé truffé d'objets hétéroclites et, au bout, tout au bout, le quartier d'un dos courbé d'être humain.

Dans cette déconfiture, il y a quelqu'un. C'est inespéré.

5

Marcel a quatre-vingt-sept ans. Il est assis à son établi branlant. Derrière lui, une radio diffuse une musique jazzy. Jamais d'actualités, voilà bien longtemps que les nouvelles des hommes ne sont pas bonnes, les informations parlent d'un univers qu'il n'habite plus assez pour le comprendre.

Au-dessus, au premier étage, un volet sorti de ses gonds bat sous le vent. Marcel ne l'entend plus, il y est habitué, ça fait des années que le volet claque et que tout le monde s'en fout.

Le vieil homme peine, courbé sur son ouvrage, ses lunettes rondes au milieu du nez. Ses yeux couleur Méditerranée ne sont plus aussi efficaces qu'avant et ses doigts n'ont plus la dextérité de ses vingt ans. Qu'importe, il faut bien rafistoler ces bottines. Alors Marcel met le temps qu'il met, ce n'est pas grave, ça ne manque pas, le temps, à quatre-vingt-sept ans. Quoique si, d'une certaine façon, puisqu'on est au crépuscule et que la nuit talonne. C'est tout de même un comble d'avoir aussi peu de temps et d'en avoir autant. Mais c'est ainsi et personne n'y peut rien. Pour ne pas tourner en rond, Marcel fabrique des godasses que personne n'achète.

Ça y est, la semelle est prête, neuve. Comme au premier jour.

L'artisan soulève la chaussure et la place dans le faisceau de lumière pour évaluer le résultat.

— Qu'est-ce que t'en dis ?

Le chien roulé en boule dans le fauteuil voltaire se gratte l'oreille. Il n'en dit rien.

Marcel repose la bottine, bigle la pendule, soupire. Il saisit un chiffon pour épousseter le soulier quand, tout à coup, un borborygme métallique harponne son ouïe. Le chien, qui a aussi entendu l'improbable boucan, dresse sa tête dans un sursaut.

— S'il vous plaît ! fait une voix féminine, assourdie par la pluie et la cloison.

Quelqu'un. À cette heure. Dans sa boutique perdue au milieu d'une rue éventrée. Marcel se méfie, c'est sûrement une vendeuse à domicile. Ces gens-là sont sans vergogne : ils braveraient des tempêtes pour vous fourguer un aspirateur chinois ou un tapis persan fabriqué au Pakistan.

Marcel se ratatine contre son établi, espérant se trouver ainsi hors de la vue de l'intruse. Avec un peu de chance, l'importune s'éclipsera en pensant avoir eu la berlue.

— Ouh ouh, s'il vous plaît.

Mince, elle insiste.

Marcel éteint la lumière et la radio. Il respire au ralenti, il fait le mort. Une seconde. Puis deux, puis trente. Plus un bruit, tant mieux, elle a dû partir.

Marcel rallume la lumière. La radio. Se met debout avec les difficultés de son âge et se traîne en longeant les murs jusqu'à la porte pour vérifier que la voie est libre. Il tend alors son cou comme un mioche craignant de se faire attraper. Il grimace : ses cervicales sont en bois, ses abattis possèdent la vélocité d'une enclume, il n'a plus l'âge pour ces conneries.

Derrière la grille, la nuque dégoulinante d'une femme aux cheveux courts. Une nuque jeune. Une bestiole d'espérance se met à gratouiller le plexus solaire du bottier. Ses mains nervurées se posent sur ses lèvres sèches, son cœur antique sort avec précaution de sa torpeur.

Marcel s'apprête à faire marche arrière pour calmer ses esprits quand la femme se retourne et lui offre un sourire désarmant, gaufré par les barreaux de la grille.

— Ah, monsieur, vous êtes là... S'il vous plaît, il fait un temps affreux...

Monsieur...

Ce n'est pas elle.

Le cœur de Marcel se rencogne au fond de sa boîte.

— Vous êtes qui ? grommelle-t-il.

— Je... je travaille un peu plus loin et je me suis fait surprendre par la pluie...

— Qu'est-ce que vous voulez ?

— M'abriter un peu... Juste le temps que l'orage passe.

Marcel pèse le pour et le contre. C'est vite fait, les inconvénients sont légion, les avantages inexistants.

Ce n'est vraiment pas le soir pour venir chambouler ses habitudes. Demain, c'est mardi et, comme tous les mardis, il compte rendre visite à Suzanne. Le costume est prêt. Les fleurs aussi. Il doit être couché dans deux heures, le sommeil c'est primordial.

Oui, mais cette jeune femme a l'air d'une serpillière. On n'a pas idée de se balader sans parapluie.

Pendant qu'il tergiverse, la jeune femme ne cesse de sourire. Un sourire mouillé qu'elle accompagne, en guise d'explication, d'un parapluie désossé.

— Je vous promets que ce ne sera pas long, plaide-t-elle.

Marcel décoche une œillade à son caniche qui souffle par les naseaux.

— Trempée comme elle est, tu pourras pêcher des poissons dans la mare qu'elle va nous faire par terre, marmonne l'homme.

Le chien rabat son museau entre ses pattes.

— Évidemment... c'est pas toi qui ramasses...

S'adressant à la jeune fille :

— Bougez pas, je reviens.

Marcel s'appuie aux murs pour atteindre l'arrière-boutique. Le parquet gémit sous le poids de ses pas lourds, lestés d'années mortes et de lassitude.

D'un placard dont la porte grince comme l'entrée d'un cimetière, il extirpe une serviette.

Le vieil homme boitille ensuite en sens inverse, ses mains cramponnées aux coins des étagères, récupérant au passage deux clés suspendues à un crochet en fer. Il enfonce la première dans la serrure de l'entrée. Ouvre la porte. Dehors, ça sent la flotte sale et la pierre rance. Au loin, là-bas, des klaxons, des sirènes de police, la rumeur de la vie.

— Merci, c'est gentil de m'ouvrir... Je suis désolée, d'autant plus que vous étiez fermé...

Il marmotte :

— Ça fait dix ans que je suis fermé.

— Quoi ?

On ne dit pas quoi, on dit comment, songe Marcel tandis que, d'une paume balancée en arrière, il lui signifie de laisser tomber. Décontenancée, la jeune femme se tait aussitôt.

Marcel se baisse en se tenant les reins et tourne la seconde clé dans le cadenas du rideau métallique avant de pousser ce dernier d'un coup d'épaule ténu. La jeune femme reprend :

— C'est très chic de votre part.

Marcel secoue la tête pudiquement et lui tend la serviette.

— Tenez, vous allez attraper la mort.

Cette phrase idiote qu'il répète depuis qu'il est tout gosse. Pourtant, s'il y a bien une chose que l'existence lui a apprise, c'est que la mort ne s'attrape pas. Elle vous cueille, elle décide, si bien qu'elle en surprend certains en plein vol et en oublie d'autres des siècles après l'atterrissage. La preuve.

Marcel sonde la jeune femme occupée à frotter ses cheveux. Avant de détourner les yeux.

Quel âge peut-elle avoir ? Vingt-quatre, vingt-cinq ans ? L'âge de Capucine, à peu de chose près.

6

Ce qui frappe Alice lorsqu'elle envisage le décor, c'est l'impression de démission qui s'en dégage. Les chaussures entassées pêle-mêle, les moutons sous les étagères, les boîtes renversées, l'odeur âcre de tabac froid. Engoncée dans son foutoir et sa poussière, la boutique lui fait l'effet d'un château négligé, abandonné aux ronces. Elle songe aux temples d'Angkor, aux racines tordues et monstrueuses qui, à force de défoncer les murs bancals, ont fini par s'y amalgamer. Résultat, arrachez les racines, et les murs s'écroulent. Pareil ici : l'échoppe ne semble tenir que par la grâce du je-m'en-foutisme.

— Faites pas attention au désordre, lance le vieil homme.

— Je trouve ça joli, répond-elle en s'efforçant de paraître sincère.

— Si vous le dites.

Le vent fait trembler la grille trop mince. Le carillon accroché à l'entrée tintinnabule quand l'homme clôt la porte au nez et à la barbe du chahut extérieur.

Ensuite, plus rien.

La pluie martèle les carreaux, le chien ronfle, placide sur le voltaire plein de poils, les aiguilles de l'horloge trottinent, la radio crachote une publicité pour un garagiste. Alice et l'homme ne parlent pas. Les bras croisés, ils épient côte à côte les étoiles invisibles à travers la grille. Ils attendent que la colère du ciel s'essouffle. Les secondes se muent en minutes. C'est long.

— Il pleut beaucoup…, articule enfin Alice, histoire de discuter.

L'homme confirme.

— Un temps de chien.

— Le soleil tombe en morceaux, renchérit Alice.

— Mmh mmh.

— J'aime bien cette expression.

— Mmh mmh.

L'homme n'est pas bavard. Ou alors elle le dérange et ce serait un problème car, parmi les choses qu'Alice redoute, déranger tient le haut du pavé. Elle se creuse néanmoins la tête pour trouver de quoi occuper l'espace et chasser le malaise. Le temps qu'il fait, c'est fait. De toute façon, l'homme ne semble pas réceptif aux problèmes climatiques.

— C'est sympa ce que vous écoutez, marmonne-t-elle timidement.

— Enfin là, c'est la pub, maugrée-t-il.

Alice déglutit, le chien bâille, rebelote le silence. Tout à coup, après que le jazz a chassé les réclames, l'homme cause :

— On ne voit pas grand monde par ici. Vous vous êtes perdue ?

— C'est mon GPS, explique-t-elle, rassurée de constater qu'une discussion s'amorce enfin. Il m'a fait passer par chez vous pour rentrer chez moi.

— Votre quoi ?

— Mon GPS.

Alice extirpe son smartphone de sa poche. Elle précise :

— C'est comme une carte pour se repérer.

— La ligne grise, là, c'est quoi ?

— Mon chemin.

— Il est tout cabossé, votre chemin. Vous êtes pas arrivée.

Avec son majeur bosselé, l'homme effleure l'écran. Zoome par inadvertance. Une photo de la rue du Rendez-Vous déboule. Une photo prise plusieurs années auparavant, quand les immeubles ressemblaient encore à des immeubles et la rue à une rue. Google Street View a le sens de l'à-propos.

Le vieil homme plisse les paupières, approche son nez de l'écran et repousse l'appareil.

— Désolé, je ne sais pas bien me servir de ces machins-là.

Profitant de ce que le chien a bondi hors de son fauteuil, Alice enchaîne afin de ne pas laisser retomber le soufflé de l'échange.

— Il est mignon. Comment s'appelle-t-il ?

— Lucien.

— C'est origin…

Un éternuement la coupe. Elle renifle en extrayant la dentelle d'un Kleenex de la poche de sa veste.

— Vous devriez vous déshabiller, suggère le vieillard pendant qu'elle se mouche. Je vais voir si je trouve de quoi vous couvrir le temps que vos vêtements sèchent, ajoute-t-il en claudiquant, synchrone avec le volet qui claque, vers un grand rideau qui masque une partie manifestement privée de la boutique.

Une solitude pachydermique émane du vieil homme. Il a l'allure de son magasin, harassé, en sursis.

— Pardon, je ne veux pas vous déranger…

— C'est un peu tard, marmonne-t-il de l'autre côté.

Le sourire d'Alice s'affaisse. Elle regrette d'avoir toqué à la porte, elle ne sait pas où se mettre, elle voudrait partir d'ici, être ailleurs. Elle pourrait prétexter n'importe quoi. Mais elle n'ose pas. Elle n'ose jamais. Alors elle suit les fissures du plafond, lorgne la tache d'humidité, écoute le « cling-cling » des cintres contre une tringle. Et l'homme tousser.

Il réapparaît bientôt, les bras chargés d'habits. Le sourire programmé se redessine sur la figure d'Alice.

— Il y a un petit cabinet de toilette par là, tout au bout. Enfilez ça, ça devrait faire l'affaire.

Un pantalon côtelé. Un pull en laine brune. Ils ont l'air d'avoir mille ans.

Avant de s'engouffrer derrière le rideau, Alice jette un œil à l'arrière-boutique. C'est là que se trouve l'atelier du vieux bottier. Sur l'établi, au-dessus duquel s'alignent des centaines de moules en bois, des rouleaux de cuir et de tissu, et des outils suspendus, une paire de bottines sur le flanc attend qu'il revienne.

Le rideau, qu'Alice traverse sans oser l'ouvrir, dissimule une studette. Comme rajoutée à l'existant, cette pièce offre un contraste saisissant avec le bazar de la boutique. Spartiate et parfaitement rangée, elle est meublée du strict nécessaire : un lit une place, une table de chevet, une lampe, un livre sur un napperon, trois cadres photo ; une grande armoire, un buffet de guingois, un fauteuil à bascule, une pipe et du tabac sur une desserte ; une plaque à gaz, un petit four, une bouilloire, une boîte de Ricoré, un évier à côté duquel s'égouttent une assiette, des couverts et un verre épais ; et, sous une fenêtre à barreaux qui donne sur la lune, un costume et un pot de fleurs emballé dans du papier cristal, posé sur une petite télévision débranchée.

La salle de douche est à l'avenant : riquiqui, réduite à l'essentiel. Un savon dans un porte-savon. Un gobelet, une brosse à dents, un tube de dentifrice coupé à la moitié. Un nécessaire à raser. Une bouteille de parfum. Des joints impeccables, une cuvette de douche qui a perdu son émail à force de récurages.

L'homme habite donc ici, dans sa boutique, seul. Un capitaine cramponné à une épave. C'est triste.

Alice se déshabille et enfile le vieux pull qu'il lui a donné. Soudain, elle frissonne. Le froid n'y est pour rien.

Les molécules de naphtaline et de lavande poussiéreuse viennent de pénétrer dans son épithélium, où elles ont été capturées par les cils de ses neurones olfactifs qui ont déclenché une réaction. La réaction a été transmise à des aires déterminées de son cerveau qui l'ont immédiatement analysée. Comme le cortex olfactif et le système limbique contrôlant les émotions sont proches, chez Alice comme chez tous les êtres humains, l'odeur a creusé un sillon dans sa mémoire.

Résultat, des images incontrôlables surgissent.

C'était il y a deux ans, trois mois et quatre jours.

Aucune larme ne roule sur la joue d'Alice. Elle n'en a plus.

7

Marcel a ouvert le rideau pour laisser l'air circuler. Il attend dans le fauteuil à bascule. Du bout de l'ongle, il asticote les aspérités du bois en épiant le sac mouillé et le parapluie déglingué qui, posés par terre, ont comme prévu formé une flaque au milieu du magasin. Ça l'agace.

Quatre-vingt-sept années qu'il use son corps sur le plancher des vaches. Il a choisi son cercueil, le caveau est prêt, la concession louée pour les trois prochaines décennies. Ce n'est pas qu'il y tienne tant, à prendre de la place, mais ça le rassure de savoir que c'est réglé, que c'est prêt, qu'il n'aura qu'à sauter dans le trou. Il n'a plus envie d'être ici, sa vie est derrière, tout ce qu'il désire, si tant est qu'il désire encore quelque chose, c'est rejoindre ceux que la Faucheuse a déjà emportés. Il ne demande rien d'extraordinaire, au fond, juste que ça s'arrête.

Il arrive que des jeunes gens intrigués par les ruines de sa rue grimpent sur les gravats et se prennent en photo. Marcel se planque pour les épier. Oh ! il ne leur en veut pas, c'est chacun son tour, il a eu sa chance, ses bonheurs, ses années folles, son heure de gloire, mais c'est terminé, il a fait son temps, l'éternité ce n'est pas son truc, ce serait bien qu'on vienne le récupérer.

Le parapluie trempé continue de goutter sur le sol. Marcel se lève en grinçant, attrape une serpillière et essuie en râlant parce que son dos est un calvaire. Puis il revient à sa place.

D'ordinaire, ses soirées sont réglées comme du papier à musique. À 19 heures, il nourrit Lucien. À 19 h 05, il dîne, pilulier, boîte de conserve ou potage réchauffé dans sa casserole, verre à pied d'un petit bordeaux pas cher, un quignon de baguette, un bout de fromage, un fruit qu'il pèle en tortillant des bandelettes d'épluchures.

À 19 h 30, il débarrasse et nettoie la vaisselle. À 19 h 45, il sort Lucien. À 20 heures, il arrange des chaussures. À 21 h 40, il fume sa pipe. À 22 heures, il éteint la radio et s'étend sur son lit après avoir tapoté son oreiller pour le regonfler. Ensuite, il lit, il remplit des grilles de sudoku ou il dessine de nouveaux modèles de souliers. Avant, il regardait la télévision. Mais depuis que la France est passée à la TNT, comme il ne pipe rien à leurs histoires de décodeur, il n'a plus de chaîne, c'est beau, la technologie. Ça ne le prive pas, y avait plus que des conneries.

Sur le coup de 23 heures, quand arrive la sérénade du pianiste du troisième en face, il éteint la lumière et cherche le sommeil avec Lucien à ses pieds.

La présence de cette jeune femme court-circuite son programme. Il est 21 h 30 passées et il semble peu probable que la pluie s'arrête. Il pourrait la mettre dehors. Après tout, elle ne lui est rien et on a bien le droit d'être tranquille chez soi.

— Voilà, je me suis changée…

Il pivote. Ça lui fait un drôle d'effet de voir ses vêtements sur quelqu'un d'autre. Ces habits de vieil homme donnent à la jeune femme l'air d'un as de pique. Ses cheveux courts sont encore humides. Un ourlet découvre ses chevilles et ses pieds nus.

Marcel s'y attarde, c'est plus fort que lui. Certains lisent dans les mains, lui déchiffre les pieds. Les gens n'imaginent pas toutes les informations qu'on peut y glaner.

Il y a des pieds qui respirent la gentillesse et d'autres qui vous écraseraient volontiers ; il y a des pieds fins qui n'en pensent pas moins, des pieds larges qui fatiguent, des orteils manucurés qui cachent des horreurs, des doigts de pied capricieux, des ongles versatiles, des panaris généreux, une peau trop soyeuse pour être honnête, de la corne moelleuse qui vous arracherait des larmes. Bon pied ne saurait mentir et chaque pied est un roman. Il aurait pu en écrire un livre, d'ailleurs.

Marcel n'a rien d'un fétichiste. C'est un chausseur qui a tant chaussé qu'il en a gardé des réflexes. Voire des séquelles. Déformation professionnelle.

Les pieds de la jeune fille se recroquevillent sous l'analyse. S'ils le pouvaient, les orteils s'enrouleraient sous la plante et se feraient la malle. Ce sont des pieds qui n'ont pas l'habitude d'être auscultés, alors, forcément, ils paniquent. Classique.

La visiteuse possède des petons discrets, sans fioriture, qui s'excusent d'être au monde. Son petit orteil droit est tordu. Le signe des âmes cabossées.

— Je ne voudrais pas abuser mais vous n'auriez pas des chaussons ? demande-t-elle d'une voix fluette. Je n'aime pas trop être pieds nus…

Bien sûr.

— Je vais voir si je vous trouve quelque chose. En attendant, vous n'avez qu'à étendre vos vêtements sur la chaise près du chauffage.

Il fouille dans sa boutique, retourne quelques paires. Pas longtemps parce qu'il sait ce qu'il cherche. Les années n'ont rien entamé ni de son talent ni de sa mémoire.

Il tend à la jeune femme une paire de chaussures plates à lacets, en cuir souple.

— Non, mais je ne veux pas vous embêter, se récrie-t-elle. Ce sont des chaussures que vous vendez et je n'ai pas d'argent…

Il bougonne.

— Qui vous parle d'acheter quoi que ce soit ? Essayez-les.

Elle s'exécute. Noue le lacet. Gigote un peu les genoux, les mollets. Sautille. Une vraie mioche.

— On est comme dans des chaussons ! s'exclame-t-elle.

— Ce n'est pas ce que vous m'avez demandé ?

— Si, mais… Comment avez-vous su pour la pointure ?

— Je fais ce métier depuis soixante-quatorze ans…

Marcel fanfaronne. Constater qu'il n'a rien perdu lui procure un sentiment de joie. Ténu. Parce qu'un cœur enfoui sous des couches de terre ne se manifeste pas comme une envie de pisser.

— Venez, je vais nous faire du café.

Son invitée s'assied à la petite table. Dans un verre épais de cantine, Marcel verse une cuillère de Ricoré qu'il recouvre d'eau bouillie. La vapeur papillonne dans la pièce et asticote les cadres photo.

— C'est votre femme ?

Il boit une gorgée de chicorée. Grimace parce que c'est trop chaud.

— La dame rousse, là-bas, sur la table de chevet, c'est votre épouse ? insiste-t-elle.

Il soupire, irrité. Il est vieux mais pas sourd, il avait entendu la première fois. Il opine du chef à contrecœur.

— Je peux ?

— Si ça vous fait plaisir…

Elle se lève et attrape le cadre à l'intérieur duquel un couple pose. Elle se rassoit dans la foulée.

— Et là, c'est vous… Vous étiez rudement beau.

Elle scrute son visage. Compare sans doute l'actuel et l'ancien. C'est de bonne guerre, songe Marcel, après tout, il a bien lu les lignes de ses pieds.

— Vous n'avez pas tellement changé, reprend Alice. Vous avez le même regard. J'ai lu quelque part que les yeux sont les seuls éléments qui ne changent jamais. Le nez s'empâte, les oreilles s'agrandissent, la peau se ride, mais les yeux, non, ils restent pareils.

— Eh ben… Ça donne envie, un gros nez, de grandes oreilles, une peau fripée…

— Désolée, s'empourpre-t-elle, ce n'est pas ce que je voulais dire… Vos oreilles sont parfaites…

La gêne visible de la jeune femme amuse Marcel.

— Je vous taquine, mademoiselle.

— Ah bon… Je…

Elle boit une lampée de Ricoré. Un hoquet soulève ses épaules. Elle porte la main à ses lèvres, s'excuse pour la dixième fois de la soirée. Ce n'est pas une femme, c'est une disculpation ambulante.

Marcel attrape la photo qu'elle a déposée sur la table. Il effleure les contours surannés de son épouse. Frôle les mèches de ses cheveux. Revoit le film en accéléré. Leur rencontre, la rouquine espiègle qui courait dans Paris et crachait loin, les premières fois, ses cheveux ruisselant sur son torse, sa tête à lui couchée sur ses reins roses, l'odeur de ses matins, la piscine de Poissy, les citrons à Menton, les dernières fois.

La dernière, surtout.

— Elle s'appelait Suzanne…, souffle-t-il au bout d'un moment. C'était un sacré bout de femme.

— Où est-elle ?

Il arque un sourcil. Où veut-elle qu'elle soit ?

— Allée 19 emplacement 22.

— Pardon ?

— Cimetière.

— Je suis navrée.

Il hausse les épaules.

— Faut pas. Ça arrive même aux meilleurs.

La drôle de fille désigne maintenant un autre portrait. Celui d'un petit garçon sage d'une dizaine d'années, prenant la pose à un pupitre d'écolier, les bras croisés sur un livre d'images.

— Votre fils ?

— Oui.

— C'est fou ce qu'il vous ressemble… Il travaille aussi dans les chaussures ?

— Non.

Comme il voit bien que ça mouline, Marcel précise, ses yeux d'eau dans le liquide brun :

— J'ai jamais bien compris ce qu'il faisait comme métier.

8

Marcel s'en souvient comme si c'était hier.

Il y a vingt-cinq ans.

C'était un mardi, il faisait un temps de neige, les tombes grelottaient, le brouillard retombait sur la carrosserie du corbillard. Un groupe de pigeons se chicanaient sur un banc pour un reste de gâteau pendant que des corneilles concertaient sur les branches anémiques.

Jean-Michel, son fils, a sangloté un texte de sa composition dans lequel il racontait à quel point sa mère avait été aimante, forte et courageuse dans son combat contre la maladie. À quel point elle lui manquerait, à lui, mais aussi à sa petite-fille de trois semaines qui dormait à poings fermés dans son landau et qui allait devoir grandir dans l'absence. Il lui faisait confiance pour veiller sur elle de là-haut.

C'était une belle oraison funèbre, très digne, remplie d'émotion, à la hauteur de ce qu'était Suzanne. Il y avait beaucoup de monde, beaucoup de bandeaux sur beaucoup de couronnes mortuaires, des pots de fleurs de toutes les couleurs, des plaques avec des anges, des mains en prière et des inscriptions dorées.

Les employés funéraires ont porté le cercueil en terre. Jean-Michel, le premier, a lancé une rose sur sa mère. Marcel ensuite. Puis tous les autres.

Après les condoléances habituelles, l'assistance a repris lentement le chemin de la sortie, dans l'avenue bordée de cyprès sans feuilles et de bennes saturées de fleurs fanées. Puisque le bébé montrait des signes d'impatience, Maud, l'épouse de Jean-Michel, s'est éloignée afin de promener le landau dans les allées.

Il n'est plus resté qu'eux, côte à côte, deux hommes se ressemblant comme un père et un fils. Le fils surplombant les épaules déjà voûtées du père.

Pendant que les agents du cimetière commençaient à combler le trou, Jean-Michel a articulé qu'il ne s'attendait pas à le voir.

— Je sais que je…

— Tu ne sais rien du tout, au contraire, a coupé le fils, les yeux arrimés aux pelletées de terre. Tu ne sais pas que maman t'a attendu jusqu'au bout, tu ne sais pas qu'elle ne voulait pas te prévenir pour ne pas t'inquiéter, tu ne sais pas qu'elle te défendait encore quand je lui disais de faire sa vie sans toi, tu ne sais pas que son état s'est dégradé juste après que tu t'es volatilisé avec ta pétasse.

— Elle s'appelle Ophélie.

Jean-Michel lui a jeté un regard acide, crénelé de rouge. Marcel s'est tu.

— Je me fous bien de savoir comment ta petite crise de vieux beau s'appelle.

— Tu n'as pas le droit de me parler comme ça, a bredouillé Marcel dans un sursaut d'indignation. Je suis encore ton père à ce que je sache.

Le fils a ricané :

— Mon père ? Mais de quel père tu parles, au juste ? De celui qui n'a jamais jugé utile de nous faire une place ou de celui qui a disparu des radars depuis deux ans ?

Jean-Michel avait raison. Alors Marcel a baissé la tête, vexé. Le fils, lui, a enfoncé les mains au fond de ses poches pour les empêcher de trembler. Ses yeux bleus, identiques aux siens, se sont brouillés.

— Maman était exceptionnelle. Et toi, tu n'as jamais su que la faire souffrir. Figure-toi qu'il y a une semaine, alors qu'elle agonisait, elle te trouvait encore des excuses. Tu ne la méritais pas.

Un employé a voulu passer, ils se sont écartés.

Le vent jonglait avec un arrosoir vide. Deux pétales de rose se sont détachés d'un bouquet et ont roulé dans le caniveau.

Aucune justification ne venait à Marcel. Les remords creusaient en lui une béance abyssale, plus profonde que celle dans laquelle on venait de planter sa Suzanne.

Jean-Michel a observé sa femme qui, au loin, venait de sortir Capucine de son landau et la berçait tranquillement. Il a allumé une cigarette. La fumée a ondulé au-dessus d'eux un court instant avant de disparaître dans l'atmosphère.

— Je croyais que devenir père à mon tour me permettrait de te comprendre. Mais Capucine est née il y a trois semaines et, non, j'ai beau essayer, je ne m'explique toujours pas comment tu as pu nous faire ça. Tu voulais ta liberté, te voilà exaucé. Prends-la, fais-en bon usage, à partir d'aujourd'hui, tu ne représentes plus rien pour moi. C'est terminé.

Marcel a regardé son fils s'éloigner entre les tombes, embrasser sa femme, prendre son bébé dans les bras et les étreindre si fort que même les corneilles ont baissé d'un ton. Puis il a regardé la dernière demeure de son épouse en lui demandant pardon pour toutes ces années où il s'était montré incapable de l'aimer correctement.

Il est sorti du cimetière. Il a jeté une pièce dans une cabine téléphonique. Lorsque Ophélie a décroché, il lui a dit : « Retrouvons-nous, il faut qu'on parle, c'est important. »

Il l'a attendue dans un café. Il l'a aperçue par la vitre, trottinant dans sa robe fleurie, les cheveux longs sur les épaules, un gilet noué à la taille.

Ophélie avait la vingtaine, Marcel plus de soixante, elle était au printemps, il entrait dans l'hiver, il avait peur de mourir, elle avait le goût de la vie. Ils étaient ridicules.

Elle a commandé un Perrier citron, il a repris un ballon de rouge.

— Je n'ai rien à t'offrir que mes pires années, a-t-il commencé. Ta vie est devant, la mienne est derrière, regarde-nous, tu es née trop tard ou je suis né trop tôt, c'est peine perdue, nous ne pourrons jamais nous rejoindre.

Elle a marmonné que les années, c'était du flan, de la comptabilité, une question de point de vue, d'actes de naissance. Que l'écart n'était rien pour ceux qui s'aiment.

Il a bredouillé :

— Non, tu te trompes.

Elle a pleuré. Il a eu envie de la retenir. Il ne l'a pas retenue.

Il a attendu une heure afin d'être certain de ne pas la croiser et il a demandé l'addition.

9

— J'ai perdu de vue mon fils et ma petite-fille après l'enterrement de ma femme, résume Marcel. J'étais un idiot. Il aura fallu que Suzanne parte pour que je me rende compte que, dans notre existence, j'étais comme qui dirait le chanteur, et elle la chanson.

L'image crevasse Alice. Depuis que les remords et les regrets font un boucan d'enfer, elle n'entend plus tellement la musique non plus. Elle commence à avoir mal au ventre.

— C'est triste, admet-elle. Vous n'avez jamais essayé de reprendre contact avec eux ? L'eau a coulé sous les ponts, les gens changent…

— Détrompez-vous, mademoiselle, certaines choses sont immuables. On ne refait pas le chemin à l'envers, comme on ne force pas les gens à vous aimer.

— Ils vous manquent ?

La question est sortie toute seule, sans filtre.

Le vieillard se lève, décoche une œillade à la lune à travers les barreaux de la fenêtre ronde.

— Plus maintenant, non.

Sa réponse ne tolère aucune contradiction. Un non, planté sur deux ergots de dignité. Alice n'insiste pas et tourne sans conviction la cuillère dans son verre. Elle tord ses lèvres, indécise quant à la suite à donner à la conversation. Après tout, une heure avant, ils ne se connaissaient pas.

— Je vous remets du café ? propose l'homme après un instant.

— Volontiers.

L'eau glouglute dans le verre tandis que les lunettes du vieillard se couvrent de buée. Le silence, brisé seulement par le ronflement du chien, les raclements de la cuillère contre le verre et la gorge encombrée du vieil homme, est pesant. Heureusement, il y a la musique jazz en fond.

Alice laisse courir ses doigts sur le bord de la table en bois comme s'il s'agissait d'un piano. Une interrogation lui brûle les lèvres. Elle hésite, parce qu'elle voit bien que parler de sa femme et de son fils a ébranlé le vieil homme. Elle ne veut pas lui faire de peine, loin d'elle l'idée de remuer les choses qui fâchent.

Oui mais.

Il y a tant de questions qu'elle n'a pas pu, pas voulu, pas su poser. Peut-être qu'elle pourrait au moins sauver cet homme-là.

Malgré lui.

Et se rattraper.

Alors elle se lance, tant pis.

— Pourquoi est-ce que vous restez ici ?

L'homme inspire en désignant les murs, les meubles, les moules en bois, et, du ton de l'évidence :

— Bah, c'est chez moi. Vous avez bien un chez-vous, vous…

— Oui, mais… cette rue… Enfin, elle est sur le point de disparaître, votre boutique est condamnée. Vous pourriez couler des jours heureux n'importe où, je ne sais pas moi, au bord de la mer, par exemple.

— Au bord de la mer… Au bord de la mer…

Il explose tout à coup :

— Et qu'est-ce que j'irais foutre au bord de la mer ? Écouter l'océan dans des coquillages ? Ils en vendent plein la butte Montmartre, ces cons-là, de toutes les tailles en plus, avec des tours Eiffel peintes dessus ! Je n'en ai peut-être pas l'air mais j'ai tout ce qu'il me faut ici ! La vérité, c'est qu'ils attendent que je crève pour envoyer leurs foutus engins, mais comme je tiens le coup et que ça les enquiquine, ils reviennent de temps en temps avec leurs beaux costumes, leurs becs enfarinés et leurs ordinateurs pour m'expliquer que je serais mieux ailleurs. Hein, à la mer qu'y m'disent, voyons monsieur Dambre, à votre âge, la province, ça ravigote ! Soi-disant que mon entêtement retarde la modernité et fait perdre un fric fou à la ville. Vous savez quoi, comme disait Chirac, ça m'en touche une sans faire bouger l'autre, leur affaire de pognon. Je partirai d'ici les pieds devant !

Le verre a claqué contre la table, le chien a grogné un grognement de vieux chien. Le vieil homme a terminé de parler. Pourtant, ses lèvres bougent encore. Il a un teint de cire. Il s'assoit. La colère l'a épuisé.

— Pardon, bégaie Alice, effrayée par la réaction du vieillard et sa fragilité soudaine, j'ignorais que… Enfin, s'il y a quelque chose que je peux faire…

— Souhaitez-moi de pas partir avant Lucien. Je sais pas ce qu'il adviendrait de lui s'il m'arrivait malheur. Ça me ferait malice qu'il retourne au chenil. Et aussi de pas devenir impotent, c'est mon unique argument pour éviter l'expropriation. Tant que je tiens le coup, ils peuvent pas m'obliger.

Alice fronce le nez. Elle cherche.

— Il y a forcément d'autres moyens.

— Décidément, vous faites dans l'optimisme, vous. Profitez-en, c'est le bénéfice de la jeunesse, ça dure pas, ces choses-là… Il est hors de question que je parte. Cette boutique, c'est un cadeau, c'est tout ce qu'il me reste de mon monde, alors, leur modernité, ils peuvent se la mettre où je pense… Euh, vous vous sentez bien ?

Alice a chaud tout à coup. Un étau enserre son crâne, son ventre se crispe, son estomac se contracte. Elle bondit sur ses pieds.

— Toilettes ?

— La porte au fond de l'atelier.

Elle détale, doigts écrasés contre ses lèvres. Sur le chemin, elle heurte la table de chevet. Le troisième cadre vacille, s'écrase par terre et se brise.

Alice bafouille un mot d'excuse mais son estomac est un geyser, elle ne s'attarde pas.

Quand elle revient, blanche comme un linge, le front perlé de sueur, elle trouve le vieillard à quatre pattes, occupé à rassembler les bris de verre pour les flanquer dans un sachet vide de soupe lyophilisée.

— Je suis vraiment désolée, balbutie-t-elle en se penchant en avant et en s'essuyant la bouche avec un bout de papier toilette. Je vais vous aider.

Elle se mettrait des claques. Elle se sent mal d'avoir abîmé ses souvenirs. Elle se confond en excuses et, agenouillée à côté de l'homme, elle rassemble des copeaux de verre tranchants et en remplit le sachet qui exhale des effluves écœurants de poireau et de tomate séchée. Il faut qu'elle trouve un moyen de se faire pardonner.

— Laissez-moi faire, vous pourriez vous couper.

Il hausse les épaules.

— Pourquoi, vous êtes immunisée contre les coupures, vous ?

— Non, vous avez raison…

Mais c'est quand même son doigt à lui qui s'entaille. Une rainure longue de deux centimètres d'où s'échappe un sang épais. Une goutte tombe sur le coin en bas à gauche de la photographie. Le sépia d'une belle danseuse tournoyant dans un jeu d'ombre et de lumière, façon entre-deux-guerres.

— Vous voyez…, fait-elle.

Le vieillard ne réplique pas. Il réfléchit, les yeux cramponnés au portrait souillé.

— Montrez-moi.

Elle attrape d'autorité la main de l'homme. Une main calleuse, vallonnée de pleins et de déliés, aux veines bleues saillantes et aux doigts noueux. L'ongle du pouce est noir, à coup sûr pincé par la manœuvre hasardeuse d'un des outils. C'est comme toucher un parchemin fragile. Tant de vulnérabilité, ça la bouleverse.

— Vous avez des pansements et de quoi désinfecter ?

— Il y a un nécessaire à pharmacie en haut du buffet, répond l'homme en désignant du menton le meuble derrière lui. C'est une boîte en plastique bleue. Mais je peux pas vous assurer qu'il reste grand-chose dedans.

Alice ouvre le placard. La boîte est là, juste devant. Elle soulève le couvercle et extrait, perplexe, une bouteille d'alcool à 90 degrés périmée depuis trois ans, le sachet à moitié déchiré d'une compresse et une bande de sparadrap à découper.

— Ciseaux ?

— Tiroir. Au fond, avec les fourchettes.

Facile, le tiroir est presque vide quoique rangé avec soin. C'était pareil chez la grand-mère d'Alice. L'ordre. Parce que si on change les affaires de place, on risque de ne plus les retrouver, rapport à la mémoire qui fiche le camp.

À nouveau, Alice fléchit ses jambes et, penchée, renverse quelques gouttes d'alcool sur la compresse. Elle saisit ensuite le doigt de l'homme avec une infinie délicatesse. Par réflexe, il retire sa main. Puis la lui redonne. Alice tapote la phalange blessée. L'homme grince.

— Ça pique ?

Il acquiesce. Il ressemble à un petit garçon aux genoux écorchés. Alors elle rapproche sa bouche de la plaie et souffle pour apaiser la douleur.

— Ça va mieux ?

Il opine derechef.

— Je ne vous ai même pas demandé votre nom, dit-il pendant qu'elle bande son doigt.

Elle lève la tête et sourit.

— Alice.

— Marcel. Enchanté.

10

Cette Alice possède un Marcel-ne-sait-quoi de pas commun. Elle est jolie comme la jeunesse, pas plus pas moins, mais c'est déjà beaucoup. Elle a la main onctueuse. Le contact de son épiderme à elle avec son épiderme à lui lui procure une sensation agréable qui le déconcerte. Il avait oublié ce que ça faisait d'être touché.

Le seul être humain qui le tâte encore, c'est le Dr Noblesse, quand il se rend à son cabinet une fois par mois pour son renouvellement de médicaments.

— Comment ça va, monsieur Dambre ?

— Comme un vieux.

— Oh ! vous êtes dur avec vous-même. Je trouve que vous avez bonne mine.

— Faut pas se fier aux apparences.

La consultation se déroule. Inspirez, expirez, inspirez, expirez, toussez… Bon bon…

— Qu'est-ce que je vous disais ?! s'enthousiasme toujours le généraliste en remballant son stéthoscope. Vous avez un cœur de jeune homme !

— C'est pour ça que vous me filez autant de bonbons qu'à un moutard…

— Ah ah, c'est bien d'avoir de l'humour, monsieur Dambre. Le moral, c'est la clé.

— L'humour n'a rien à voir avec le moral. Le clown Zavatta s'est bien suicidé, alors…

— En tout cas, je constate que tout fonctionne correctement là-haut, s'égaye le médecin en montrant sa caboche.

Depuis quelques années, les gens ont la fâcheuse manie de lui causer comme s'il lui manquait une moitié de cerveau ou qu'il avait cinq ans. Rien ne l'énerve davantage, vieux ne veut pas dire sénile.

— À dans un mois ! Continuez comme ça, monsieur Dambre, vous nous enterrerez tous !

— J'en ai déjà enterré un paquet.

— Oui, bon… N'oubliez pas, il faut sortir, prendre l'air, marcher pour conserver la mobilité. Profitez de notre belle ville !

Marcher, tu parles. Entortillé sur une canne avec une jambe plus raide que la justice, ça vous passe l'envie de faire le tour de Paris. De toute façon, le Paris qu'il aime est un tas de cailloux sous lequel ses souvenirs s'asphyxient. Où sont passés Alphonsine et son orgue de Barbarie ? Et le vieux schnock qui filait des graines aux pigeons ? Et le capitaine qui déclamait des poèmes ?

Pourtant, dès que Marcel ferme les yeux, ils sont là, tapis, surgissant à chaque croisement. Sa mémoire est un cimetière, il ne peut pas faire un pas dans Paris sans trébucher sur un de ses morts.

Il en a de bonnes, le Dr Noblesse.

Au moins, cette Alice s'adresse à lui normalement, sans lui donner l'impression d'être un attardé. Elle pose des questions, elle s'intéresse, ça fait quand même plaisir.

Elle a l'air si fragile, avec sa maigreur d'asticot, ses mollets de poulet, son expression absente et son sourire qui chavire sitôt qu'on ne la regarde plus que Marcel n'a pas le cœur de la renvoyer dans ses pénates. Alors il lui répond de bonne grâce. Pour ne pas la vexer. Et parce que c'est une jeunette qui pourrait être sa Capucine. Il a malgré tout hâte de retrouver sa solitude. Elle a beau être disgracieuse, sa solitude n'en est pas moins une compagne fidèle, une amie de longue date. Il leur a fallu du temps pour s'apprivoiser mais maintenant il ne saurait fonctionner sans elle.

— Ça y est, c'est fini. Ce n'est pas trop serré ?

Marcel bouge sa main et scrute l'énorme poupée qui lui tient désormais lieu de phalange.

Le moins qu'on puisse dire, c'est que cette fille fait les pansements n'importe comment. Mais elle y met une telle bienveillance qu'on serait mal avisé de lui en tenir rigueur.

— Disons qu'avec un doigt pareil, je n'ai plus besoin de poing.

L'air satisfait de la jeune fille se dissout dans une mine navrée.

— Aïe, c'est trop gros ? s'alarme-t-elle. Je recommence, si vous voulez.

Marcel aimerait bien, ne serait-ce que pour sentir, une autre fois, la caresse soyeuse de sa peau veloutée. Mais il dit, pour ne pas la peiner :

— Non, c'est parfait, je vous remercie.

— Pour votre photo, je suis sincèrement désolée, je peux l'emmener chez un photographe, on fait des miracles sur les images, vous savez…

Ah oui, la photo. Avec tout ça, Marcel avait presque oublié la tache de sang sur le portrait.

— Elle était belle, fait Alice en la ramassant. C'est qui ?

Encore une question. Et cette pluie qui n'en finit pas de marteler la vitrine. Et ce vent qui continue de chatouiller sa grille. On n'est pas sorti de l'auberge.

— Ma mère.

— Elle était danseuse ?

— Presque.

— « Presque » ? réplique Alice sans comprendre. Comment peut-on être « presque » danseuse ?

— C'est compliqué à expliquer, vous ne comprendriez pas.

— Essayez quand même.

Il soupire, il est las, il manque d'énergie pour les confidences. Et puis, Marcel a beau penser sans arrêt à sa mère – normal, puisqu'elle est partout, dans chaque paire de chaussures, dans les lattes du vieux parquet, dans les chutes de cuir, dans les moules en bois, dans les outils, jusque dans le bout de mur encore recouvert du papier peint floral qu'il peut apercevoir de sa fenêtre ronde –, l'évoquer le rend chagrin. Cela faisait un bail qu'il n'avait pas mis de mots sur ses souvenirs, et personne ne lui demande jamais rien.

— Elle dansait dans sa tête.

Alice arbore une mine de farfadet incrédule.

— Ma mère était différente, clarifie-t-il, sans entrain. C'était une herbe folle qui poussait dans tous les sens. Elle était excessive, à tous points de vue : excessivement belle, excessivement colérique, excessivement naïve, excessivement amoureuse, excessivement agaçante. Nini avait trop de couleurs en elle. C'est ça qui l'a tuée, d'ailleurs.

— Les couleurs ?

— Oui, les couleurs.

— Vous avez dit « Nini »…, murmure Alice après un instant.

— Oui, et ?

— Vous auriez pu dire « Maman ».

— Impossible, je ne l'ai jamais appelée comme ça.

Puisque Marcel était trop petit pour connaître les détails, il abrège en trois phrases qu'il lâche avec désinvolture :

— N'allez pas imaginer des drames et des horreurs. C'est juste que la maternité ne faisait pas partie de ses compétences. Elle avait quinze ans. Elle a fichu le camp après m'avoir abandonné sur les marches d'une église.

— C'est terrible ! se scandalise Alice. Vous auriez pu mourir de froid ou faire une mauvaise rencontre !

— Mais ce n'est pas arrivé.

— Oui, mais, enfin je veux dire, abandonner, c'est, c'est…
On dirait que ça la concerne, c'est presque mignon.

— C'est ?

Elle cherche ses mots. Il l'aide.

— Mal ?

— Oui, voilà, mal.

— Bof, réplique Marcel. Les années m'ont appris deux
choses. La première, c'est de ne jamais juger sans savoir.
La seconde, c'est qu'on ne sait jamais rien. Ma mère a fait
ce qu'elle a pu avec ce qu'elle avait.

— Ça veut dire que vous lui avez pardonné ?

— Ça veut dire qu'il n'y a rien à pardonner ou à
condamner. Les gens peuvent penser ce qu'ils veulent, ça
ne change rien au fait qu'on a toujours de bonnes raisons
de faire ce qu'on fait.

Alice se mord les lèvres. À cet instant s'invite une
sonnerie stridente. Marcel dresse aussitôt son index.

— Ah, c'est l'heure.

Il repose la photo sur le chevet, se hisse sur ses jambes
en soupirant, éteint le réveil qui grelotte et son poste de
radio qui crache.

— Vous êtes prête ?

— À quoi ?

Pour toute réponse, il appuie sur la poignée de la fenêtre.
Le vent et les notes du piano s'invitent dans la pièce.

— Et voilà, c'est parti pour deux heures, prévient-il.

— D'où ça vient ?

— De mon voisin. Au troisième en face. Venez, je vais
vous montrer.

Elle se lève à son tour et vient coller sa tête dans l'ouverture. Une mèche de la jeune femme lui chatouille le front.
Cette proximité ne le dérange pas autant qu'il l'aurait pensé.

— Là, vous voyez ? La fenêtre où il y a de la lumière ?
Tous les soirs, à la même heure.

Alice se penche. Le vent écrase une goutte de pluie qui s'effiloche jusqu'à son menton.

— Votre voisin est musicien ?

— Ou autre chose, qui sait ? rétorque-t-il. Je ne l'ai jamais vu. *A priori*, ils n'ont pas réussi à le déloger non plus. Nous sommes au moins deux irréductibles.

— Peut-être plus.

— Peut-être, si on compte les chats errants, les fantômes coincés sous les gravats et le clochard en tailleur sur son carton pourri que, soit dit en passant, je n'ai pas vu depuis belle lurette. Non, ne rêvez pas, Alice, à part le pianiste invisible et moi, ça fait un bail qu'il n'y a plus personne dans la rue du Rendez-Vous. C'est dommage, c'était vivant avant…

Il dodeline de la tête et ferme un peu les yeux. Il a soudain envie de raconter, de le dire, à elle puisqu'elle est là, qu'il n'a pas toujours été ce presque mort. Lui en mettre plein la vue, rouler des mécaniques. Comme dans le temps.

— Et cette boutique… Oh ! je me doute que c'est difficile à croire maintenant… Elle ne désemplissait pas, j'étais considéré comme l'un des plus grands chausseurs de Paris, Marcel Dambre, artisan bottier sur mesure, des célébrités venaient des quatre coins du monde pour que je leur fabrique des chaussures ! Les clients survoltés, les stars, le nombre de femmes merveilleuses assises sur ce canapé, là, le mollet tendu…

Marcel vole à des années d'ici, au rythme de la musique, si loin que la poussière se décolle, la couche de moisissure disparaît, il y a du bruit, des voix, une femme en bleu marine tient son fils par la main, une actrice mange une orange juteuse, cigarettes, fumée, les commandes s'enchaînent, une chanteuse fait ses gammes en prévision du concert, des talons claquent, des essayages, des chevilles, des chaussures flambant neuves, des bottines écarlates, la caisse enregistreuse, les accents exotiques, les intonations guindées, les verres fumés des vedettes. « Oh merci, monsieur Marcel, elles sont divines, ces chaussures ! Vous avez des doigts de fée. »

Ça tourbillonne, on remonte le temps, on y est.

La voix d'Alice.

— Que s'est-il passé ?

Patatras, la poussière retombe, les fantômes s'évanouissent, Marcel retrouve ses quatre-vingt-sept printemps, son souffle moribond et ses os de pierre.

— Qu'est-ce que vous voulez que je vous dise ? L'absence, voilà tout. Suzanne morte, Jean-Michel parti à sa vie, une petite-fille sans visage, faut croire que ça suffit à vous démolir. J'ai tenu quelques années. Mais le goût n'y était plus. Comme la clientèle est sensible aux mauvaises vibrations, elle s'est raréfiée. Un beau matin, je n'ai pas réussi à ouvrir ma boutique. Vous voyez, je suis un de ces types ordinaires passés à côté de l'essentiel, un genre de cliché, quoi…

Marcel secoue la main et choit au milieu des chaussures qui jonchent le sofa. Il se relève un peu pour libérer un carton que ses fesses viennent d'écraser.

Il pense à ce qu'il ne raconte pas. À ce qui s'est passé ce jour-là, à son retour de sa visite hebdomadaire à Suzanne au cimetière, il y a dix ans de ça.

Il se revoit assis sur une chaise dans sa boutique, la crosse du pistolet dans la main droite tressautant au rythme de sa cuisse. Il sent le sel de ses larmes, éprouve la douleur dans ses entrailles, distingue l'écho de la voix de Jean-Michel : « À partir d'aujourd'hui, tu ne représentes plus rien pour moi. C'est terminé. »

Il se rappelle : le métal tiède du canon contre sa tempe ; le glissement du canon à l'intérieur de sa bouche ; le goût de rouille et de poudre, mêlés à l'amertume de ses sanglots forcenés.

Et puis : le hurlement qu'il n'a pas poussé quand son courage s'est débiné ; le gémissement du tiroir au moment de ranger le pistolet, son dégoût de lui-même de voir son grand départ reporté aux calendes grecques.

Et le carillon de l'entrée quand il a clos la porte. Pour de bon.

— C'est comme ça, que voulez-vous… Mais je vous enquiquine, qu'est-ce que les divagations d'un vieillard peuvent bien vous faire ? prononce Marcel en se relevant soudain.

Il boitille maintenant vers son établi où il feint de mettre de l'ordre.

— Racontez-la-moi…, dit Alice.

À son insu, les lèvres pincées de Marcel dessinent un petit sourire en coin. Il se recompose une mine bougonne quand il fait volte-face. Pour la forme.

— Quoi donc ?

— L'histoire.

Il circonflexe un sourcil.

— Elle est longue, vous savez. Et il est déjà tard.

— J'ai tout mon temps, réplique Alice. Pas vous ?

Il ne répond pas, pour la titiller.

— On peut se taire si vous préférez, reprend-elle. Je crois que je vais bientôt vous laisser de toute façon, la pluie va sûrement s'arrêter, mes vêtements doivent être secs.

— Vous n'allez pas sortir maintenant, à cette heure. Je resterais, à votre place.

Il ne dit pas : « Restez, je vous en supplie », mais il le pense si fort qu'il espère qu'elle entendra.

Il va lui raconter, pas tellement pour elle – après tout, elle ne lui est rien – que pour lui-même. Un dernier tour de piste avant que son monde ne succombe.

Parce que, s'il ne raconte pas, tout va s'éteindre avec lui. Et l'oubli, c'est le pire. Il a tant besoin qu'on l'écoute.

Bien sûr, il y a Lucien. La pauvre bête connaît des bribes qu'il lui balance quand les souvenirs enflent trop. Mais parler à un chien, on a beau dire, c'est pas pareil.

Comme cette Alice est le premier humain – le seul – à tendre l'oreille, ça tombe sur elle. C'est peut-être de la vanité. Ou de la trouille, vu que la mort et ses engins de terrassement se rapprochent.

N'empêche, Marcel ne sait trop quoi penser de la fille. Elle débarque, avec ses vêtements trempés et son corps de petit mec, et elle lui demande, comme ça, de but en blanc, de se mettre à table. Elle est culottée. Il a bien envie de se faire désirer.

Raconter l'histoire n'a rien de simple. Il faut tout installer, comme un spectacle. On ne convoque pas les défunts sans se coltiner les préparatifs.

D'abord, les provisions. Parce qu'ils en ont pour un bout de temps. Alors il cherche dans son buffet quelque chose à grignoter.

— Attendez ! J'ai ce qu'il faut dans mon sac.

Elle sort de son baluchon qui ne se décide pas à sécher un paquet en papier et une boîte en plastique. Le papier se démantibule d'humidité et le glaçage de la pâtisserie est tout collé. Quant à la salade dans la boîte en plastique, elle est dans le même état de dévastation que la rue du Rendez-Vous. Les feuilles de laitue sont cuites, les crevettes se sont noyées.

— Je crois qu'il va nous falloir autre chose…, articule-t-elle.

Marcel sort une boîte de boudoirs et une bouteille de vin. Comme elle affiche une redoutable perplexité, il s'étonne :

— Ne me dites pas que vous n'avez jamais fait tremper vos biscuits dans le vin rouge… Essayez, vous m'en direz des nouvelles.

Elle goûte du bout des lèvres. Convient que c'est très bon. En reprend.

Donc, on a les provisions. Manque plus que le début de l'histoire. Marcel ignore par où commencer.

— Allez-y, posez-moi des questions. Qu'est-ce que vous voulez savoir ? dit-il en s'installant dans le fauteuil à bascule.

— Je ne sais pas moi… Tout…

— C'est beaucoup, tout…

Lucien vient lui gratter les genoux pour qu'il le prenne sur lui.

— Parlez-moi de la « presque » danseuse, dit-elle, la bouche pleine, en postillonnant quelques miettes.

Il prend une inspiration. Tend son bras vers la desserte où se trouvent sa pipe et son tabac.

— Ça ne vous ennuie pas si… ?

Alice secoue la tête.

Il bourre la pipe, craque une allumette, l'approche de son visage. Se cale dans le siège. Caresse son chien dont la truffe s'enfonce sous sa manche. Et se lance.

11

« Je suis à Soilly.

Les couchers du soleil ont la couleur des tartes aux mira-belles que prépare ma grand-mère ; l'aube, celle nacrée des madeleines nappées de confiture. Je grimpe aux arbres, je somnole au cul des vaches de Jean la Jaunisse et je dessine sur leur pelage des taches de glaise pour le faire enrager.

J'oublie parfois de me rendre à l'école. Aux récitations et aux assommantes règles du participe passé je préfère la course à travers champs et les combats de billes. Avec les copains, on fabrique des cabanes, on mâchonne des brins d'herbe et on saute en douce dans les charrettes qu'on croise. Les filles sont stupides.

Chaque soir, au coin du feu, Mémère Georgette me raconte des histoires pour m'endormir. Elle m'engueule quand je rentre avec mes vêtements déchirés ou maculés de boue. Je me retrouve alors tout nu au milieu de la cuisine, où elle me frictionne à l'aide d'un gant de crin avant de me forcer à enfiler une tenue de nuit qu'elle prend soin, en cachette, de réchauffer au coin de la cheminée. Elle croit que je ne la vois pas faire, mais je la sens, la chaleur.

Elle n'évoque jamais ma mère et je ne pose pas de ques-tion. Je n'ai pas besoin de mère puisque j'ai ma grand-mère.

Je suis heureux mais je l'ignore : on ne réalise son bonheur que lorsqu'il se débine, pas vrai ? Les chiens sont moins bêtes que nous. Hein, mon Lucien ? Lui, il ne se pose même pas la question. Un toit au-dessus de sa tête, des croquettes dans la gamelle, une couverture, un peu de compagnie, le voilà comblé. Tandis que nous, nous sommes une drôle d'espèce, il en faut plus, toujours plus, on n'est pas fichu de se contenter des choses simples… C'est pour ça que les humains m'enquiquinent. Au moins, avec mon Lucien, je sais à quoi m'en tenir.

Bref, je nage sans le savoir dans le bonheur jusqu'à ce jour où l'ombre d'un aigle colossal recouvre l'horizon de mon joli paysage.

Des soldats en uniforme gris et en casque de métal traversent les champs, piétinent les vignes et vident les poulaillers. Les tartes se raréfient, les hommes sont réquisitionnés pour le service du travail obligatoire en Allemagne et l'odeur de la peur remplace celle du beurre cuit.

Certains de ces soldats parlent des rudiments de français avec un accent rocailleux. Les mots qui sortent de leur bouche saccadent étrangement. Ils ont les joues roses, des bottes impeccables et une allure qui s'apparente à l'aura des vainqueurs.

Il arrive que ces étrangers distribuent du chocolat aux gamins. Une fois, j'en rapporte une tablette à ma grand-mère. Elle la jette au feu sans ménagement : « C'est du poison ! » Et moi, je pleure en regardant le papier d'emballage se contorsionner dans les flammes.

À l'école, juste avant la leçon de morale, on gonfle maintenant la poitrine devant le portrait de Pétain pour entonner « Maréchal nous voilà ». Mais la guerre n'est pour moi qu'une rumeur sourde, charriant son lot de privations – moins de charbon dans les poêles, moins de viande dans les marmites – et de disputes dans le bistrot de Dormans. La guerre, c'est aussi le masque à gaz qu'on porte dans le dos sur la route de l'école. Pas de quoi fouetter un chat. Certes, le vent et la presse colportent des histoires affreuses que, fascinés, nous, les moutards du village, répétons sans rien y comprendre. Mais la vie continue son petit bonhomme de chemin, et que les Boches soient entrés dans Paris me fait une belle jambe. Paris, c'est le bout du monde, et rien n'existe au-delà des bois.

On nous cause d'exode. Je ne vois pas le problème, un voyage, ça ne peut pas être si terrible.

Il arrive que ma grand-mère parte seule à vélo à la nuit tombée. Elle ne revient qu'au chant du coq. Quand je pose des questions, elle m'enguirlande et me lance une taloche à l'arrière du crâne pour équilibrer l'ensemble.

« C'est pour faire parler les bavards. » Ou : « Si on te demande, tu diras que tu sais pas. »

De temps en temps, pourtant, elle me dispense des consignes, avec l'air d'expliquer comment protéger le raisin du gel : « Si un jour y a besoin, tu files dare-dare dans la cave, tu fermes la trappe avec le crochet et pis t'attends que je vienne te chercher. »

Je me rappelle tout… Soixante-quinze ans après, j'en rêve encore.

Ce sont les vacances d'été. J'ai passé la journée près de la rivière, les pieds dans l'eau avec deux copains, à inventer des histoires de petits soldats de plomb embarqués sur des feuilles d'aulne. Ce soir-là, je rentre en sifflotant, pressé d'être au lendemain. Avec Paul et Alain, on a repéré des gardons et des barbeaux. On a prévu de pêcher.

La pendule vient de sonner la demie des 18 heures. L'odeur de la potée au chou emplit la ferme. Je n'aime pas trop le chou, je préfère les pommes de terre. Chez Jean, une vache met bas en meuglant fort. Ses mugissements étirent le crépuscule. Quelqu'un, quelque part dans le hameau, coupe du bois.

Je suis à table, je tripote des miettes, préoccupé par les plans de la canne à pêche que j'ai en tête. Debout à côté de moi, Mémère remplit mon assiette à l'aide d'une louche.

Je me rappelle le bruit de la louche heurtant la faïence, les clapots du bouillon, la forme des miettes… Je me rappelle l'odeur… Les cris de cette pauvre vache dont je sens bien qu'elle ne survivra pas. Des hurlements pareils, ça ne présage rien de bon.

Quelqu'un toque à la porte. Mémère se raidit, elle me regarde.

Puis trois autres coups.

— Georgette, ouvre, c'est moi, c'est Fernand.

Ma grand-mère se remet à respirer. Elle pose l'assiette. Un peu de bouillon éclabousse la table. Quand elle ouvre la porte, le maire ôte son béret. Son crâne à moitié chauve luit sous le soleil orange. Hors d'haleine, il prononce tout à trac, sans lâcher sa bicyclette :

— Les Boches seront là d'une minute à l'autre. Quelqu'un t'a dénoncée. Toi et le petit, rassemblez vos affaires et sauvez-vous !

Ma grand-mère se retourne vers moi et, juste après, elle se remet face à Fernand. Le maire lâche une des poignées de son guidon et il prend sa main. Ils contemplent longuement l'entrelacs de leurs doigts. Elle articule enfin :

— Merci d'être venu.

— Bonne chance, que le Seigneur vous vienne en ai…

La dernière syllabe se perd sur la route où des faisceaux lumineux trouent le miel de la fin de journée. Des motos, des side-cars, un fourgon…

Il est trop tard.

Fernand enfourche son vélo et rebondit à vive allure sur la selle pendant que ma grand-mère fourre la miche de pain dans un torchon et ouvre la trappe. Elle me saisit par le paletot, me flanque la miche de pain dans les bras et m'ordonne de descendre dans la cave.

J'obéis malgré ma répulsion. Je déteste cette cave humide. Une famille de fouines y a élu domicile et leurs couinements m'effraient.

Je me rappelle le bruit des moteurs, celui des carrosseries brinquebalantes…

Je descends et, quand mon corps ne dépasse plus que de moitié, Mémère me commande de ne pas faire de bruit.

Elle me prend le menton, elle embrasse mon front et mes paupières, comme lorsqu'elle me borde la nuit, et elle plante ses yeux dans les miens.

— Quoi qu'il se passe, tu dois me promettre de pas sortir. Je te jure que ce sera pas long avant que je vienne te chercher.

La trappe retombe *illico* sur ma tête. Je suis recroquevillé sur les marches branlantes, à l'affût, la boule de pain sur les cuisses, tandis que j'entends au-dessus de moi le tapage des meubles que Mémère traîne pour couvrir ma cachette.

Dehors, les moteurs se sont tus. À leur place s'élèvent le vacarme des ordres allemands et le tohu-bohu des bottes cirées sur la terre battue de notre cour.

De la lumière filtre à travers les planches et dessine des barreaux sur mes doigts. Privé de vue si ce n'est par l'ajour de la trappe, je tends l'oreille. Du côté de chez Jean, ça vocifère. Les enfants de Léonce et du facteur poussent des cris gutturaux.

Il y a soudain de grands coups portés contre la porte d'entrée. Ça me coupe la respiration. Je serre le pain contre moi pendant que les pas des soldats pénètrent dans la maison.

— Vous n'avez pas le droit d'entrer chez moi ! s'étrangle ma grand-mère.

Une voix d'homme lui répond dans un français impeccable, moucheté d'un accent germain aiguisé :

— Nous avons été informés que des terroristes se cachent parmi les habitants de Soilly. Les auriez-vous aperçus, chère madame ?

J'écrase mon œil contre une latte déglinguée. Je ne discerne que ma Mémère contre le mur du fond et le dos de l'homme.

— Vous êtes chez moi, ici.

— J'en déduis que vous n'avez pas l'intention de collaborer. Dans ce cas, je me vois dans l'obligation de demander à mes hommes d'effectuer les recherches. Vous devriez vous asseoir en attendant.

Le gradé lui désigne une chaise et balance quelques ordres à la volée. Le saccage commence aussitôt. Placards éventrés, table retournée, pelotes de laine dévidées, set à couture jeté au sol, vaisselle brisée, matelas tailladés, flaques de chou partout.

Assise toute droite au milieu des ruines, drapée dans sa dignité, Mémère ne cille pas. Le gradé s'installe à califourchon sur une chaise en face d'elle.

— Lorsque nous sommes arrivés, il y avait deux assiettes sur la table…

— J'attendais mon époux.

— Celui qui est mort en 1914 ? Voyons, chère madame…

Il marque une pause et sort une feuille de sa poche, avant de reprendre :

— Madame Georgette Loupiac, épouse Dambre… C'est bien ça ?

Ma grand-mère opine, livide.

— Il est inutile de nous mentir. Comme vous pouvez le constater, nous sommes bien renseignés.

L'homme se redresse et s'approche de Mémère.

— Vous n'êtes pas en position de résister, Georgette Dambre. Votre pays a été vaincu, il faudra bien vous y faire.

Un petit bruit. Les larges épaules de l'officier tressaillent et se retournent. Je vois maintenant l'homme de face, extirpant un mouchoir et essuyant le crachat sur sa figure. La fierté m'inonde. La tête défaite du gradé, le glaviot sur son nez, j'ai envie de rire. Mais l'homme lance des ordres en allemand et me coupe la chique. Quand des soldats attrapent brusquement ma grand-mère, je me liquéfie, suffoqué par le tapage des pas et des insultes furieuses que Mémère écume.

Le ramdam se déporte dehors. Je me précipite alors à l'autre bout de la cave et je grimpe sur un tabouret, tout près d'une sorte de meurtrière. Trois barreaux et un bout d'emballage cartonné en obstruent la vue. Je soulève prudemment un coin du carton.

Des paires de pieds, toutes tailles confondues, se tiennent devant la fenêtre. Des mioches aux chaussettes entortillées, des souliers crasseux de bonshommes, des sabots lourds de bonnes femmes.

Je vois, au-delà des chevilles, les six personnes alignées dans l'arrière-cour. Je les connais tous. Il y a le facteur, le père de Jean la Jaunisse, Lucienne, le maire dont le vélo gît à deux pas de là, le grand frère de Paul.

Et Mémère. Mains liées derrière le dos. Droite, la poitrine en avant, toisant l'ennemi de toute sa majesté. Je serre les dents, je veux sortir prendre sa place.

Mais le regard de Mémère dévie sensiblement en direction du carton que je peine à garder immobile. Elle me fait « Non » de la tête. Ses lèvres forment un « Chut » pour que je reste sage, à ma place, comme je le lui ai promis, et elles esquissent un sourire confiant.

Je me rappelle… les coups de feu…

Je bouche mes oreilles et mes paupières si fort que j'ai mal. Quand je rouvre les écoutilles, Mémère a dégringolé de toute sa hauteur. Elle fixe le vide. Du sang s'écoule de son front, sillonne le long de son nez et forme une petite mare sur le sol.

— Que ça vous serve d'avertissement, proclame l'officier de dos. Tous les actes terroristes sans exception donneront lieu à des représailles. Aucun crime ne restera impuni.

Je mords le torchon du pain pour ne pas hurler. Des larmes chaudes dévalent mes joues. J'entends les Allemands repartir comme ils sont venus, dans un vacarme de moteurs et de tôle. Je vois les épouses se jeter sur le cadavre de leur époux, pour les retenir et les aimer encore. On emporte les marmots sonnés. Le vieux médecin, appelé sur les lieux, établit les certificats de décès. Une voix d'homme s'élève contre ces satanés résistants qui fichent tout le monde dans le pétrin quand il suffirait de faire profil bas. Une autre menace de lui tordre le cou s'il ne la ferme pas. On débarrasse les morts, on gratte la terre pour effacer les traces.

La nuit déroule son chapitre. Le jour vient, incroyable d'ordinaire.

Je me rappelle… le soleil incandescent sur la cime du charme, la mousse verte entre les pierres polies de la vieille fontaine, les tourterelles roucoulant sur le toit affaissé du préau.

Je suis toujours prostré dans ma cave. Mes forces ne me permettent pas de soulever la trappe que je sais recouverte par la grosse armoire. Alors j'attends. Pour tromper l'ennui, je chante la berceuse que Mémère ne me chantera plus. J'arrache le carton de la fenêtre et, avec mon index mouillé de salive, j'y dessine des nuages. Je tape au carreau pour effrayer les rats qui se goinfrent du reste de sang séché.

Une autre nuit se répand sur le décor. Je dévore la miche de pain. Dans une des malles, je trouve une cruche et des biscuits que Mémère a rangés là, pour moi, au cas où, et je les partage avec la famille de fouines. Je donne un nom à chacune d'elles et je leur raconte des histoires tristes que mon imagination, atrophiée par la vision en boucle de Mémère en sang, m'empêche d'achever.

Un nouveau jour se lève. Je n'en peux plus. Je casse le carreau et j'appelle à l'aide. Je dois avoir une bonne étoile car M. Mallapert, l'instituteur, passe par là. Dès qu'il m'aperçoit, il se baisse vers la fenêtre et s'écrie :

— Mon pauvre petit, depuis quand t'es coincé là ? Seigneur, Marcel, ta grand-mère, c'est affreux, mais ne t'en fais pas, on va trouver une solution.

Quelques minutes plus tard, il décale l'armoire et soulève la trappe. Nous traversons ma maison. J'ai les jambes qui flageolent.

Je me rappelle… les débris de verre, les restes visqueux de chou…

Mais l'enseignant me pousse pour que j'avance plus vite.

— Faut pas rester là, c'est pas un spectacle, viens.

Il m'énerve, j'ai mal, je me débats, je m'enfuis vers ma chambre et je demeure à l'entrée, pétrifié, couillon.

Je me rappelle… le crucifix, le matelas éventré, l'armoire aux pans dégondés, les draps déchirés. Et ma petite poupée en laine que je ramasse en tremblant. Je la caresse. Je n'ai plus qu'elle. »

Marcel se tait, tout à ses réminiscences. Il est à Soilly, dans les bras du gentil instituteur, un puissant sentiment d'injustice l'étreint encore. Il a sûrement oublié des tas de choses, la mémoire, c'est comme l'emmental, c'est bourré de trous. Mais de cette période-là, aucun détail n'est passé à l'as.

Marcel revient à aujourd'hui et maintenant, ça demande un petit temps d'adaptation. La musique du piano du voisin reprend possession de la pièce.

Face à lui, Alice ne mange plus. Ses jolis sourcils sont tout froncés. Un bateau de biscuit à la cuillère surnage dans le verre de vin de Bordeaux.

— Vous devriez fermer la bouche, la taquine Marcel.

Pardon… c'est que… enfin, c'est une histoire horrible. Je suis désolée, je ne sais pas quoi dire…

— La guerre a laissé plein d'histoires terribles à plein de gens, je ne suis pas une exception.

Qui se souviendra de Mémère Georgette après lui, puisque, après lui, il n'y a plus personne ? Vingt-cinq ans de silence…

Et cette Alice, le duvet au-dessus de ses lèvres saupoudré de sucre glace… Elle l'écoute, c'est agréable. Qui sait, peut-être un jour reparlera-t-elle à quelqu'un, n'importe qui, de ce gamin enfermé dans une cave et de sa grand-mère qui lui a fait « Chut » juste avant de mourir.

Dire que les gens de la mairie aimeraient le voir partir… Qu'ils le laissent calancher en paix, ici, entre ses quatre murs, ses bibelots, ses outils et sa mémoire. On devrait avoir le choix de caner où ça nous botte.

Marcel voit souvent Georgette, Nini, Suzanne et tous les autres. Une vraie cavalerie. Ils viennent pour lui. Alors il est content. Mais ils repartent, sous prétexte que ce n'est pas encore l'heure. Parfois, quand il a le moral dans les chaussettes, il a envie d'accélérer les choses. Mourir, leur faire la surprise d'une visite impromptue, en quelque sorte. Et puis l'engourdissement revient et il se rendort, bien au chaud dans l'ankylose de ses sentiments et l'inertie de son cœur en ruine, comptant sur la moins mauvaise des solutions, l'arrêt pur et simple des battements faibles et inutiles.

— Ah ! là, là ! c'est si vieux, tout ça… Dites, vous préférez peut-être autre chose à manger ? Je peux préparer des pâtes, si vous voulez…

12

Alice se concentre, elle pince les lèvres, tire un peu la langue, plisse les paupières. Elle cherche à deviner l'enfant dans la figure parchemin de Marcel. Elle affine le nez, efface les rides, peint les joues en rouge, brunit les cheveux, raccourcit les jambes, crayonne un hématome sur le genou droit, ajoute de la terre sous les ongles rongés, conserve les yeux parce que le regard ne change pas.

Et voilà qu'un petit gamin se dessine, timide et désemparé, une poupée en laine au bout du bras.

Mais déjà, « pouf », le gosse disparaît dans un nuage noir.

Trop de pensées traversent son esprit en permanence, impossible de focaliser sur l'une d'elles plus d'une demi-seconde. Les gens normaux tournent en boucle, ils ont des idées fixes. Alice, elle, a des idées-papillons.

Enfin, avait.

Avant, il arrivait qu'une de ces idées-papillons se laisse approcher. Alice avançait alors, à pas de loup, l'espoir en bandoulière, le filet derrière le dos. Elle dégainait. Mais l'idée-papillon s'envolait et atterrissait plus loin. Comme Alice ne manquait ni de ressources ni de pugnacité, elle essayait de l'apprivoiser en tendant la main pour lui signifier qu'elle ne lui voulait pas de mal. Ce dont se contrefichait allègrement l'idée-papillon qui, déjà, volait au milieu des autres, essaim coloré qui la narguait dans un raffut de ventilateur.

Quand elle était enfant, sa mère s'en plaignait sans arrêt : « Alice, tu ne vois pas que tu marches dans la boue et que tu es toute tachée ? » ; « Comment ça, tu ne sais pas où tu as perdu ta chaussette ? Elle ne s'est pas volatilisée, tout de même ! » ; « Tu as encore oublié de prendre le pain, c'est pas possible, ça, on ne peut pas compter sur toi ! » ; « Non, mais Alice, le chocolat dans le micro-ondes, il est là depuis la Saint-Glinglin, ma parole ? ! » ; « Alice, ce livret, qu'est-ce que ça veut dire ? Tu te rends compte que tu vas finir caissière ? Fini, la télé, fini, les livres, fini, les jeux, fini, les dessins, fini tout, à partir de maintenant, TU TE CONCENTRES SUR TON TRAVAIL ! ».

Logique puisque, à l'école, c'était le même refrain : « Alice, tu manques d'attention ! » ; « Tu peux répéter ce que je viens de dire, Alice ? » ; « Allô la Terre, ici la Lune ! » ; « Veux-tu bien cesser de regarder par la fenêtre, Alice ! Puisque c'est comme ça, je ferme les rideaux ! Peut-être que tu seras un peu plus attentive ! ».

Alice essayait mais elle ne retenait rien. Ni les règles de grammaire ni les théorèmes de géométrie. Elle avait beau passer des heures carrées sur ses cahiers, ça ne rentrait pas. En classe, à peine ouvrait-elle la bouche qu'elle avait oublié ce qu'elle voulait dire, elle sautait du coq à l'âne en permanence sous les rires râpeux de ses camarades.

— Votre fille a des problèmes d'attention, avait annoncé un enseignant d'histoire-géographie du collège lors d'une réunion parents-professeurs.

— Oh ! elle tient ça du côté de son père, s'était lamentée sa mère, ils sont tous comme ça, dans sa famille.

— Ce n'est pas une fatalité, avait rassuré le professeur, l'imaginaire est une qualité tant qu'on parvient à le contenir, je suggère que vous la fassiez suivre.

Les psychologues avaient essayé de dresser les papillons mais les papillons avaient gagné. Parce que Alice était ainsi, elle aimait les papillons. Mais depuis deux ans, trois mois et quatre jours, ce n'est plus la même chanson.

Laminé, le bataillon arc-en-ciel, antennes, pattes et ailes arrachées partout, les cafards exterminent les papillons un à un. C'est un carnage, un génocide.

Des couleurs, on n'en discerne plus.

— Alors, des pâtes, ça vous tente ? insiste Marcel.

Alice secoue la tête. Elle n'a pas faim, elle meurt d'envie de connaître la suite de l'histoire du vieil homme. Elle s'accroche à la sensation qu'elle peut le sauver, de quoi, de qui, de lui-même, peut-être, elle ne sait pas, c'est confus. Les cafards restent à distance quand il parle. Alors elle l'aide, elle lui pose des questions, pour qu'il réponde et que le son de sa voix continue à lui prodiguer enfin un peu de repos.

— Qui s'est occupé de vous après la mort de Georgette ?

— Léonce. Mais pas longtemps, juste le temps qu'une autre solution soit trouvée. Son mari, le facteur, a été fusillé avec ma grand-mère. Vous pensez, veuve avec trois enfants, c'était compliqué.

13

« Léonce possède à peine de quoi subvenir aux besoins de sa propre famille qui compte trois fillettes en bas âge. Elle a pourtant accepté de s'occuper de moi, en mémoire de Mémère.

Elle a vingt-sept ans, elle en paraît quarante. Un mois après le meurtre de son mari, elle a l'éclat d'un pruneau sec.

Pour ne pas ajouter à ses difficultés, je fais mon possible pour me rendre utile : je m'occupe des petites lorsqu'elle travaille aux champs, je braconne dans la forêt d'où je parviens, quand la chance s'en mêle, à rapporter des grives et des lapins.

Léonce ne se plaint pas, elle ne me reproche rien. Mais de temps en temps, la fatigue accentue sa nervosité et perfore la digue de sa retenue. Elle lâche alors un « Je me demande bien ce qu'elle fiche, ta mère ».

Ma mère. Celle que personne n'a nommée pendant douze ans est à présent sur toutes les lèvres, quoique en sourdine. Je surprends d'ailleurs un échange discret entre Léonce et M. Mallapert :

— J'ui ai écrit. Si elle répond pas, il faudra trouver un moyen. Je me suis renseignée, y a un orphelinat à Compiègne, le p'tit y sera bien, j'ui enverrai des colis, on ira le voir à la Noël avec les filles.

L'idée de partir en pension me rend malade. J'en perds l'appétit. Léonce rigole, me demande si, des fois, y aurait pas une fille là-dessous. Je ne la contredis pas et je redouble d'efforts pour me montrer indispensable.

Je n'ai pas à m'inquiéter longtemps ; un après-midi de septembre, les prières de Léonce sont exaucées.

Les arbres gesticulent mollement de leurs têtes fauves, les dernières cigales chantent dans les blés, des vaches paissent aux champs et les vendanges épuisent tout le monde. Comme la plupart des hommes ont été enrôlés dans l'armée, envoyés au travail obligatoire en Allemagne ou sont décédés, bref, comme il n'y a plus grand monde au village, on se relaie tant bien que mal et on file des coups de main à gauche, à droite.

Aujourd'hui, c'est repos. Je suis en train de tailler un morceau de bois pour fabriquer une flèche, assis sur le perron de la maison, sous le regard admiratif d'Augustine, l'aînée des filles de Léonce.

De petits coups autoritaires martelés sur la route me font lever la tête. Une silhouette se détache dans le contre-jour. J'applique ma paume en visière pour mieux me la figurer. C'est une femme qui marche à pas serrés dans une robe droite, la taille marquée par une large ceinture, une valise au bout de son bras. Les petits coups, ce sont ses talons ronds qui frappent le chemin avec un débit impérieux. J'ignore pourquoi mon ventre se contracte à ce moment-là. Une intuition, peut-être.

Je la vois ralentir en dépassant la maison murée de Mémère, s'engouffrer dans la cour puis disparaître, engloutie par le préau.

Ma curiosité se pique cependant que mes nerfs se rebellent. Pourquoi cette inconnue dévisage-t-elle ma maison ? De quel droit foule-t-elle le sol de mes souvenirs ?

De toute façon, je suis un cabochard, je l'ai toujours été. Les adultes peuvent m'interdire de me rendre dans ma maison autant qu'ils veulent, ils pissent dans un violon. Dès qu'ils ont le dos tourné, je pars en pèlerinage.

Mais quand même, ce n'est pas une raison pour qu'une étrangère s'incruste et abîme tout ce qu'il me reste de ma grand-mère.

Après plusieurs secondes, elle est de nouveau dans mon champ de vision. Maintenant qu'elle est plus proche et que le soleil s'est décalé, je la discerne mieux. De volumineuses boucles de cheveux châtains, rehaussées par un bandeau, lui tombent au milieu du cou.

— Ça, pour une surprise…, souffle Léonce.

Je me retourne et trouve ma bienfaitrice derrière moi, sa cadette sur la hanche. Elle s'essuie le front avant de traverser les deux cents mètres qui la séparent de l'inconnue.

Elles se tombent dans les bras, je reste bouche bée.

S'ensuit une discussion que je n'entends pas tandis que la femme frôle sans s'y attarder la joue rouge d'eczéma du bébé blond.

Augustine tire sur ma veste.

— Tu la connais, la dame ?

Je fais « Non ».

— Elle est jolie, commente la petite à voix basse.

Je fais « Oui » et je regarde les deux femmes se diriger vers la maison. Un nuage d'étourneaux s'échappe d'un cyprès à leur passage. Je me cache derrière la pile de fagots de bois qui sèchent en prévision de l'hiver. C'est que la fusillade m'a rendu méfiant et plus sauvage qu'un renard.

Elles s'avancent, je ne les quitte pas des yeux. Ces deux-là n'ont rien en commun, l'image d'un cheval et d'une chèvre cheminant d'un pas synchrone me traverse.

Ne vous méprenez pas, Alice, ce n'est pas de l'impolitesse, c'est de l'instinct de protection.

À peine la jeune femme entre-t-elle dans le jardin que Léonce lui présente ses deux autres filles. Des bises claquent, sèches comme du foin en plein cagnard, puis la nouvelle arrivante sonde la façade en s'exclamant que ça n'a pas tellement changé, que c'est fou, que maintenant qu'elle est là, elle a l'impression de ne jamais être partie.

— Toi, par contre, t'as bien changé, rétorque Léonce avec une pointe d'animosité. Les journaux, i'disent qu'on est bien chanceux d'habiter à la campagne, que c'est encore plus dur pour ceux de la capitale. Faut croire qu'i s'trompent, dans les journaux.

La femme coupe court et réplique, relevant encore son minois plein de provocation :

— La guerre, c'est la guerre. C'est pas interdit de se débrouiller.

Léonce n'insiste pas et se façonne un sourire caillou.

— Entre, je vais te servir à boire.

Augustine me rejoint. En soufflant sur une mèche blonde qui s'obstine à couvrir le bout de son nez, elle murmure :

— En plus, elle sent bon, la dame.

Je hume l'air et je reprends, l'air de rien, la taille de mon bout de bois, les fesses sur le perron. Au fond, je suis troublé : je n'ai jamais vu une femme aussi belle et distinguée. Soilly ne détient pas ce genre de spécimens.

Au bout d'une demi-heure, deux mains se posent sur mes épaules.

— Rentre à la maison, me dit Léonce, y a une surprise qui t'attend.

Sur la grande table, la valise ouverte découvre des bas et une blouse sable toute neuve. Il y a aussi les verres en cristal que Léonce n'utilise que lors des grandes occasions.

Assise, les jambes croisées, la jolie dame boit de petites gorgées avec la délicatesse d'un chat. Sa bouche maquillée a déposé son empreinte sur les bords de son verre.

Elle m'envisage de son regard étrange, la tête de côté comme un petit chiot qui cherche à comprendre.

Ses yeux sont une curiosité. Bleu à gauche, marron à droite, l'un semble gai et l'autre triste. Est-ce une anomalie ou une merveille ? Impossible de me décider.

— Eh ben alors, tu n'embrasses pas ta mère ? fait soudain la femme en ouvrant les bras.

Comme je ne moufte pas, Léonce me pousse doucement vers elle.

Je regarde mes chaussures, la dame me présente sa joue, je me penche, pas bien certain de ce qu'on attend de moi. Une odeur poudrée de musc blanc flotte dans la pièce.

— Je te pensais plus grand. Tu n'es pas malade, au moins ?

— Non, madame.

Elle éclate de rire.

— « Madame » ? ! Voyons, comme tu y vas. Tu n'auras qu'à m'appeler Nini. Tourne un peu que je te voie.

Perplexe, je zieute Léonce qui, d'un signe du menton, m'enjoint d'obéir. Alors je m'exécute et tourne sur moi-même.

— Dieu qu'il est pataud ! Et tes mains ? Montre-moi tes mains !

Je tends mes mains, j'ai honte : mes ongles sont ras et souillés, de la suie macule mes manches.

La dame palpe mes paumes. Je frémis sous ses doigts souples, l'angoisse et la gêne m'assèchent le gosier. Moi qui jusqu'alors n'ai connu que des épidermes rêches et endurcis par les travaux agricoles, je suis en terre inconnue. Elle ne possède pas les mains des gens d'ici.

— Est-ce que tu travailles bien à l'école ?

Je hausse les épaules et j'articule :

— Ça dépend.

— « Ça dépend ? » En voilà, une drôle de réponse.

Elle avale une gorgée et elle ajoute, sévère soudain :

— C'est soit oui, soit non. Je n'aime pas les garçons indécis. L'indécision, c'est l'immobilité. L'immobilité, c'est la mort, alors que la vie, c'est le mouvement. Tu comprends ?

Je ne comprends rien, je suis trop occupé à me répéter que cette merveilleuse intruse est ma mère pour être en capacité de comprendre quoi que ce soit.

Nini s'adresse alors à Léonce. Celle-ci reluque ses chaussures en cuir avec une envie qu'elle ne cherche pas à dissimuler.

— Il a tout vu ?

— Je crois, oui.

Je profite de leur conversation pour planquer mes mains dans mon dos.

— Eh bien, dans ce cas, j'ai bien peur qu'il soit devenu demeuré.

— Il n'en serait pas moins ton fils, rétorque Léonce.

Il y a une pause. On n'entend plus que les babillements du nourrisson et les cris d'Augustine qui, je présume, vient de chuter dehors. Sans un mot, Léonce déplie son corps encombré du bébé et sort consoler sa fille.

Nous sommes seuls, elle et moi.

Je suis mal à l'aise et, pour ne pas croiser le regard bicolore et scrutateur, je fixe l'ondulation des arbres par la fenêtre.

— Ton père…

Allons bon. Voilà qu'on évoque maintenant un deuxième larron. N'est-il pas assez déstabilisant de rencontrer une mère pour qu'on ait besoin d'y adjoindre un père ? Comme si elle avait réfléchi entretemps, la dame se reprend, guillerette tout à coup :

— Oh ! et puis non, ne gâchons pas cet instant en parlant des absents. Tu verras, Paris te plaira.

— Paris ?

Elle se met à esquisser de grands gestes.

— Eh bien oui, Paris, la tour Eiffel, les grands magasins, le métro, les Champs-Élysées, les bistrots !

L'angoisse me prend, je me cabre en silence : Paris ? Qu'est-ce que ça peut me faire, Paris ? Je sens le coup venir, si elle croit qu'elle peut m'emporter comme un sac de patates, elle se fourre le doigt dans l'œil, c'est ici, chez moi, on m'a déjà enlevé Mémère, on ne va pas en plus me priver du reste. Mais elle poursuit :

— Sais-tu que j'ai un perroquet qui cause ?

— Un perroquet… qui cause… ? je répète, abasourdi.

— Ce n'est pas ce que je viens de dire ? Allez, il est temps, va préparer tes affaires…

La perspective de rencontrer un volatile bavard met immédiatement un terme à mes réticences. Je remise mes protestations et me hâte de rassembler le peu que je possède : un pull élimé aux coudes, une chemise trop petite, deux culottes aux boutons dissemblables, une paire de chaussettes tant reprisées de tout et de rien qu'on n'en voit plus la couleur d'origine.

Quand j'ai terminé, Nini tient à inspecter le contenu de ma musette. Elle soulève un à un mes vêtements et déclare avec une moue dégoûtée :

— Un vrai souillon… Nous allons devoir remédier à ce désastre.

Puis, extirpant ma poupée en laine :

— Ce machin, tu l'as encore…

Ses yeux se voilent, je déglutis, j'ai peur qu'elle me l'enlève. Mais Léonce intervient :

— C'est tout ce que le pauvre gamin a pu récupérer de chez la Georgette. Il y tient…

À regret ou non, Denise redépose la poupée dans ma gibecière. J'enfile la bandoulière pendant qu'elle referme sa valise vide.

Elle s'arrête sur le seuil.

— Marcel, dis au revoir à Léonce et merci de t'avoir gardé.

J'embrasse Léonce, je la remercie.

— De rien, mon grand, amuse-toi bien, obéis à ta mère, travaille bien au collège, tu reviendras nous voir ?

Je promets et je pose une bise sur les joues de chacune de ses filles.

— Tu m'enverras une photo de Paris ? demande Augustine à voix basse dans une intonation triste.

Je promets encore. De ces deux promesses, je n'en tiendrai qu'une, mais pas comme on peut l'imaginer.

Pour l'heure, le chagrin d'Augustine est contagieux et je ne suis plus sûr de vouloir suivre celle qui s'éloigne prestement sur le chemin.

La dame a déjà avancé d'une trentaine de mètres quand elle se rend compte que je n'ai pas bougé. Elle dépose alors la valise sur le sol.

— Que dirais-tu d'être galant et de porter la valise ?

La demande fait office de détonateur. L'envie de me faire bien voir de cette femme extraordinaire prend le pas sur toutes mes considérations.

La valise cogne contre mes genoux, la sangle de la bandoulière appuie sur mon cou et me cisaille la peau.

— Nini ! hèle tout à coup Léonce.

Denise pivote son air de majesté.

— Le gamin, tu vas bien t'en occuper, dis ? C'est ce que ta mère aurait voulu…

— Est-ce qu'on n'a pas toujours fait ce que ma mère voulait ?

— Oui mais, ton gosse, i'y est pour rien, lui. Tu essaieras de l'aimer ?

Le veau orphelin de Jean la Jaunisse gambade le long de sa clôture. Un chien aboie au loin.

C'est étrange, comme ces détails insignifiants se gravent.

— Il le faudra bien, rétorque ma mère en tournant les talons.

Quand on dépasse la maison de Mémère, je me tétanise brutalement, les bras ballants, le regard arrimé à la façade murée, au puits bouché, au charme roux qui, indifférent, laisse tomber ses feuilles sur la terre ensanglantée.

— Les souvenirs, c'est mauvais pour la santé, grince Nini. Si tu n'y prends pas garde, tu finiras toi aussi par tourner dedans comme un lion en cage. Tu sais, j'ai réfléchi, il vaudra mieux dire que je suis ta sœur. Être une mère ferait de moi une vieille femme et je n'en ai ni l'air ni l'envie. Une sœur, ça suffit bien.

C'est ainsi que je quitte Soilly, ma brise et mon été, emboîtant le pas d'une femme qui sent le parfum et marche vite.

Ainsi que je prends le train pour la première fois et que je débarque à la gare de l'Est, comprimé par une foule compacte et hostile qui se répand dans les rues.

Dehors, il pleut. J'ouvre la bouche toute grande pour avaler une goutte. La pluie de Paris a un goût de fer. »

14

Marcel suspend ses paroles afin d'évaluer l'effet que son récit produit sur Alice. Il escompte de la commisération. Ou, du moins, de la curiosité. Mais c'est un autre sentiment qui émane d'elle. Elle scrute la photo de Nini d'une manière bizarre, comme si elle y cherchait quelque chose. Marcel se souvient que, dans les chaussures, les orteils d'Alice fuient. Cette jeune femme l'intrigue. On n'a pas des orteils fuyants sans raison, il y a un chagrin diffus chez cette gamine. Une sorte de noirceur. Après tout, elle pourrait être n'importe qui, n'importe quoi, de n'importe où. Une folle échappée d'un asile, une meurtrière en cavale, une voleuse. Qui sait s'il ne va pas finir ligoté sur une chaise ?

L'image du revolver planqué dans son tiroir s'invite brièvement. Ça le rassure.

— Qu'est-ce que vous faites ? s'étonne-t-il en la voyant tendre tout à coup un verre à travers les barreaux.

Elle ne répond pas et lui oppose une figure énigmatique tandis qu'elle recueille des gouttes de pluie qu'elle avale aussitôt. Elle recommence ensuite l'opération et, contre toute attente, lui donne le verre.

Marcel regarde, ahuri, l'eau de pluie prisonnière du godet en se demandant quelle mouche a bien pu piquer cette fichue gosse.

Comme il ne réagit pas, elle se compose une moue silencieuse et amusée. Un encouragement. Marcel est perplexe, tu parles d'une idée biscornue !

Il n'a pas bu d'eau de pluie depuis son arrivée à Paris.

Son cœur bat la chamade, c'est idiot, ce n'est qu'un verre, ce n'est que de l'eau. Mais ce sont aussi des souvenirs, et les souvenirs sont des libellules dont les ailes ont vite fait de se démantibuler. Et puis :

— Avec cette pollution, autant boire de l'arsenic.

— Allez, Marcel, faites un effort, ça ne va pas vous tuer.

Elle le met au défi. Son ingénuité lui plaît. Alors il se lance, il a l'impression de sauter à l'élastique.

Les gouttes se déploient dans son palais, heurtent sa langue. Il surjoue un peu, goûte l'eau comme un grand cru, en tortillant sa bouche, en faisant rouler le liquide de droite à gauche dans ses joues gonflées.

L'eau est bonne, elle est claire, elle est fraîche, elle ne possède pas le goût de métal de sa mémoire. Cette constatation le mine tout à coup. Le passé est passé. Mais il est content de lui. Il l'a fait.

— Alors ? s'enquiert Alice.

Alors quoi, alors il a douze ans et c'est rigolo de boire l'eau de pluie.

— Pas mauvais.

— Vous plaisantez ! s'exclame-t-elle. Elle est parfaite ! Vous avez une bouteille vide ?

Pendant qu'elle s'échine à coincer la bouteille en plastique sur le rebord de la fenêtre, il songe qu'il n'est pas mécontent qu'elle soit là.

— Dites, vous voulez bien me raconter la suite ?

— Avec joie, ce serait dommage de s'arrêter en si bon chemin.

Il prend de l'élan tout en se disant que cette jeune fille a forcément une histoire, puisqu'on en a tous une.

15

« Mon horizon qui, jusque-là, se bornait aux champs de Soilly et à la place du village de Dormans s'élargit d'un seul coup. À Paris, il y a du bitume, des vélos, des drapeaux à croix gammées au-dessus des monuments, des marmots blafards, des femmes fagotées dans des accoutrements de fortune, d'interminables files d'attente devant des étals vides, un paquet d'Allemands en uniforme, en promenade ou avachis aux terrasses des bistrots.

Je traîne dans cet univers inconnu, les yeux écarquillés, avide de découvertes. Denise trottine devant, je me presse pour la rattraper et m'engage a sa suite dans une rue trépidante affublée d'un nom bizarre : rue du Rendez-Vous.

Je vous l'ai dit tout à l'heure : la rue n'a alors rien de commun avec ces ruines qui s'amoncellent et ces édifices branlants.

Non.

C'est une rue populaire où la vie se répand dans un boucan d'enfer. Fleuriste, boulangerie, boucher, charcutier, restaurant, camelots, épicerie. Un vieux bonhomme assis sur un banc et des piafs tout autour, une dame déguisée façon Belle Époque portant son orgue de Barbarie sur la poitrine, des arbres, des bâtiments bas.

Au rez-de-chaussée d'un immeuble, des panneaux de bois oblitèrent la vitrine brisée d'une devanture. Le mot « Juif » y est tracé à l'encre noire à de multiples reprises, en long, en large et en travers.

La raison d'être de ces inscriptions m'interroge. Mais je ravale mes questions parce que Nini a déjà ouvert la porte palière d'en face.

— C'est ici, au troisième et dernier étage ! s'écrie-t-elle.

Dans le hall d'entrée, des mosaïques en carreaux de ciment. Sur certaines boîtes aux lettres, des noms barrés, remplacés par d'autres.

Nini gravit l'escalier en colimaçon. Il est si raide que, resté en bas, j'aperçois en contre-plongée la naissance de ses cuisses.

— Ben alors, gros nigaud, qu'est-ce que tu attends pour monter ?

Cramoisi, je détourne aussitôt le regard et je grimpe les marches en me traitant mentalement de tous les noms d'oiseaux.

L'oiseau, justement. C'est sa silhouette de créature à bec que je remarque d'abord dans l'intérieur baigné de pénombre. Manquant de valdinguer au passage sur la roue du vélo entreposé au milieu du salon, je me précipite en direction de l'animal.

— Il s'appelle Nostradamus, annonce fièrement Nini en tirant d'épais rideaux vieux rose.

Le jour s'invite dans l'appartement et se réfléchit sur le chapelet de carillons accroché au plafond, sur la multitude de fauteuils, de coussins, de tapisseries florales aux couleurs pastel, d'objets hétéroclites qui encombrent le deux-pièces.

— Ah, il était temps, j'ai bien cru que nous allions étouffer ! Que penserait Léonce si, dès le premier jour, nous nous asphyxiions l'un l'autre ? Règle numéro un : on ne ferme jamais les volets. La nuit n'est pas un drame.

J'écoute d'une oreille distraite. Je n'en ai que pour l'oiseau. Je n'ose pas le toucher.

C'est un perroquet gris. Un anneau enserre sa patte gauche et le relie au perchoir par une chaînette. Deux coupelles en porcelaine sont posées en dessous. Sur la droite, on a peint, en rouge : « Oui ». « Non », sur celle de gauche.

Quand je pose la question de leur utilité, Denise plaque ses mains à sa taille en soupirant.

— Décidément, tu n'es pas malin… Pourquoi donc crois-tu que je l'ai appelé Nostradamus ?

Là-dessus, elle tend une pièce devant le bec de l'oiseau et, sans la lâcher, elle demande, en se composant une figure sévère de nurse anglaise :

— Dis-moi, Nostradamus, allons-nous devoir faire toute l'éducation de ce petit ?

Elle confie alors la pièce au perroquet. Ce dernier paraît hésiter une demi-seconde, bec à gauche, puis à droite, et laisse finalement tomber sa prise dans la coupelle marquée du « Oui » où la pièce rebondit avant de s'immobiliser.

Denise applaudit en poussant un petit cri joyeux. Puis elle déclame en ouvrant les bras :

— Jeune homme, vous avez devant vous l'unique voyant à plumes de Paris ! Nostradamus, je te présente Marcel. Dis bonjour.

Ce à quoi le perroquet répond par le biais de deux syllabes stridentes.

— Tu devrais fermer la bouche, me conseille Nini.

Je ne m'étais pas rendu compte que ma mâchoire pendait.

Elle ajoute à mon intention, à voix basse :

— Bien sûr, cela ne fonctionne que pour les questions fermées. Ce n'est qu'un perroquet, après tout. Mais ne le lui dis pas, cela le vexerait. Il boude comme un enfant gâté, un vrai caractère de chien…

Sur ce, Denise balance ses souliers sous la fenêtre. Ils gisent à présent sur le flanc, près d'un arbre en pot aux racines épaisses.

— *Augusta Dorminicina Ombrum*, déclare-t-elle en humant les petites fleurs, des roses et des blanches.

Je n'ai jamais entendu parler d'un arbre pareil. Pourtant, les arbres, ça me connaît.

— Ça existe, ça ? je demande.

Elle hausse les épaules.

— Évidemment, puisque je l'ai inventé.

Un autre objet attire mon attention. Un gramophone. C'est la première fois que j'en croise un.

— Tu sais comment ça marche ?

Je secoue la tête, le regard rivé à la machine. Denise remonte la manivelle. Quand elle actionne le bras, la voix de Lucienne Boyer émerge des crépitements, suppliant qu'on lui parle d'amour.

Dès les premières notes, Nini a fermé les paupières en agitant ses mains.

Elle fredonne maintenant d'un air inspiré et se met à danser, balançant ses pieds nus voilés de coton, tournant de plus en plus vite, ponctuant sa chorégraphie de révérences en direction du perroquet qui siffle comme pas possible.

Le manège incongru de cette femme et de son oiseau me fascine. Il me semble même que les fleurs de l'arbre pulsent en mesure. Je rêve, forcément : un arbre, ça ne guinche pas. Quant au perroquet, je n'en sais rien, je n'en mettrais pas ma main à couper.

À la fin de la chanson, Denise s'écroule dans l'un des fauteuils et, l'air de s'éveiller d'un sommeil profond, elle étire son visage sous ses jolis doigts et replace le désordre adorable de ses cheveux.

— Tu aimes danser ?

J'ignore quoi répondre, je n'ai jamais essayé.

— Tu apprendras, tranche-t-elle. La vie ne vaut que si on la danse. Voici d'ailleurs la règle numéro deux : toujours tu danseras. Je n'aime que les gens qui dansent, les autres sont ennuyeux. Tiens, sois mignon, sers-moi à boire.

Elle tend la main vers la table où attendent un verre et un broc d'eau. Je me dépêche de me conformer à son désir tant j'ai à cœur de lui faire plaisir. Un vent léger décolle une mèche de ses cheveux et s'insinue dans la farandole de carillons qui se met aussitôt à tintinnabuler, conférant à la scène une ambiance surnaturelle.

Nini vide d'un trait le contenu du verre avant de se redresser.

— T'es pas causant, toi alors. Ah ! le silence, quelle terrible invention… D'ailleurs, ce n'est pas pour rien si « silence » rime avec « absence ». Si tu veux mon avis, le silence est une aberration.

Là-dessus, elle se soulève du fauteuil et s'engouffre dans la pièce adjacente. Je la suis dans sa chambre, hypnotisé, les yeux rivés aux photos d'elle accrochées aux murs qui la représentent en danseuse sublime.

— Avant, j'étais cousette dans un atelier, explique Nini en surprenant mon regard. Un homme qui me trouvait jolie m'a dit que c'était gâché et que je serais plus utile dans les spectacles. C'est ce que j'ai fait.

Je m'émerveille :

— Tu es danseuse ?

— Je suis ce que je veux, un peu de ci, un peu de ça. On est le fruit de nos rêves, n'est-ce pas ?

Elle bombe la poitrine et éclaircit son propos :

— Figurez-vous, mon cher, que j'officie au cabaret du Cheval Blanc du lundi au samedi, avenue des Champs-Élysées, dîner-spectacle très chic pour des gens très distingués qui boivent du champagne et mangent du foie gras. Je suis très demandée.

Elle rit en effleurant le bout de mon nez.

— Par ailleurs, ce n'est pas poli de poser trop de questions à une dame.

Il règne dans sa chambre un joyeux capharnaüm. Un immense lit à baldaquin défait, un bureau, une coiffeuse truffée de flacons de toutes tailles, le portrait d'un bel homme souriant sur un napperon crème disposé sur la table de chevet, près d'une boîte ronde.

— Ah ça, c'est une boîte magique, chuchote Nini en la remontant.

La boîte s'ouvre dans un cliquetis, le mécanisme s'enclenche, et deux minuscules mariés en habits de satin tournoient sur l'air de *La Lettre à Élise*.

Quand j'approche mes doigts des personnages, le couvercle se referme d'un coup sec.

— Non, dit Nini d'une voix subitement altérée, tu les casserais.

La chambre croule sous les étoffes. Un amas de vieux vêtements est pendu aux portes de placard, d'autres gisent sur le dos d'une chaise. Il y a un immense nécessaire à couture, une collection stupéfiante de rubans et de boîtes métalliques en tout genre.

Par la fenêtre, pour peu qu'on tende le cou, on aperçoit un bout de ciel entre les conduits de cheminée.

— Voyons, il y a sûrement d'autres règles… Laisse-moi réfléchir…

Je ne réponds rien, j'attends.

— Chut, je te dis, ne parle pas, ça me détraque. Ah oui, voilà, j'y suis…

Elle fronce le nez et elle lève un à un ses doigts tandis qu'elle énumère le reste du règlement qui semble lui tomber droit du plafonnier.

— Règle numéro trois : la mauvaise humeur est contagieuse et sent mauvais. La mélancolie, en revanche, est tolérée. Numéro quatre : pas de boniments. Numéro cinq : on ne sort pas sans être tout à fait certain d'être bien mis. Le caca d'oie ne sied à personne. Numéro six : on ne collectionne pas l'argent, il est fait pour être dépensé. Numéro sept : on ne pense pas au lendemain, ça évite de se faire du mouron. Numéro huit : l'existence ne vaut que si elle est vécue. Numéro neuf : il faudra faire des efforts pour ne pas devenir un homme. Règle numéro dix…

Elle marque une pause. Son œil bleu m'examine soudain avec gravité. Je retiens mon souffle.

— Tu entends ?

— Quoi donc ?

— Moi non plus. Il faut y remédier.

Elle regagne le salon où elle secoue les carillons.

La voilà de retour.

— Ah, c'est mieux. Le silence, brrr, c'est bon pour les morts. Bien, où en étions-nous ? Ah oui, règle numéro dix : nous ne sommes tenus à rien et surtout pas l'un à l'autre. Tu promets ?

Naturellement.

Je concéderais n'importe quoi pour m'intégrer dans son château de conte de fées.

Dès lors, je me coule dans ses habitudes.

Chaque jour, Nini se lève vers midi, précédée de la mélodie de *La Lettre à Élise*. Ébouriffée dans une robe de chambre en dentelle et boa, elle froufroute superbement jusqu'à son perroquet.

« Dois-je porter ma jupe-culotte ? » ; « Est-ce que la patronne va être gentille aujourd'hui ? » ; « Dois-je dire à Madeleine ce que je pense ? » ; « Est-ce que le bouton jaune sera plus joli que le bleu ? Vaut-il mieux une surpiqûre marron plutôt que noire ? » ; « Est-ce que c'est pour aujourd'hui ? ».

Euphorique quand la pièce tombe dans le « Oui ». Morose si elle chute dans le « Non ».

Forte de ces prédictions, Denise avale une grande tasse de lait chaud sucré. Porcelaine et cuillère en argent, toujours : elle jure que le bon marché la constelle d'eczéma.

Le déjeuner terminé, elle tamponne ses lèvres avec un mouchoir en coton fleuri, elle ouvre la fenêtre et elle fume, à l'aide d'un fume-cigarette, face aux nuages emberlificotés au Sacré-Cœur. Elle demeure ainsi alanguie des heures durant, au son des carillons caressés par la brise, rêvant à on ne sait trop quoi. Si les courants d'air viennent à manquer, Nini noue un petit fil à son bras pour opposer le tintement au silence. Elle ne manque pas d'ingéniosité.

Quant à moi, j'ai ordre de m'effacer. Quand Nini reçoit – et elle reçoit chaque jour ou presque –, elle me commande de partir en balade. Elle refuse que ses invités me voient.

— Va donc apprivoiser Paris. Mais rentre avant mon départ, veux-tu, je m'inquiéterais trop de te savoir traîner plus que nécessaire. Ça me brouillerait la peau et on m'apprécierait moins.

Ainsi, je déambule dans la ville des après-midi entiers. Je m'occupe en apprenant le nom des rues ; j'observe la faune des Parisiens tachée de soldats allemands ; je regarde l'automne se faufiler sur les boulevards et les nuages coiffer les réverbères tout en me demandant qui Nini reçoit et où elle se rend, les soirs où elle ne travaille pas. En attendant de percer le mystère de ma mère, je joue aux osselets avec des cailloux ou m'amuse avec des bouts de bois le long des caniveaux.

Puis, invariablement, quand le crépuscule point, je rentre et assiste aux préparatifs de Denise. Elle enclenche le phono et voltige au rythme de la musique le temps de choisir sa tenue, jetant des robes sur le lit et s'agaçant beaucoup.

— Non, mais regarde-moi ça, se désole-t-elle face à son miroir, je suis tout engoncée.

Elle prend alors une inspiration sévère et, d'un geste de princesse capricieuse, désigne le martyr du soir : elle découpe un morceau de drap pour le transformer en ceinture ou démantibule un pantalon d'homme pour se faire un caraco. De l'association d'une veste en velours élimée et d'une nappe écossaise naît, en musique toujours, une robe bicolore drapée à la taille du plus bel effet.

— C'est mieux, n'est-ce pas ?

Oui, non, quoi qu'elle porte, elle est sublime.

Sous mes yeux éblouis, elle se pomponne ensuite en chantonnant, jus de betterave sur les joues et sur les lèvres, ras de cils surlignés de charbon, turbans ou bibis à dentelle sur les cheveux. Elle glousse en lâchant des « À la guerre comme à la guerre », enfile des bas qui irisent ses mollets, dépose quelques gouttes de parfum sous le lobe de ses oreilles qu'elle rehausse de boucles brillantes. Et prend des profils de starlette satisfaite devant sa coiffeuse.

Quand elle croise mon reflet dans la glace, elle se fâche en fronçant ses beaux sourcils.

— Eh bien, tu n'as rien d'autre à faire que de m'épier ? Passe-moi donc le talc au lieu d'être si benêt. Ou son chapeau.

Ou ses chaussures, selon les jours.

Gaie comme un pinson, elle pose ses lèvres sur mon front sans m'embrasser, prend son vélo à bout de bras, l'enfourche sur le trottoir en saluant la concierge occupée à balayer la margelle et disparaît au coin de la rue, ne laissant qu'un sillage de musc et, au-dessus de mes sourcils, des traces adorables de rouge dont j'effleure les contours jusqu'à ce qu'elles s'effacent.

Inquiet, je passe une partie de mes soirées à guetter le retour de ma mère à la fenêtre. Dissimulé par les voilages, j'entrevois les femmes honteuses ramassant des détritus ou bien vendant leurs charmes pour trois kopecks, et j'écoute les feulements allemands, les pas cadencés de troupes et les déflagrations lointaines.

Je profite aussi d'être seul pour braver l'interdit et jouer avec la boîte à musique. Je contemple des heures durant le duo de poupées minuscules auxquelles je donne des noms et invente des aventures, avant de remettre à sa place l'objet du délit tout en vérifiant que rien ne puisse trahir mon larcin.

Si le couchant emporte Denise, le couvre-feu la ramène au bercail. Aussi réapparaît-elle à minuit, allumant grand la lumière, ouvrant la fenêtre que, entre-temps, j'ai refermée et animant la cohorte de carillons d'une série de pichenettes. Pour la suite, cela varie, soit elle se dandine en sifflant un air à la mode, soit elle pleurniche. La plupart du temps, elle cumule, Jean-qui-rit Jean-qui-pleure, passant de l'allégresse à l'abattement en un clignement de cils.

Les premières semaines, les paupières lourdes de mauvais sommeil, je risque un œil hors de la couverture du sofa.

« Oh que tu es vilain à me dévisager ! » ; « Je ne suis pas si mauvaise qu'on le pense ! » ; « Je n'ai aucun compte à te rendre ! » sont quelques-unes des phrases que ma déesse indignée jette avant de s'évaporer dans sa chambre.

Elle se trompe sur mon compte : ce qu'elle prend pour un jugement de ma part n'est que de l'envoûtement parsemé de déroute. Une aura de mystère flotte autour d'elle et augmente mon intérêt jusqu'à la douleur. La vérité, c'est que je tombe amoureux de ma mère. Je suis fou d'elle. Pendant qu'elle s'endort au son de sa boîte à musique, je rêve de ses bras insaisissables.

Mais, aveugle ou indifférente, elle m'impose une cohabitation sans chaleur. Elle dans sa chambre, moi dans le salon quand je n'erre pas sur les boulevards, nous ne sommes que voisins de palier.

J'en crève.

Les semaines se déroulent et la rentrée scolaire ne modifie rien à cette organisation en chiens de faïence. Je m'éveille à l'aube sans un bruit, saute dans mes chaussures, et, le soir venu, j'admire le branle-bas des préparatifs de Nini dans le reflet de sa coiffeuse.

Inexorablement, elle se volatilise le soir ; inexorablement, je dîne seul avec l'assiette en porcelaine et les couverts en argent, le nez dans mes devoirs, un doigt sur la boîte à musique, un autre sur la marque de ses lèvres rouges sur mon front.

Lorsque la nuit est trop longue et les cauchemars trop forts, je respire un mouchoir en tissu sur lequel j'ai versé en catimini quelques gouttes de son parfum et je nous visualise enlacés.

Je finis par m'accommoder de cette distance. Prendre part à son univers suffit à me combler. Nous aurions pu continuer ainsi des années. Mais un événement va déséquilibrer le fil sur lequel nous funambulisions depuis trois mois. »

16

— « Funambulisions ? », s'étonne Alice en soulevant sa tête qui reposait sur le plat de sa main. Ce verbe existe ?

Marcel lui décoche un clin d'œil.

— Ma mère vous aurait répondu : *Évidemment, puisque je l'ai inventé.*

— Votre mère aurait raison, concède Alice.

Puis elle ajoute, en pinçant ses lèvres entre ses doigts :

— Ma grand-mère aussi dit que, si les choses existent, c'est parce qu'elles ont été inventées. Que rien n'existerait sans rêveurs, sans quelqu'un pour montrer la voie.

— C'est une sage personne, répond Marcel qui entrevoit une brèche. Vous avez de la chance de l'avoir encore.

— Je ne l'ai plus, se renfrogne Alice en rongeant la cuticule de son index gauche.

Décidément, cette gamine n'est pas à prendre avec des pincettes. Il tente quand même, en mimant des guillemets :

— Ma mère disait aussi qu'il vaut mieux « conter » ses morts plutôt que les « compter ». Vous voulez me parler de votre grand-mère ?

Alice a l'air de réfléchir. Peut-être évalue-t-elle les risques et les bénéfices d'une confidence.

Quand, tout à coup :

— On regardait la mousse dans les toilettes pendant des heures, on plantait des fleurs coupées, des pigeons avaient élu domicile sur le balcon et on s'occupait des bébés dont la mère ne voulait pas, c'est cruel les pigeons, faut pas croire. Elle m'emmenait à la Foire de Paris en mai, au Salon de l'agriculture en février, à la Foire du Trône au printemps, à la crèche des santons de l'Hôtel de Ville à Noël, au Virgin Megastore des Champs-Élysées, au Louvre, sur les quais de Seine voir les bouquinistes et les animaux quand il y en avait encore, on jouait à la marchande, à la servante avec le service qu'elle avait reçu à son mariage, aux petits chevaux, au Monopoly les dimanches après-midi, on regardait « Miss France », on votait parfois mais c'était pas donné, elle m'a acheté un hamster angora que j'ai appelé Kiki et… un Polaroid…

Elle a balancé ses souvenirs en vrac, sans respirer. À croire que, dans l'esprit d'Alice, c'est un boxon pas possible.

— Vous étiez très proches, dit Marcel qui ne sait pas trop quoi répondre à l'avalanche.

Alice ne réplique pas. Elle se terre à nouveau dans cette expression absente, indéchiffrable. Marcel connaît bien ce genre de silence, le vide à l'intérieur de soi, la mémoire qui s'invite, qui s'incruste, tout le temps, comme une mauvaise blague, les morts chaloupant avec les remords sur la valse des vieilles casseroles.

— C'est quoi, cet événement ? demande Alice à brûle-pourpoint.

— Pardon ? fait-il pour gagner du temps.

Alice est maligne, elle serpente, elle déplace l'attention. Tant pis, plus tard peut-être, songe Marcel, partagé entre la curiosité qui le titille et l'envie de retourner à ses fantômes.

— Vous avez évoqué un événement qui a tout chamboulé, c'est quoi ? renchérit Alice en fixant la lune par la fenêtre.

Marcel boit un coup.

Inspire.

Entre dans le vif du sujet.

17

« Comme tous les soirs, Denise se prépare, assise à sa coiffeuse. Elle plisse son museau devant mon air nigaud et m'enjoint de lui passer ses bas.

— Veille à ne pas les abîmer.

En ces temps d'occupation, les bas de soie sont quasi introuvables. Un luxe.

Comme à chacune de ses commandes, je fuse vers le meuble où elle range ses sous-vêtements. Mais le bois a travaillé, le tiroir résiste.

Je tire de toutes mes forces. Si bien que le tiroir cède et me déséquilibre. Cherchant instinctivement une prise à laquelle me rattraper, je heurte sans le vouloir la table de chevet. Celle-ci vacille, le portrait du beau jeune homme tombe face contre napperon, la boîte à musique valdingue par terre.

— Qu'as-tu fait ? bredouille Denise, horrifiée.

Elle s'agenouille près du chevet. Époussette de sa manche le portrait avant de le remettre d'aplomb. Et ramasse la boîte à musique en bégayant une guirlande de supplications comme s'il s'agissait d'un bébé mort.

L'intérieur cliquette, ça n'augure rien de bon. Mon estomac se rétracte.

Lorsque ma mère ouvre la boîte, la musique s'enclenche. Et déraille aussitôt. Le marié, ainsi qu'un petit morceau de miroir, tombent des mains de Nini. Ne reste plus qu'une pauvre épousée esseulée, tournicotant au son d'une mélodie sordide.

Denise se met à sangloter, avant de se laisser choir sur le lit où, la tête dans l'oreiller, elle pleure des larmes de crocodile. Confus, je me répands en excuses. La voilà subitement qui se relève, essuie ses larmes, arrange son maquillage, enfile ses satanés bas, ses chaussures et me conduit au pas de course dans la rue, au pied de l'arbre, pour ensevelir le petit marié avec force incantations.

À la fin de l'étrange cérémonie, elle lâche, tout en balançant aux ordures les restes de la boîte cassée :

— Je ne suis pas sûre d'y arriver. Il ne faut pas m'en vouloir mais je crois que j'aimerais mieux que tu n'existes pas.

Elle s'éloigne alors dans la nuit, sans m'embrasser. Mon cœur se serre à mesure que je remonte l'escalier, seul.

La décision s'impose d'elle-même. Je me rachèterai, il faudra bien que Nini m'aime, quoi qu'il m'en coûte.

Je m'apprête à sceller notre destin.

Un destin, ça ne tient à rien.

C'est un magasin à l'enseigne rutilante devant lequel mes pérégrinations hasardeuses m'ont conduit de nombreuses fois.

À l'intérieur, des femmes se massent près des bacs vides, attendant patiemment que les vendeuses les remplissent. À peine entreposé, leur contenu s'épuise en quelques minutes dans une stupéfiante foire d'empoigne. Les ménagères s'arrachent des gants, des étoles de mauvais tissu, des chemisiers.

À l'arrière se trouve un rayon d'objets divers moins fréquenté en ces temps de vaches maigres. Des jouets, de la décoration. Et des boîtes à musique.

Je jette mon dévolu sur une boîte à bijoux en bois laqué noir d'où éclôt une ballerine. Elle porte un tutu rose pâle par-dessus son corps peint. Elle ressemble tant à Nini, quand, au premier jour, elle s'est étourdie sur *Parlez-moi d'amour*. En plus, comme l'autre boîte, elle joue *La Lettre à Élise*. C'est un signe.

Mais l'argent manque. Qu'à cela ne tienne, je me prive de déjeuner, je joue le rabatteur pour le cireur, je nettoie des carreaux, bref, j'accepte tout sans sourciller et économise le moindre sou glané çà et là.

Cela dure un mois, durant lequel je travaille d'arrache-pied. Un mois durant lequel je lorgne la boîte à musique en faisant mes comptes.

Nous sommes le 22 décembre. J'apporte mon pécule au magasin, fier comme un paon, heureux du cadeau que je m'apprête à offrir à ma mère et, ce faisant, de la dose d'amour que je suis certain de recevoir en échange.

Mais le prix a doublé.

— Désolé, petit, à cause de la pénurie, on est obligés…, soupire le marchand.

Je plaide que c'est pour ma mère, que c'est bientôt Noël, que c'est important. Le commerçant ne veut rien savoir.

— Allez zou, va voir ailleurs, tu reviendras quand tu auras les sous, on fait pas la mendicité, ici.

Je déambule dans les rayons, le ventre troué par l'injustice, ruminant Nini et sa tristesse dont ma foutue maladresse est la cause. Il y a forcément une solution.

Je me hisse sur la pointe des pieds pour regarder par-dessus les épaules des dames agglutinées, à la recherche d'une idée. Je ne fais pas grand cas des regards méfiants que certaines me décochent. Quand une vendeuse approche, les bras chargés de bas en laine et de chemisettes, je décale mon pied, l'air de rien, sans trop savoir dans quoi je m'embarque.

Bien m'en prend, la vendeuse dégringole dans un couinement surpris, son chargement étalé sur le sol.

Comme il faut battre le fer tant qu'il est chaud, je profite du charivari pour glisser la boîte à musique dans ma culotte et l'échanger contre ma poignée d'économies que je dépose à la place parce que Mémère n'aurait pas été contente autrement. Puis je me faufile dans la foule en attrapant une paire de bas. Deux cadeaux valent mieux qu'un, vous ne croyez pas ? »

Alice hoche la tête, captivée.

« Le sang battant dans mes tempes, je fends la foule hystérique, trop occupée à récolter des chemises qui semblent pousser du sol pour se préoccuper d'un pauvre gosse dans mon genre.

— Au voleur ! crie soudain une femme.

— Saligaud ! beugle un homme. Reviens ici !

J'accélère en zigzaguant, je gagne la sortie.

Où m'attend le commerçant furibond. Qui m'empoigne par le colback et me traîne sur le trottoir où il me secoue comme un prunier.

— Je te tiens, vaurien !

Des badauds s'attroupent autour de nous. Sous l'impulsion des coups du bonhomme, la paire de bas tombe sur le bitume. Mais le type refuse d'en rester là, bien décidé à offrir ma sentence en exemple à quiconque s'aventurerait à chaparder. Il continue donc de me molester, tandis que je garde mes mains serrées le long de mon short pour protéger mon trésor.

— Je vais t'emmener au poste, ça va pas traîner, en prison, la vermine !

L'approbation gronde. Encouragés par la verve du type, des passants m'abreuvent d'injures. Des mégères sûres d'elles m'envoient au diable sur un ton de poissonnière, de vieux messieurs distingués toussent d'indignation.

— Ça suffit !

Les voix se taisent et la foule s'écarte au passage d'un jeune officier allemand, ceinturé d'un uniforme impeccable surmonté d'un képi. Parvenu au centre du cercle, l'Allemand se baisse et ramasse la paire de bas.

— Votre marchandise est ici, annonce-t-il sans agressivité au commerçant stupéfait. Laissez cet enfant.

— Mais ce moutard est un voleur, il a besoin d'une bonne leçon…

— … que vous venez de lui donner. Je suppose qu'il a compris, n'est-ce pas ?

Interdit, je parviens à me façonner une mine d'enfant de chœur pour acquiescer.

— Vous voyez, insiste le militaire, je suis certain qu'on ne l'y reprendra plus.

Je secoue la tête, les yeux brillants de foi. Le marchand étouffe ses remontrances et relâche sa prise avec un geste d'humeur.

— Que je ne te revoie plus traîner dans les parages !

L'officier pousse mon épaule. Derrière nous, la foule commente en se dispersant.

— Quelle drôle d'idée de voler des bas, s'amuse l'Allemand sitôt que nous sommes loin. J'espère que ce n'est pas pour le marché noir.

— Oh non !

— Tant mieux. Mais je vais quand même m'assurer que vous ne recommenciez pas en vous remettant directement à vos parents. Ils se chargeront de vous rappeler les bonnes manières.

Il émane de l'officier une grande bonté, sans rien de commun avec l'empreinte acide que m'a laissée le gradé de Soilly. Sa gentillesse et sa douceur me désarçonnent.

N'empêche, c'est à contrecœur que je conduis le militaire et son escorte devant notre immeuble. Des têtes inquiètes se tournent sur notre passage. J'ai du mal à déglutir, ma salive a la texture du plâtre, l'angoisse de déplaire à Nini me laboure le bide. Que dira-t-elle en comprenant que je

ne me suis pas rendu au collège cet après-midi, *a fortiori*
pour voler ? L'idée d'ajouter de la déconvenue à son chagrin
m'attriste.

Les soldats poussent la porte cochère. Immédiatement,
la concierge gigote ses bajoues flasques derrière le carreau
de sa loge. Elle pâlit en nous voyant. Sa voix de goret
résonne dans tout le hall :

— Oui ?

— Nous ramenons ce jeune garçon. Nous montons
chez ses parents.

Je me ratatine sous la menace de son regard torve.

— Bien évidemment, répond-elle dans un sourire
mièvre. Troisiè…

À cet instant, des rires féminins éclatent dans les étages
et Denise apparaît, belle comme le jour, glissant sur la
rampe de l'escalier.

Surprise de nous trouver là, elle rate son atterrissage et
chancelle au bas des marches dans les bras de l'officier.
Les yeux de la gardienne se révulsent de consternation.
Derrière Nini, deux jeunes femmes gloussantes se pétrifient
au milieu de l'escalier.

La responsable de l'immeuble prend les militaires à
témoin :

— Comment voulez-vous…

Mais, déjà, Denise se redresse. Elle remet de l'ordre
dans sa coiffure et dans sa tenue.

— Madame…, commence l'officier en soulevant son
képi pour la saluer.

Elle le coupe d'un air hautain :

— Mademoiselle !

L'homme sourit et reprend :

— Mademoiselle… êtes-vous parente de ce jeune
homme ?

— C'est mon… frère.

De son œil bleu acide, Denise m'intime l'ordre de ne
pas la désavouer.

— Je suis le capitaine Seidel. Auriez-vous l'obligeance de me conduire à vos parents ?

— Ils sont morts.

— Vous m'en voyez navré…

— Inutile, c'était il y a longtemps et ils étaient épuisés.

Derrière, la concierge tend le cou et promène sa méfiance sur le trottoir, un scandale n'est jamais bon pour personne. Quant à moi, je me borne à scruter les motifs du carrelage.

— Ce jeune garçon a été pris en train de voler. Nous comptons sur vous pour expliquer à votre frère que, la prochaine fois, il devra répondre de ses actes.

— Ce sera fait, répond ma mère, sans ciller.

— Bien.

Le capitaine reste planté devant elle. Alors, d'un geste empreint de morgue, elle lui tend la main pour mettre fin à l'échange. Il se penche pour en baiser le dos et, se relevant, soulève une autre fois son couvre-chef.

— Mademoiselle…

Puis, à l'intention de la concierge :

— Madame…

En direction des deux jeunes femmes figées sur les marches :

— Mesdemoiselles…

Et à moi :

— Obéissez bien à votre sœur.

Les militaires sortent sans fermer la porte. Denise suit le capitaine des yeux, déviant son regard lorsqu'il se retourne, avant de le soutenir tandis qu'il soulève son képi pour la troisième fois.

Il disparaît de son champ de vision et elle se mord les lèvres pour contenir, plutôt mal, un léger sourire en coin. Ses deux amies piaffent en dévalant le reste des marches. Mais la gardienne coupe court à la récréation :

— Denise, veillez à surveiller votre frère, à l'avenir, je ne veux pas de problème, c'est un immeuble tranquille, ici.

— Ah ça, pour être tranquille…

— Qu'insinuez-vous ?

— Que trop de tranquillité, c'est assommant.

Vexée, la gardienne regagne sa tanière.

— Je vous rejoindrai plus tard, proclame Nini à ses amies qui s'égaillent séance tenante sur le trottoir comme deux merles.

Ne restent que nous deux.

Je n'ose pas croiser son regard. D'un côté, je rayonne de m'en être tiré à si bon compte. De l'autre, je crains la pluie de remontrances. Il me tarde de lui offrir la boîte.

J'espère de tout mon cœur que ma mère restera à la maison ce soir. Comme quoi, Alice, on est naïf quand on est gosse.

Je retrousse ma chemise et découvre la boîte à musique. Denise hoche la tête.

— Écoute la musique, je fais en remontant la manivelle. Tu vois, c'est la même…

Ses lèvres frémissent, elle baisse la tête, ses épaules se soulèvent. Il me semble qu'elle sanglote. Je la suppose bouleversée de gratitude, ça me remplit de joie.

— Tu es contente, Nini ?

Mais elle bégaie, en relevant le front avec lenteur :

La pauvre danseuse, elle est si seule…

Si son œil marron est affligé, le bleu, lui, me fusille. L'instinct me pousse à reculer.

— Voleur ! Sale petit voyou ! vocifère tout à coup ma mère en me décochant une volée de coups.

Je me recroqueville sous sa furie. Elle est frêle pourtant, et les coups, balancés sans méthode, sont faciles à parer. Mais la sidération me cloue sur place.

Elle m'étrangle et hurle qu'elle aurait mieux fait de se casser une jambe plutôt que de se rendre à ce foutu bal.

— J'étais heureuse avant que t'arrives, aboie-t-elle, pourquoi t'es venu tout gâcher ?

Elle relâche sa prise. Livide, effrayée par sa propre colère, elle considère ses mains comme si elles ne lui appartenaient plus.

— Regarde à quoi tu m'obliges ! Depuis que tu es arrivé, des petits boutons me poussent dans le cou. Tu me rends moche. Tu as tout cassé.

Je suis anéanti. Si mon corps est intègre, mon âme, elle, est laminée.

Je sanglote d'incompréhension ; Denise pleurniche d'on ne sait trop quoi. Nos détresses dos à dos se foutent l'une de l'autre, les carillons carillonnent, Nostradamus siffle une berceuse inquiétante et l'arbre aux petites fleurs blanches et roses se dépiaute.

Fou de rage, je bondis, rassemble mes forces, balance la boîte neuve par terre pour la briser autant que je le suis et je sors en trombe de l'appartement. Je dévale l'escalier, ralentis en entendant Denise crier mon prénom dans le couloir et reprends ma course éperdue quand la porte de l'appartement claque en sens inverse.

Je cours alors me planquer dans un recoin pour y pleurer tout mon soul en flanquant des coups de pied contre l'enceinte décrépite. »

— Juste là, vous voyez ? demande Marcel en désignant, de son index vacillant un point dans l'ombre de la rue, entre deux barreaux.

Alice hoche la tête sans rien dire.

Alors, Marcel reprend.

Ma mère dit que les garçons, c'est de la vermine,
ça me paraît de maladies.

18

« Le cireur cire, la musicienne musique, je suis perdu dans des abîmes d'incompréhension, l'espoir est une saloperie, ma grand-mère est morte et le monde s'en fout.

Je me morfonds, les yeux rivés au sol où un gendarme rouge se bat avec une fourmi, quand une ombre me cache soudain du soleil. Un nuage roux.

— Ma mère dit que quand on regarde trop quelque chose, on finit par l'user.

Je me tourne vers la voix nasillarde. Une petite fille aux couleurs de l'automne, le visage taché de son, deux tresses. Elle porte une robe rapiécée de morceaux de tissu disparates sous laquelle gigotent des genoux cagneux couverts d'hématomes. Et, pour envelopper le tout, un col Claudine froissé mal mis sur un manteau d'homme trop grand pour elle.

— Ta mère a tort, je riposte en essuyant mes larmes pour ne pas avoir l'air d'un gosse.

— Ça, ça m'étonnerait.

À cet instant, un pigeon vient roucouler entre mes pieds. Je ne bouge pas, je le regarde, ça me calme. Mais le godillot en corde de la gamine s'interpose et l'animal, effrayé, se fait la malle. Je m'offusque :

— Hé ! pourquoi t'as fait ça ?

— Ma mère dit que les pigeons, c'est de la vermine, ça donne plein de maladies.

— Ouais, bah, faudrait aller dire ça au type, là-bas, je fais en montrant le vieillard sale et voûté qui, assis sur le banc, jette des graines à une multitude de piafs.

— Ma mère l'aime pas, çui-là, elle veut pas que je m'approche. Même qu'il exagère de gâcher des graines comme il le fait. Ma mère dit que ça l'étonnerait pas que ce soit de la suie qu'il leur balance, pour les tuer et les manger après.

— Ta mère a l'air d'être une sacrée mégère.

— Et la tienne ?

— Elle est… morte, je réponds, la rage au ventre, en m'efforçant d'être convaincant.

La fillette tord sa bouche et roule ses mirettes.

— À cause de la guerre ?

Je mens :

— Non, ça date d'avant.

— C'est pour ça que t'habites chez la jolie dame ?

— Comment tu le sais ?

— Parce que je t'ai vu une ou deux fois avec elle.

En guise d'explication, elle pointe son doigt en direction d'une fenêtre au deuxième étage d'un immeuble de la rue. Façade fissurée à la peinture craquelée, dont les motifs sculptés témoignent d'un lustre passé.

— Ma mère dit que la jolie dame est une…

— Oh ! la barbe, avec ta mère !

La gamine se ronge un ongle en se renfrognant. Puis, au bout d'un moment, elle lâche :

— Bon, tu veux savoir mon prénom, oui ou non ?

— Bof, pour ce que ça m'changerait…

— Tant pis pour toi…

Là-dessus, elle part à toute vitesse et disparaît dans sa cage d'escalier.

Tant mieux, je suis tranquille à présent, à moi les roulades pépères dans la fange de mon chagrin.

J'apprendrai plus tard qu'elle s'appelle Suzanne, qu'elle a deux ans de moins que moi et qu'elle aime beaucoup courir, un peu trop parfois. Les jours suivants, je la croiserai très souvent, à tel point que je l'accuse à plusieurs reprises de m'espionner. Ce dont, bien sûr, elle se défendra toujours avec indignation et une pointe de rouge aux oreilles. »

Marcel ne parle plus. Suzanne est là, derrière la fenêtre, avec ses genoux bleus, sa veste démesurée et son col Claudine fripé. D'ordinaire, quand elle daigne surgir, c'est toujours de dos, elle court, impossible de la rattraper, elle se refuse et Marcel s'étiole de ne jamais pouvoir lui demander pardon en face.

Mais pas cette fois. Aujourd'hui, la fillette éthérée reste, elle lui décoche un clin d'œil et un début de sourire.

Les lèvres du vieil homme amorcent un murmure. Mais déjà la gamine s'échappe et Marcel déglutit.

Conneries.

— Vous pleurez ? s'étonne Alice.

— À mon âge, c'est plutôt la sécheresse qui pend au nez, fait-il en chassant l'image comme il repousserait un moustique.

— Comme vous voulez…

— C'est pas ce que vous croyez, insiste-t-il.

— Très bien, je vous crois.

Marcel sort un mouchoir en coton, soulève ses lunettes et tamponne sa figure. Ce ne sont pas des larmes, c'est du trouble qui s'écoule de ses paupières.

Il parle trop, il a mal à la gorge, au dos, à la tête, partout. Il est fatigué.

Il a beau avoir l'habitude de se vautrer dans son passé, exprimer ses vestiges le chamboule. Retracer l'histoire de bout en bout, pas à pas, mettre du sens et de la logique dans le bazar de sa vie est en train d'ouvrir une brèche et d'en combler une autre. Quant à savoir si ça lui fait plus de bien que de mal, il est encore trop tôt pour se prononcer. Ce qui est certain, c'est que ça le perturbe.

À bien y réfléchir, rien ne l'avait vraiment perturbé depuis une éternité. C'est un début. Une fissure dans les murs épais de son hibernation.

— Vous racontez bien, souffle Alice. Et vous avez une sacrée mémoire.

— Je ne sais pas si c'est un cadeau ou une prison, la mémoire. Y a un paquet d'images que j'aimerais pouvoir effacer et d'autres que j'aimerais sortir de ma tête pour les mettre sous cloche et les revivre indéfiniment parce que j'ai peur qu'elles finissent par s'effacer… Enfin, comme tout le monde, je présume…

Avant d'ajouter, une pointe d'astuce dans la voix :

— Comme vous, non ?

Le regard d'Alice noircit. Elle tire un de ses cheveux, l'enroule autour de son pouce jusqu'à ce que son doigt saucissonné rougisse du sang piégé. Puis elle le casse d'un coup sec.

— Moi, je crois que la mémoire est une menteuse, dit-elle d'un ton sans aspérité, l'air d'être ailleurs. Vous ne mettriez sous cloche que des fantasmes. Seuls les souvenirs qu'on veut effacer disent la vérité. Il n'y a que ceux-là qui s'incrustent. C'est ça, le problème.

— Eh bien, voilà qui est envoyé, répond Marcel en se grattant la tête. Vous êtes plutôt du genre à gamberger, vous.

Elle ne répond pas.

Alors il reprend :

« La violence que je viens d'expérimenter me rend insupportable la perspective d'être seul avec une poupée en laine et mes réminiscences tachées de sang. Ce soir-là, je décide de suivre Nini.

Comme la vie sait se montrer retorse, c'est justement un de ces soirs où, ne travaillant pas, Nini se rend à pied à son rendez-vous hebdomadaire secret. Tant mieux, cela m'en apprendra davantage sur celle dont l'indifférence me torpille.

Je la suis de loin, plus discret qu'un mulot, me dissimulant avec agilité sous les auvents, derrière les réverbères et au coin des rues. Je ronge mon frein lorsque des hommes sifflent à son passage ou que des femmes la toisent de biais. Je n'y peux rien, je voudrais la protéger.

Je la talonne jusqu'à ce qu'elle s'arrête devant l'entrée d'un bâtiment vétuste où des gars avinés font le guet. Elle parlemente un court instant, les types s'écartent, elle pénètre à l'intérieur.

Nous y sommes.

Je tente de me couler à sa suite entre les quatre pochtrons.

— Hé ! le marmot, dégage de là, c'est pas une fête foraine, ici.

Je ruse avec un aplomb qui m'étonne :

— J'ai un message.

Ils s'interrogent du regard. Mon sang bat dans mes tempes.

— Bon, magne-toi alors, finit par glaviotter l'un d'eux en se détournant.

Au moment où je m'apprête à entrer, un des gars attrape ma manche.

— Si on apprend que t'as causé aux Boches, on te retrouvera. File, t'as dix minutes, pas une seconde de plus. Après, c'est moi qui descends te récupérer par la peau du cul.

Je promets d'être bref et emprunte l'escalier sombre par où ma mère vient juste de disparaître. De la musique émerge des sous-sols. Des couples flirtent et s'enlacent sur les dernières marches.

Je ralentis et attarde malgré moi mes joues coquelicot sur cet homme et cette femme haletants, très occupés l'un à l'autre. J'assiste, déboussolé, au désir tout cru, sans fioriture.

— Dis donc, toi, qu'est-ce que tu fais là ? jette le type rougeaud en passant la tête par-dessus l'épaule de sa compagne.

— Euh… j'apporte un message.

— Ouais, c'est ça, et moi je suis le cousin de Pétain.

Ils reprennent leurs roucoulades en se marrant. Je continue ma route.

Devant moi s'étend maintenant une vaste cave, à la terre battue et aux pierres suintantes.

Suintantes, à l'image des corps qui tournoient au son d'un swing entêtant dans une brume de mauvais tabac. Portées par l'incandescence rouge orangé des lampions, leurs ombres difformes et exorbitantes tapissent les murs vert-de-gris.

C'est un de ces *dancings* clandestins que des camarades de collège évoquent souvent avec la bave aux lèvres. Depuis que les bals populaires sont prohibés, ces lieux poussent dans les sous-sols parisiens comme des champignons.

Cet endroit me rend tout drôle. L'interdit dégouline du plafond en ogive sur la masse frénétique. Des jeunes gens en veston long se déhanchent très, trop près de jeunes filles en jupe courte écossaise. Je n'ai jamais vu de zazous ailleurs que sur les affreuses caricatures que brandissent les vendeurs de journaux à la criée.

De la musique forte, un rythme endiablé, des instrumentistes déchaînés. Mon ventre bondit, on dirait qu'une bestiole cinglée gesticule dans mes entrailles.

De partout, les rires, la transpiration, les corps, les gorges, des poitrines rondes, les jambes délurées de ceux qui trémoussent leur jeunesse comme si la guerre était une vaste blague. L'émoi ne me fait pourtant pas perdre de vue la mission que je me suis assignée et je balade mon étonnement dans la foule hétéroclite, aux aguets, déterminé à trouver ma mère.

Un amas d'épaules en sueur et de coudes agités me pousse, on m'écrase les pieds, j'en fais autant, je progresse avec difficulté en m'excusant sans cesse. Mais dans ce brouhaha, on se fiche de ma présence comme de l'an quatorze, la musique forte emporte à tour de rôle les couples de danseurs à l'autre bout de la cave où, juchés sur une

130

estrade, des musiciens soufflent dans des cuivres, titillent des cordes et battent la mesure de leur caisse.

Soudain je la vois, à une dizaine de mètres de moi, de l'autre côté de la foule. Je me pétrifie, je ne sens plus les coups dans mon dos des cavaliers échevelés.

Accoudée au bar, son sempiternel fume-cigarette au bout des doigts, profil impassible et magnifique, les yeux dans le vague.

Un homme s'avance vers elle. Quand il lui parle, elle sourit d'une figure empreinte de mélancolie. Il veut prendre sa main. Je retiens mon souffle. Elle se laisse faire.

Il la guide sur la piste. Transfigurée par la lumière et la musique, Nini tournicote avec des gestes de poupée molle, en offrant son joli cou à l'avidité des baisers du type.

L'indécence me scie en deux.

Indécent de danser si fort alors que des gens crèvent de faim. Indécent de se secouer sur de la musique prohibée. Indécent de s'étourdir alors qu'on a muré la maison de Mémère.

Indécent d'être ma mère et de daigner n'être que ma sœur. Indécent de refuser la petite danseuse que je lui ai offerte au prix de tant d'efforts. Indécent de présenter ainsi sa peau à la caresse d'un inconnu et de ne même pas me faire l'aumône d'un baiser appuyé sur la joue.

Indécent d'aimer tant les hommes et de ne pas m'aimer, moi.

L'évidence me troue le bide : j'ai échoué à me faire aimer.

Je sors de la cave, abruti de vacarme et de touffeur, lesté d'une blessure plus grande que celle qui m'y a mené. Tel un amant éconduit, je trimballe un puissant vague à l'âme en direction de la rue du Rendez-Vous, les oreilles et le ventre pleins de jazz et de dégoût. En passant devant une église, je crache comme un gamin effronté se pique de commettre une bravade. Mémère avait raison : Dieu est une fumisterie.

Ainsi, je rumine mon histoire, mains dans les poches et yeux rivés aux fenêtres des autres. À bien y réfléchir, qu'y a-t-il de bon pour moi, à Paris ?

Maintenant que j'y pense, Nostradamus n'est qu'une bestiole caractérielle, elle m'a mordu une dizaine de fois et se toque de jeter systématiquement la pièce que je lui tends. Quant aux tentures et aux rideaux, à force d'être ratiboisés pour devenir des ceintures ou des robes portefeuille, ils se réduisent à peau de chagrin.

Et ce n'est pas tout.

La nuit, les ressorts aiguisés du sofa avachi m'éraflent la colonne vertébrale ; les chaises rafistolées avec des bouts de corde ne tiennent plus que par la grâce du Saint-Esprit ; les carillons chantent faux, la porcelaine est fendue et l'argenterie oxydée.

Denise n'est qu'une insupportable marâtre et son palais est en toc.

Bref, le résultat est sans appel, je hais Paris au moins autant que Paris me déteste.

Comme l'enfance n'aime pas le vide du chagrin, je me mets à fantasmer mon ancienne vie pendant que je foule les pavés en évitant les barrages. Le manque de Soilly me griffe. Mon esprit se charge alors de composer un bouquet d'images d'Épinal qui achève, en quelques minutes, de me convaincre que ma vie est là-bas.

Je bifurque en direction de la gare de l'Est.

Là, je me traîne jusqu'au comptoir où l'employée des chemins de fer penche sur moi son air suspicieux :

— Oui ?

— Pour Dormans.

— Quel jour ?

— Aujourd'hui.

— C'est fini pour aujourd'hui. Demain alors. Départ 6 h 19. Ou un peu plus tard, en cas de retard.

— D'accord.

— Première ou seconde ?

Je hausse les épaules, elle soupire un prix et me voilà qui fouille mes poches. Mais hormis la pièce que Nostradamus s'obstine à refuser, je suis sans un rond.

— Alors ? s'impatiente la guichetière avec des yeux de chouette.

— Alors, non merci.

Aussitôt, le clapet du guichet se referme.

Je me ramasse près d'une poubelle. J'y somnole en surveillant la grande horloge, me dressant dès que je perçois un mouvement de foule ou que je discerne le sifflement d'une locomotive.

À l'approche de minuit, la gare se vide de ses voyageurs. Seuls restent quelques soldats en faction, des policiers et des employés éreintés sur le départ. Je m'agrippe à ma poubelle, espérant qu'on m'oubliera.

— Hé oh, le marmot, faut pas rester là, susurre un type édenté en me donnant de petits coups de pied. Le couvre-feu va pas tarder, tu pourrais te faire embarquer.

L'homme se dessine à travers le rideau de ma torpeur. Mise au point. Je bondis, de frayeur et de surprise.

Il est affreux. Sous son crâne enfoncé d'un bon quart se tord un visage figé sur un rictus. Son corps flasque penche sur la droite. Une béquille le retient de valdinguer. Le tout s'emmitoufle bon an, mal an d'une vieille pelure de poilu de la Première Guerre.

Mû par un zeste de politesse élémentaire, je m'efforce de réprimer ma terreur et bafouille un « Oui, monsieur, merci, monsieur » contrit.

Les tranchées de la guerre ont craché un paquet de boiteux. Forcément, des éclopés, j'en ai déjà vu. Mais rarement de si près et jamais aussi abîmés. Face à la tête crevassée, à la jambe folle et au buste déformé, je reste comme un idiot, coincé entre répulsion et fascination.

À l'autre bout de la gare, un ivrogne beugle sur une pocharde qui beugle sur un tesson de bouteille. Un courant d'air glacial traverse le grand hall.

— Obus, grommelle le gars en grattant le creux de sa tête et en tremblotant sur sa canne.

Il ajoute :

— Une chance.

L'homme n'est pas dénué d'humour, ça m'inspire confiance.

— Pourquoi qu't'es là, tout seul ? interroge-t-il.

— J'attends le train.

Il soulève un sourcil.

— Hum… C'est le train ou la poudre d'escampette que tu cherches à prendre ?

J'admets en pinçant mes lèvres :

— Les deux.

— Il est à quelle heure, ton canasson ?

— 6 h 19.

— Ou un peu plus tard, en cas de retard.

— C'est exactement ce que la dame a dit.

— C'est ce qu'elle dit toujours, mot pour mot. Le jour où ils auront inventé les automates parlants, i'pourront la remplacer. Et crois-moi bien, ça viendra un jour, petit, j'ai le pif pour ça. T'as un billet ?

Je secoue la tête.

— Tu m'étonnes, Yvonne. Viens avec moi, je vais te montrer un endroit où crécher tranquille jusqu'à ce que tu t'évapores à 6 h 19, ou un peu plus tard en cas de retard.

Je lui emboîte le pas et nous naviguons l'un derrière l'autre dans les méandres de la gare, gravissant des marches, descendant des escaliers, en remontant d'autres. Pour rire, j'imite sa boiterie. Mais le type a des yeux derrière les oreilles et me gourmande, sans même se retourner :

— Arrête de t'fiche de ma pomme.

Nous continuons à clopiner dans un bruit de métal et de bois à travers d'improbables passages. Gauche droite,

droite droite gauche, impossible de comprendre quoi que ce soit à ce labyrinthe.

L'homme se plante soudain devant une porte très petite qui lui arrive au milieu du buste. Il s'écarte pour me laisser passer.

C'est une pièce étrange, rayée d'immenses poutres métalliques. Une paillasse a été installée devant une grande baie vitrée dominant la place de la gare. Derrière l'immense carreau arrondi, la pleine lune s'accroche au ciel laiteux. De rares étoiles scintillent. Des flocons papillonnent jusqu'au trottoir désert où ils fondent tristement.

— Tu vois le rond, là ? demande le type en désignant un amas de rouages. C'est le cul de l'horloge. Et moi, je suis le gardien du cul de l'horloge. Je la remonte, quoi. Tu peux rester là jusqu'à demain matin, tu verras pas un Fridolin, foi de Joseph.

Nous commençons à discuter à la lueur d'une bougie, d'abord avec retenue, puis, à mesure que nous nous apprivoisons, avec l'empressement que seule permet la réunion de deux solitudes bancales.

Je raconte Mémère, la cave, Soilly, Nini la dansante, les boîtes à musique. Il m'explique de son côté, avec une diction mutilée, que sa femme n'a pas supporté sa tête à son retour de Verdun. Elle a bien essayé de faire des efforts mais ça lui filait la pétoche, c'était plus fort qu'elle. Il ne voulait pas qu'elle se rende malade. Deux esquintés sous le même toit, c'est toujours un de trop. Alors il a préféré prendre la tangente.

Ils habitaient à Sainte-Menehould, tout droit là-bas, à l'est. C'est pour cette raison qu'il a choisi cette gare, ça lui fait du bien de voir les trains en partance pour Sainte-Menehould. Bien qu'il ignore si son épouse y habite toujours, vu que cette nouvelle guerre a mis un bazar pas possible dans la géographie, il ne peut pas s'empêcher d'envoyer un baiser quand un de ces trains quitte la gare. Et quand ils reviennent, l'idée qu'ils rapportent un bout d'elle dans les wagons l'apaise un peu.

Quand il a terminé, il dit encore :

— Peut-être que ta mère aussi pense à quelqu'un quand elle va se dandiner, va savoir, on n'est pas dans la tête des gens. Ça arrive qu'on tombe malade de son passé.

L'image fugace du type souriant dans le cadre du chevet s'invite dans mon esprit. Mais, déjà, s'y superposent la vision du corps mou de ma mère dans les bras des hommes, sa manière lointaine de minauder, sa façon de me reprocher ma naissance, ma présence et toute mon existence.

Nous nous lamentons beaucoup, l'homme amoché et moi, rapport au passé et aux espoirs dispersés aux quatre vents.

Et, enfin, nous dormons.

À 5 h 57, le gardien du cul de l'horloge et l'aurore me secouent. L'homme me tend une toile de jute contenant de quoi combler mon estomac puis il m'indique un chemin de ferraille et de boulons me permettant de descendre directement sur le bon quai à l'insu des contrôleurs.

Quelques minutes plus tard, mes fesses glissent sur une rampe usée par le temps et d'autres fesses, en d'autres temps. À 6 h 17, j'entends quelqu'un réclamer mes papiers et je décanille aussi sec. À 6 h 19, je grimpe dans un des wagons de marchandises du train.

Lequel train, donc, ne déplore aucun retard.

Une éternité plus tard, je déplie mon corps en gare de Dormans. J'ai mal partout, le dos et les abattis tout raides d'avoir été brinquebalés dans tous les sens. Après m'être dégourdi les jambes et avoir rempli mes poumons de l'air vivifiant de ma campagne, je me mets en route, formant des ronds avec la buée que j'expulse dans l'air froid. Je suis radieux, j'ai hâte de retrouver Augustine et ses frangines, Léonce et tous les autres.

Ma joie est de courte durée ; ce que je découvre me la coupe net.

Le village désert se morfond sous un ciel couleur d'éléphant. Le bistrot est fermé ; des bancs où les vieux s'ennuyaient jadis ne subsistent plus que les pieds ; la grande porte de l'église a été enfoncée. Pétrifiée dans la glace, la fontaine a mauvaise mine et l'orme tout nu est une dépression.

Au moins me reste-t-il l'agréable perspective d'admirer des champs recouverts de neige. Je garde en tête les batailles de boules mémorables que mes copains et moi nous livrions chaque hiver et les anges aux ailes déployées que nous formions en écartant les bras dans la poudreuse.

Mais de neige, il n'y en a pas. Les champs sont figés par le givre. Sur la route, des flaques de bouillasse spongieuse se solidifient n'importe comment. Des poissons pris dans la glace congèlent au fond de la rivière. Des guirlandes de corbeaux déforment les branches faméliques des grands arbres en croassant.

Je ferme mon manteau et j'accélère le pas. Passe devant la maison claquemurée. À la place du beau charme pourrit une souche lamentable. Le vieux puits s'est en partie écroulé.

Je m'efforce de contenir mon émotion et je toque à la porte de Léonce. Comme personne ne répond, je colle mon nez à la fenêtre fendillée et surprends un intérieur vidé de ses meubles.

Déçu, je scrute l'horizon. Quelque part au loin, une chaîne cogne au gré du vent. J'aperçois un chien. Un pauvre bâtard couleur de sable, maigre comme un clou, une oreille en vrac, le museau dans la poussière à la recherche d'une miette ou d'une charogne.

Je siffle pour attirer son attention. Le corniaud relève sa truffe pleine de terre avant de reculer avec méfiance, babines retroussées, queue basse, oreille – la seule valide – en arrière.

Je fouille dans mon baluchon puis je m'agenouille en lui tendant un quignon de pain noir. Aussitôt calmé, le chien s'avance en gémissant. Alors qu'il arrache la croûte de ses crocs abîmés, il accepte mes caresses sur le haut du crâne.

Je murmure de très sérieux « Voilà voilà », comme j'ai tant de fois entendu Mémère les prononcer. Un nœud énorme s'entortille dans mon gosier. Le monde entier m'a abandonné.

Pour m'empêcher de pleurer, je me concentre sur le chien qui à présent renifle mes doigts. Je pose ma tête sur ses poils grouillants de puces en réfléchissant au nom que je pourrais lui donner. De Le Chien, je passe en moins d'une seconde à Lucien.

Mais une pétarade retentit et mon Lucien, mon unique ami, se carapate. »

19

À son nom, Lucien redresse sa vieille truffe et vient chatouiller les jambes branlantes de Marcel.

— Salut mon pote ! fait Marcel en lui gratouillant une oreille.

Puis il s'adresse à Alice dont il perçoit la perplexité :

— Ce n'est pas le même chien, vous pensez bien. Depuis le temps, le pauvre clébard a passé l'arme à gauche. Mais je manque d'imagination et j'avais un nom tout trouvé pour celui-là. J'ai pas eu à me creuser les méninges longtemps, c'était pratique.

Marcel recule sa chaise pour laisser monter Lucien. Comme l'arrière-train du caniche est épuisé, il l'aide.

Son chien, son ami, ils partagent tout, le jour, la nuit, y compris le fruit du soir dont Marcel ne manque jamais de lui réserver un petit bout. Les pommes et les kiwis sont ses préférés.

Son chien. Son pépère. Entré dans sa vie quinze ans après l'enterrement de Suzanne…

Ce jour-là, il était au cimetière pour sa visite hebdomadaire. Sur le chemin du retour, il s'est trouvé nez à nez avec une connaissance. Sexagénaire robuste exhalant une odeur de cuisine et de Javel, elle avait la forme d'une ancienne voisine de Poissy. Quand elle l'a vue, elle a semblé tomber des nues.

— Ah mais… mais… Ça fait longtemps, quel hasard de… Je vous pensais… enfin, on m'avait dit que… Hi hi hi, comme d'habitude, j'ai dû mal comprendre, c'est la faute aux médicaments… Hi hi hi, ça a tendance à… brouiller… enfin vous voyez…

Puis sa figure s'est rembrunie et elle s'est éclairci la gorge.

— Enfin, je suis si désolée, c'est terrible, ce n'est pas… vous savez… dans l'ordre des choses, quoi.

Précisant, sans doute désarçonnée par l'expression floue qu'arborait Marcel :

— Votre fils ! Mourir à cet âge-là, c'est… c'est…

Marcel a répondu un « Oui, oui, merci » irrésolu, en se demandant pourquoi Suzanne s'était entichée de cette femme qui ne parvenait à terminer qu'une phrase sur trois.

Soudain, les rouages se sont mis en route et les mots ont commencé à faire sens dans sa tête. Elle divaguait sévère, la voisine. Trop de cachets, forcément.

— Les funérailles tombaient mal, vous savez… mais nous étions avec vous, du moins par la pensée. Vous avez bien reçu la corbeille de fleurs que nous avons fait livrer à l'église ?

Marcel a pris congé en prétextant un rendez-vous urgent et il est rentré chez lui dare-dare. Là, la gorge sèche, il a pris son répertoire, a tourné les feuilles de plus en plus rapidement, est passé à toute allure sur les numéros rayés au gré des déménagements, des décès et des pertes de contact, bref toute une vie de fréquentations et de *défréquentations*. Jusqu'au numéro de son fils. Le dernier qu'il lui connaissait, en tout cas.

Cinq tonalités. Autant de coups dans son abdomen. Puis :

— Allô ?

— Maud ?

— … Qui est-ce ?

— Maud, c'est moi, Marcel…

— Marcel ? Mais, vous n'êtes pas… ? Je ne comprends pas, Jean-Michel m'avait pourtant dit que…

Silence. Des secondes aussi molles que des élastiques fichus.

— Jean-Michel est… ? a essayé de demander Marcel.

Mais la question était si abominable, si contre nature, si aberrante qu'elle n'a pu dépasser ses lèvres en entier.

— C'est vrai, il y a deux mois.

Ses jambes se sont dérobées sous lui, ses doigts se sont agrippés au dossier de la chaise.

— Mais…

— Je suis désolée, je ne vous ai pas prévenu, je pensais que vous n'étiez plus de ce monde…

S'ensuit une conversation ubuesque qu'il comprend à peine tant le choc a tout assourdi. Un accident de la route, mort sur le coup, il n'a pas souffert, nous déménageons, c'est compliqué, changer d'air pour la petite, il vaut mieux que vous restiez à distance, c'est déjà assez dur, Capucine encaisse beaucoup, je ne voudrais pas qu'elle pense que son père est un menteur, qu'elle gamberge de trop, inutile d'ajouter du chagrin au chagrin, elle est jeune, vous comprenez, je tiens le coup, oui, pour elle, il le faut, se reconstruire ailleurs, nouveau départ au bord de la mer. Pour elle. Pour nous deux.

Marcel n'a pas eu la force d'ouvrir sa boutique. Il a tiré le tiroir où dormait son pistolet. Arme sur la tempe puis dans la bouche, goût de poudre, de fer et de sel, envie de dégueuler, de hurler, de tout casser. Pas réussi à tirer. S'est replié sur sa chaise. A retardé son suicide pour quand il serait moins lâche. A remisé son revolver.

Le clapet de sa boîte aux lettres a émis un « clac » au moment où il refermait le tiroir. Marcel a alors traîné ses savates tristes vers le prospectus au sol, une cartoline cornée sur laquelle un malinois tirait la langue. C'était un tract diffusé par la Société protectrice des animaux rappelant que nombre d'entre eux attendaient de trouver un nouveau foyer.

Comme il n'avait pas de projet pour sa journée et que le soleil éclaboussait les trottoirs, Marcel s'est rendu à l'adresse indiquée. Prendre l'air, changer d'atmosphère, s'octroyer quelques heures en exil de sa boutique sombre. Loin de lui l'idée de revenir avec un chien.

Sauf que. Il y avait ce caniche crème, allongé au fond de son enclos de quelques mètres carrés qu'il partageait avec deux autres canidés. Ceux-là, un yorkshire et un spitz, ont aboyé sur son passage dans des sautillements hystériques, suppliant d'être celui qu'on sortirait de là. Pas le caniche. Ses yeux noirs un peu sales se bornaient à fixer le vide de sa résignation. Une pelade donnait à sa fourrure une apparence tragique. Des rosaces purulentes maculaient sa truffe noire.

Marcel a prononcé à haute voix le nom inscrit sur la pancarte. Gus. Le chien n'a pas réagi.

Plus rien ne touchait Marcel. En quinze ans, l'absence et le manque avaient anesthésié son existence, il ne comptait pour personne, alors personne ne comptait plus pour lui, c'était ainsi et on ne revient pas en arrière. Mais ce Gus remuait quelque chose, si tant est qu'il subsistât quelque chose à remuer. Le chien semblait flotter dans une lassitude identique à la sienne, reclus aux confins de la solitude qui abrutit. Merde, il avait appris la mort de son fils par hasard.

— Il a trois ans, a dit le bénévole sans qu'on lui demande rien. Il a été abandonné parce qu'il n'est pas propre et qu'il mord les chaussures dès qu'il est seul. On suppose qu'il a pris quelques ramponneaux pour apprendre les bonnes manières mais on n'a pas de preuve, son ancien propriétaire nous a raconté qu'il s'était coincé le museau dans un barbelé. Notre véto en doute. C'est parole contre parole. De toute façon, y a pas de loi qui protège les bêtes contre la connerie.

Marcel a alors compris le sentiment qui l'avait assailli. En réalité, ce chien et lui étaient aussi cons l'un que l'autre. Ils s'étaient débattus tous les deux avec les moyens du bord. Gus, avec sa pisse et ses crocs quand il se sentait triste. Marcel, avec son besoin de plaire et son entrejambe pour éviter d'être abandonné. Dans un cas comme dans l'autre, ça s'était retourné contre eux, ils avaient tout perdu. Deux êtres malheureux, victimes de choix discutables commandés par l'instinct de conservation.

Les formalités achevées et le bras arqué sur un paquet de croquettes, Marcel est reparti une heure plus tard, le caniche au bout d'une laisse de fortune, bien décidé à leur donner une seconde chance, à lui comme au chien.

À nouveau départ, nouveau nom, Gus est devenu Lucien. Ça lui ferait les pieds, tiens, au destin.

Marcel caresse le caniche qui, allongé sur ses genoux, lui lèche tendrement la main, les yeux mi-clos. Lucien est toujours là. On dirait qu'il sent lorsque son maître n'est pas en forme. Aucun anxiolytique au monde ne saurait être plus efficace que ce quatre pattes-là.

Marcel ne se remettrait pas de la mort de Lucien. C'est son bonhomme, son pépère, son pote, sa vie. Peut-être que c'est grâce à lui, ou pour lui, que le pistolet est demeuré au fond du tiroir. Lucien, c'est sa bouée, son point de repère. Il y a tant de choses au fond des yeux noirs, tant de commisération, tant d'abnégation.

Marcel plaint ceux qui ne comprennent pas qu'on puisse vouer un tel amour à un animal. Les bêtes, c'est plus intelligent que les humains. Donnez de l'amour à un chien, il vous le rend au centuple. Y a que les animaux qui sont capables d'aimer sans arrière-pensée. Les gens, c'est une autre paire de manches, y a toujours un calcul qui vient tout salir.

— Enfin bref, soupire Marcel en regardant Lucien.

Ce qui le ramène instantanément au fil de ses souvenirs d'enfance.

« Retour à Soilly.

Je regarde la bête et l'horizon se confondre pendant que des grelots de larmes roulent le long de mon menton et tombent dans la mélasse de terre et de neige fondue. Le froid cingle mon visage et gerce mes joues. Je me mords les lèvres au sang pour déplacer ma douleur. Je n'ai plus du tout la tête à faire des ronds de buée, je suis trop petit pour ce monde trop vaste.

J'aperçois tout à coup un couloir de fumée grise s'élever du conduit de cheminée de la maison de Jean la Jaunisse. La joie s'empare de moi, l'espoir renaît. Je m'élance en direction de la ferme.

Mais, là encore, c'est la désillusion.

La ferme de Jean est un désastre. Celle qui comptait parmi les plus opulentes du coin n'offre plus qu'un spectacle lamentable. Ici comme ailleurs ne subsiste rien de l'abondance d'antan. À la place de l'énorme troupeau, cinq vaches à la croupe tapissée de gadoue et d'excréments s'épuisent à mâcher des herbes blanches ; trois poules déplumées tournent en rond au fond d'un poulailler couvert de fiente ; dans le potager en friche, des salades montées, des patates germées, des poireaux pourris attendent la fin des temps.

Je m'approche. Constatant que la porte du bâtiment principal n'est pas fermée, je me coule à l'intérieur.

Une odeur aigre flotte dans la pièce où la pendule s'est arrêtée. L'agriculteur ronfle sur la table, ivre mort. Sa poitrine couverte d'un chandail blanc souillé monte et descend au rythme d'un borborygme régulier. De sa bouche ouverte ruisselle un filet de bave. Les poils blonds épais qui lui sortent du nez et des oreilles frétillent, secoués par les appels d'air de ce gros corps.

Je tapote doucement son coude. Comme Jean ne réagit pas, j'accentue les saccades tout en prononçant son nom.

Ses paupières s'agitent dans un grognement. S'ouvrent. Se referment. S'ouvrent de nouveau. Il fait la mise au point puis, se soulevant dans un sursaut, il se cogne la tête à un saucisson pendu à moitié mangé. L'homme peste aussitôt contre la cochonnaille en se frottant le crâne puis me scrute de ses gros yeux globuleux, hébété, avant de me mitrailler de questions.

— Marcel, c'est bien toi ? D'où c'est que tu viens comme ça ? Qu'est-ce que tu fabriques ici ? T'étais pas chez ta mère ? D'ailleurs, comment qu'elle va, ta mère ? Elle est où ? Elle est avec toi ?

Comme je secoue la tête, ses sourcils se froncent.

— Elle sait qu't'es là au moins ?

— Non.

— Si je m'attendais à ça... Tu as eu le cul bordé de nouilles d'être passé au travers, avec tous ces Schleus qui traînent de partout... Comment va ta mère, toute seule, à Paris ? Ça doit pas être facile, ah ça non...

L'agriculteur plisse les paupières et poursuit sur un ton inquisiteur, en grattant sa barbe de plusieurs jours.

— Dis-moi, elle a un amoureux, la Denise ? C'est peut-être pour ça que tu t'es sauvé...

— Non.

Un éclair traverse ses pupilles bovines. Ses doigts stoppent leur « scritch-scritch ».

— Il faut la prévenir que t'es là. Faudrait pas qu'elle s'inquiète.

Je boude.

— Je veux pas retourner là-bas.

— Justement, comme ça, quand elle viendra te récupérer, t'essaieras de la convaincre d'y rester. Dans les journaux, i'disent qu'y a plus rien à becqueter à la capitale, ça sert à rien de se mettre martel en tête, on est pas fait pour bouffer du rat. Elle est si jolie, ta mère. Y a tout ce qu'il faut ici pour vous deux, on manque de rien.

Surtout pas de crasse et de puanteur, je commente en moi-même en lorgnant du côté des litrons vautrés au pied de la chaise. Avec ses grosses pognes, son énorme ventre boursouflé au-dessus de sa ceinture et son pantalon mal boutonné, Jean la Jaunisse est méconnaissable.

— Tu dois te demander pourquoi je suis pas au front, pas vrai ? Les médecins ont pas voulu, c'est à cause de ma jambe, et pis i'paraît que j'ai un mauvais cœur… Demain, on enverra un télégramme à Denise. Donne-moi son adresse.

Son regard dévie vers le cadre de la fenêtre. Il avise mon ami le chien qui erre maintenant sur son terrain. Voir le cabot me fait bien plaisir. Mais c'est de courte durée : la Jaunisse sort en catastrophe et lui balance son sabot pour le faire fuir.

— Sale bête, fustige-t-il en essuyant son nez avec sa manche quand il revient. Alors, tu me la donnes, ton adresse ? Après ça, si t'es sage, on cassera la croûte.

Comme j'ai faim et que l'odeur de charcuterie me chatouille les narines, je m'exécute.

Cinq jours plus tard, les grosses fesses de la Jaunisse sont posées sur l'unique banc du petit quai de la gare de Dormans. Moi, je ne tiens pas en place.

Jean s'est fait beau : il a sorti un vieux costume noir dans lequel s'est marié son père ; celui-ci a failli être enterré avec, mais on a décidé que ce serait trop bête de gaspiller ; Jean a coiffé sur le côté ses rares cheveux fins et porte un chapeau démodé par-dessus son front dégarni ; il s'est rasé de près – ses joues portent d'ailleurs les entailles rouges d'une lame émoussée – et il s'est aspergé d'un fond d'eau de Cologne éventé. Comme il a honte de ses godillots crottés, il dissimule ses pieds sous le banc.

Un panier tressé, enflé de nourriture, est posé à côté de ses genoux. Des fruits et des légumes que le paysan a passé la matinée à récolter et à astiquer pour les faire briller.

Quand le train siffle son arrivée, la Jaunisse bondit et, ôtant son couvre-chef, balbutie, tout émoustillé :

— Elle arrive.

Je gonfle mes joues. Une suée glacée lézarde entre mes omoplates. La perspective de me faire enguirlander par Nini me tord les boyaux. Je cherche un moyen de décamper. Mais pour aller où ? Je n'appartiens plus à nulle part, encore moins à cet endroit que n'habite plus qu'un homme-ours qui sent le vinaigre, l'urine et la transpiration.

Avant, au temps de l'insouciance, j'aimais taquiner Jean. Je prenais un malin plaisir à le voir pester au milieu de ses champs parce que j'avais grimé le cul d'une de ses vaches ou éventré un de ses épouvantails. Aujourd'hui, la Jaunisse ne m'amuse plus. Sa tristesse et son ivrognerie me flanquent une trouille bleue.

— Tu diras bien à ta maman que t'as mangé correctement et que t'as manqué de rien, hein ? J'ai l'impression que t'as pris du poids, elle va pas te reconnaître. Ha ! c'est sûr qu'ici, c'est pas le Ritz, mais au moins, on fait pas pitié, se rengorge-t-il de manière poussive en regardant la locomotive qui entre en gare.

Personne ne peut lui reprocher le contraire. Depuis mon arrivée, j'ai englouti plus de viande et d'œufs que pendant mon séjour entier à Paris. La Jaunisse a même décapité un poulet pour me faire plaisir. J'ai vomi en voyant la pauvre bête courir sans tête sur plusieurs mètres avant de s'écrouler. Il s'est moqué. « T'es devenu un vrai p'tit gars de la ville, ma parole. »

Denise sort de son wagon, fringante dans son manteau de fourrure. Un peu perdue, elle balade ses yeux vairons au-dessus des quelques soldats dont certains, comme toujours, se retournent sur elle.

Jean souffle, il me fait l'effet d'un taureau sur le point de charger. Je m'attends à un esclandre, je reste en retrait. Contre toute attente, il s'approche de Denise avec une délicatesse d'oiseau-mouche, si bien qu'elle ne l'entend pas.

Il doit tousser pour qu'elle pivote. Surprise de le trouver si proche, elle porte la main à son cœur en couinant de stupéfaction.

— Bonjour, la Denise.

Il se baisse pour baiser ses joues, son petit chapeau entre ses doigts balourds. Elle se laisse embrasser sans broncher.

— Tu es toujours aussi…

— Toi aussi, rétorque-t-elle d'un ton d'institutrice mal lunée.

La Jaunisse regarde ses chaussures. Regrettant aussitôt d'avoir porté son attention vers ses vieilles godasses, il fait diversion en m'enjoignant d'approcher.

J'obéis, merdeux.

Je remarque les paupières légèrement gonflées de Nini, ses beaux yeux rougis, le bout de son nez gercé comme d'avoir été trop mouché. J'éprouve une joie mauvaise à l'idée qu'elle ait pu souffrir de mon absence. J'en profite. Je la sonde, de la tête aux pieds. Je vois bien que l'examen auquel je me livre la désarçonne. Je m'en fiche, je continue, je savoure ma victoire : après tout ce que j'ai traversé, c'est la moindre des choses, je le mérite.

Sous le déguisement de la femme, je distingue la fillette qui s'interroge. L'une des deux – l'adulte ou l'enfant en elle – s'apprête à parler. Mais elle se ravise.

— Et si je vous emmenais à la maison ? suggère le paysan.

— Non, réplique-t-elle, nous repartons dans une demi-heure.

Les grosses phalanges de Jean glissent sur les bords élimés de son chapeau. Il cherche ses mots, c'est flagrant.

— Est-ce que tu es heureuse à Paris ? demande-t-il après une seconde, de but en blanc.

— Pas moins qu'ailleurs.

— C'est chez toi ici. Les arbres poussent mais ils ont des racines.

— Et les fleurs s'envolent pour germer ailleurs. C'est là-bas chez moi, maintenant.

— Si tu voulais, je pourrais… Enfin, ma ferme est trop grande pour moi tout seul. Tiens, regarde, je t'ai apporté un peu de ravitaillement.

Il lui tend le panier plein à ras bord. Elle chancelle un peu sous son poids. Elle le remercie en le reposant.

— Ce pourrait être ça tous les jours, si tu m'voulais… J'ai de l'argent, assez pour vous deux, le petit, ce serait comme mon gamin, j'ui apprendrais tout ce que je sais, les vaches et les poules, il aurait un métier, i'deviendrait costaud, on f'rait les papiers pour que je sois son père. Vous seriez des coqs en pâte, j'travaillerais pour toi et pour lui. Tu le sais ?

— Oui, je le sais.

— L'église de Soilly, y a encore le curé qui officie, j'ai été le voir hier, il est pas contre pour nous deux. Pour le maire, c'est l'ancien menuisier qu'a remplacé le pauvre Fernand. Ça irait vite. Ça n'empêche pas qu'on organisera une fête quand les gens seront de retour si c'est ce que tu préfères.

— Tu es gentil mais… ne faudrait-il pas qu'on s'aime, pour ça ?

Le paysan encaisse, il courbe l'échine, ploie sous l'estocade. Et balbutie :

— Ça se tricote sur la durée, ces choses-là, faut être patient. Je saurais l'être, moi.

Quand le chef de gare annonce l'arrivée du train en direction de Paris, Denise saisit fermement mon poignet. De l'autre main, elle soulève le panier. Jean l'aide à le hisser dans le wagon.

— Maintenant que j'ai ton adresse, je t'écrirai, dis, tu voudras bien que je t'écrive ? dit-il en s'éloignant du marchepied.

Nini m'entraîne à l'intérieur des seconde classe. Il y règne un capharnaüm de bagages et de populace. Pour accéder aux sièges, il faut enjamber les pommes, les vêtements et les valises à double-fond, rapport à la contrebande. Ça sent le tabac, bien que chacun jure ses grands dieux qu'il n'en a pas et n'en a jamais eu.

— Je t'enverrai des colis pour que vous manquiez de rien, poursuit la Jaunisse par la fenêtre.

— Merci.

— Je viendrai, si t'as besoin que je vienne.

— D'accord.

— Peut-être que tu finiras par m'aimer un peu.

— Ne crois pas ça.

— Ça fait longtemps que j'attends. Je suis pas à quelques années près, va.

Pour toute réponse, Nini tend le bras vers la figure de Jean et caresse sa grosse joue en souriant, comme elle cajolerait un animal blessé. La main gigantesque du paysan se pose par-dessus et engloutit les doigts délicats de Denise.

Mais le train se met soudain en branle dans un raffut de pistons. Jean marche à côté, au rythme de la machine, avant de caler son pas sur le wagon. Et de courir, au moins autant que sa jambe et son souffle au cœur le lui permettent.

Déjà sa silhouette rapetisse sur le quai et je ne discerne plus ni ses joues rouge écarlate ni les calots de sueur qui gouttent de son menton. J'ai beau éprouver pour lui une sympathie modérée, abandonner le bonhomme à son triste sort me serre le cœur.

Quand Jean a disparu, je me retourne vers Denise. Son œil bleu me fusille. Elle attrape ma manche et me traîne au bout de la voiture où, sans un mot, elle me décoche une gifle monumentale.

Je m'en fiche, je la déteste, elle peut me battre tant qu'elle le veut, je suis anesthésié, je repartirai loin d'elle dès que l'occasion se présentera.

Mais tout de suite après, alors que mes tympans sonnent encore, elle tombe à genoux et se serre contre mon short en sanglotant :

— Pardon pardon pardon, tu es encore un enfant, tu n'es pas un homme, un homme ça abandonne parfois, oui, ils sont lâches, ils fichent le camp, mais un enfant, non… Me quitter, c'est me tuer. J'ai cru mourir, tu sais…

Je reste les bras ballants, effaré, la joue enflammée.

— Regarde, dit-elle en fouillant dans son sac, je l'ai apportée au magasin pour la faire réparer. Ta petite danseuse n'était presque pas cassée, regarde comme elle tourne bien, écoute cette musique, tu as vu comme elle est belle ?

J'observe, sidéré, ma mère mimer la ballerine de la boîte à musique que je lui ai offerte, sans se préoccuper des regards interdits que les voyageurs alentour dardent sur ses gestes.

— Danse avec moi, mon Marcel, s'il te plaît. On oublie tout quand on danse.

Elle prend ma main et me fait tourner au son de la musique métallique. Elle rit, d'un rire franc et cristallin, et je me laisse embringuer, sceptique, charmé malgré moi.

— On tourne, comme la petite danseuse, oh comme elle est heureuse !

Lorsque le mécanisme s'arrête, Denise se coule contre la cloison, le corps vibrant à chaque aspérité du rail.

Elle dit qu'elle a le tournis. Elle me tient collé à elle.

Moi aussi j'ai le tournis. Mais d'incrédulité et d'allégresse.

— Dis-moi ce que tu veux et je le ferai, promet-elle.

Je ne la lâche pas, j'ai le nez dans son cou, je hume son parfum délicat. Je bafouille, timide :

— Je n'aime pas que tu te rendes dans cette cave.

Je m'attends à une volée de bois vert, j'en suis quitte pour un regard surpris.

— Qui te l'a dit ?

J'avoue :

— Je t'ai suivie.

— Voyez-vous ça… et qu'as-tu vu ?

— Des gens qui s'amusaient. Un homme qui te parlait.

— Serais-tu jaloux ?

Je me sens idiot : dans mon esprit, ma détresse revêt des allures plus nobles que ce résumé trivial. Je hausse les épaules.

— Bien sûr que les hommes me parlent, déclare-t-elle avec un naturel désarmant. C'est normal puisque je possède quelque chose qui leur plaît.

— C'est quoi ?

Elle m'offre un sourire attendri.

— J'ai l'air d'être seule. Les hommes s'attendent à ce que les femmes aient besoin d'eux. Alors, forcément, les femmes seules les fascinent. Ils se prennent pour des chasseurs de bêtes sauvages et espèrent rapporter le trophée à la maison. C'est amusant, n'est-ce pas ? Mais ne parlons plus d'eux, ils ne nous intéressent pas. Toi et moi, nous ne nous quitterons plus, je saurai être une grande sœur exemplaire, je vais veiller à ce que tu ne manques de rien. Mais jure-moi que tu ne te sauveras plus, petit frangin. Je m'émiette chaque fois qu'on m'abandonne.

Elle marque une pause, les yeux arrimés à son insaisissable mélancolie, avant d'articuler, un ton plus bas, en remisant la boîte à musique dans son sac :

— À ce train-là, il ne restera bientôt plus que des petits bouts de moi.

Elle me fixe de ses yeux humides et palpitants de passion contrariée. Bien que son manège de tragédienne me décontenance, le miracle de cet amour que je n'attendais plus me transporte. Alors je jure. Et elle m'enlace, avec la force d'un naufragé qui se cramponne à sa bouée.

Soudain, elle pouffe dans le creux de mon oreille que les gens ont des yeux de veau.

— Vite, allons nous asseoir avant d'être contaminés par leur tête d'enterrement. Attrape-moi !

Là-dessus, elle détale dans les travées du train gris, sautillant par-dessus l'amas de gens, de denrées et de bêtes, joyeuse et légère.

Je ne décolle pas tout de suite. Dérouté, j'observe une seconde le soleil qui ruisselle dans les cheveux de Nini et la nimbe de lumière. Des voyageurs soupirent leur réprobation. Quelqu'un souffle que cette femme doit être folle. Ça me donne de l'élan, je me rue à sa poursuite.

— Tiens, on nous a volé le panier, note-t-elle en se rasseyant, ébouriffée et hors d'haleine. Tant mieux, il était trop lourd, il nous aurait encombrés. »

20

Alice étudie la « presque » danseuse de la photo.

Nini porte un corset et une grande jupe vaporeuse. Son corps en mouvement contraste avec l'extase contemplative de son visage. Sa beauté est foudroyante, son charisme tel qu'il déborde du cadre. Pas étonnant que Marcel en ait été tout bouleversé.

Alice se concentre. Comme lorsqu'elle était enfant, un petit bout de langue rose dépasse de ses lèvres. Elle essaie de l'imaginer bouger, telle que Maurice la dépeint. Voilà, ça y est, Denise danse pour de vrai.

Ça l'émeut.

Mais c'est fugace, les cafards reviennent déjà à l'assaut, une armée de bestioles grouillantes qui déchiquettent aussitôt la tête du papillon qui avait eu l'audace de se montrer. Mandibules partout, antennes, bouts d'ailes arc-en-ciel.

Les clients de la boulangerie disent d'Alice qu'elle est gentille. Ils répètent : « Cette petite a le cœur sur la main ! Elle est toujours de si bonne humeur ! C'est un vrai bonheur ! Alice Beausoleil porte bien son nom ! »

Ils se trompent, Alice est un monstre. Mais comme elle sourit, qu'elle est serviable, qu'elle n'oublie jamais les commandes et qu'elle pense à préparer un pochon pour Maurice, le clochard du coin de la rue, elle fait illusion.

Et elle s'enfonce, en toute discrétion, à l'insu du monde, le cœur boursouflé de remords et l'âme engluée par le secret dont elle n'a jamais parlé à personne.

Mauvaise, mauvaise, mauvaise.

Non, Alice, reprends-toi.

Allez, revenir à Marcel. À l'essentiel. L'aider, se rendre utile. Ne pas louper le coche, cette fois. Tenir les cafards à distance en voyageant dans les souvenirs du vieux bottier. Devenir le refuge de la mémoire du vieil homme, le réceptacle de ses morts à lui, afin que ceux-là se superposent à la sienne.

Se laisser bercer par la musique de sa voix pour faire taire le cri.

S'offrir un répit. À défaut d'une rédemption.

21

Tout à ses souvenirs, Marcel n'a rien remarqué du drame intérieur qui agite son invitée. Il poursuit son récit :

« En cette fin d'après-midi, je débarque pour la seconde fois à la gare de l'Est, dans un Paris blanc coiffé de ciel gris. La neige recouvre les toits et les pavés de la ville engourdie où vélos, chevaux et passants se meuvent avec un calme qui confine au fantasmagorique. Je suis heureux : ce soir est un grand soir. Ma mère m'a promis de m'emmener au Cheval Blanc. Nous ne nous quitterons plus, c'est la rançon de mon retour.

Je me retourne en me demandant si mon ami cabossé est au cul de l'horloge. Le contre-jour m'empêche d'en être sûr. Dans le doute, je salue quand même. Denise s'étonne :

— Il y a quelqu'un que tu connais là-haut ?

Les flocons virevoltent autour d'elle et atterrissent dans ses cheveux et sur les poils de son manteau.

Trois mioches de sept ou huit ans traversent tout à coup la place en s'envoyant des boules de neige. Ni une ni deux, Nini leur emboîte le pas et, se baissant et jetant sans cesse, s'enhardit dans une lutte acharnée. Ses lèvres exhalent de la vapeur lorsqu'elle me crie de virer à droite pour les prendre à revers. Sa voix, pétrie d'excitation, est un oiseau.

À un homme courroucé de recevoir une boule de neige dans le cou elle présente des excuses en tirant la langue.

Au chien d'une femme austère elle offre, avec sa troupe de conscrits hilares et pas plus hauts que trois pommes, une haie d'honneur des plus solennelles.

La poudreuse avale tous les tapages, sauf celui des rires des loupiots et de ma mère qui s'entortillent et se confondent. Nini a les joues roses et des mèches en l'air partout sur la tête. La fourrure de son manteau et le duvet de sa peau scintillent.

À force de courir, le souffle commence à lui manquer. Elle titube tant que sa cheville se tord. Elle chancelle.

— Tout va bien ? demande une voix d'homme.

La voilà qui s'agrippe aux épaules de son sauveur.

— Vous… décidément, s'écrie le capitaine Seidel. Vous tombez souvent.

— Vous, vous rattrapez beaucoup, lui rétorque-t-elle sans sympathie en s'appuyant sur lui pour se relever. C'est une spécialité allemande ?

— Oui, on apprend ça à l'école tout petit.

Elle frotte son manteau pour en faire tomber la neige.

— C'est la première fois que j'entends un Allemand faire preuve d'ironie.

— Vous me flattez.

— Ce n'est pas fait exprès.

— Quelle coïncidence que nous nous retrouvions encore.

— La coïncidence a bon dos, vous êtes partout, riposte-t-elle. Vous voulez faire un bonhomme de neige ?

— Comment ? Ici ?

— Évidemment, la neige est parfaite. Et nous pourrions utiliser votre képi en guise de chapeau. Ce serait merveilleux. Pour être tout à fait honnête… Dites, je peux l'être ?

L'officier éberlué opine.

— Pour être tout à fait honnête, donc, cela siérait davantage à notre bonhomme. Vos tailleurs manquent de goût, c'est à la limite du supportable. Pour aller avec un képi pareil, il faut des joues épaisses et les vôtres sont trop anguleuses. Vous êtes bel homme, ça vous gâche. Alors, ce bonhomme, qu'en dites-vous ?

Le capitaine Seidel fronce les sourcils tandis que la trouille rétracte mes côtes. Nini se rend-elle compte qu'elle s'adresse à un officier de l'armée d'occupation ?

— Ce n'est pas approprié, répond le militaire après une seconde.

— Eh bien tant pis pour vous, mon capitaine. Je vous souhaite une bonne soirée.

Là-dessus, elle fait volte-face comme une reine et me décoche un clin d'œil.

— Attendez ! prie l'homme.

Elle se retourne, je retiens mon souffle, l'image de Mémère me soulève le cœur. Mais la réaction de l'Allemand est à rebrousse-poil de mes angoisses : il saisit les doigts de Nini dans ses gants de cuir noir et baise le dos de sa main avec une délicatesse inouïe.

Avant de proclamer :

— « La rue assourdissante autour de moi hurlait.
Longue, mince, en grand deuil, douleur majestueuse,
Une femme passa, d'une main fastueuse
Soulevant, balançant le feston et l'ourlet ;
Agile et noble, avec sa jambe de statue.
Moi, je buvais, crispé comme un extravagant,
Dans son œil, ciel livide où germe l'ouragan,
La douceur qui fascine et le plaisir qui tue.
Un éclair… puis la nuit ! Fugitive beauté
Dont le regard m'a fait soudainement renaître,
Ne te verrai-je plus que dans l'éternité ?
Ailleurs, bien loin d'ici ! trop tard ! jamais peut-être !
Car j'ignore où tu fuis, tu ne sais où je vais,
Ô toi que j'eusse aimée, ô toi qui le savais[1] ! »

— Vous aimez Baudelaire ? s'étonne ma mère.

— Je vous reverrai ?

1. Charles Baudelaire, « À une passante » (1855).

— Il faudrait pour cela que je tombe à nouveau, minaude-t-elle. Je vous promets en tout cas d'essayer. Allez, viens Marcel, rentrons avant que la neige fonde, je ne suis pas chaussée pour les marécages. Et puis, ce soir, nous allons travailler. Zou.

Le soir arrive. Enfin.

Mon existence bascule quand, au côté de ma mère, je passe la petite porte réservée aux artistes ainsi qu'aux employés et que je pénètre dans une ruche rutilante.

Je me rappelle tout, de la couleur des moulures à la texture des sols. Les strass, la lumière éblouissante, les corps sertis de justaucorps pailletés, les costumes chatoyants, les fanfreluches, les odeurs, l'effervescence, les seins dans les loges, la hauteur des talons, les smokings des danseurs, les brodequins aux allures de trésors, la musique.

Tout, je me rappelle absolument tout.

« Comme il est mignon ! », s'exclament les femmes aux jambes interminables pendant que je me fraie un chemin, le front rivé par terre pour cacher mes joues écarlates.

Gravée, la sensation de mes épaules cognées par les artistes pressés, parce que je regarde partout sauf devant moi et que le spectacle est sur le point de commencer. Gravés, la musique et les pas sur le parquet, les coiffures jusqu'au plafond, les gorges brillantes, les frous-frous, les chuchotis, les rires, les extravagances de la meneuse de revue, les bras qui la portent au ciel, l'incroyable nudité de ces corps impudiques, les parures, les lèvres rouges et les yeux noirs, le spectacle féerique, les applaudissements chic, le champagne dans les seaux à glace. Un univers neuf s'ouvre à moi, j'ai les yeux écarquillés et les zygomatiques douloureux à force de sourires béats.

Je découvre que si Denise est danseuse, c'est dans sa tête. En réalité, elle est petite main aux costumes. Son métier consiste à aider les artistes à enfiler leurs habits de lumière. Entre deux tableaux, elle recoud une plume récalcitrante ou reprend le passant d'une taille. Puis elle esquisse en coulisses les pas de danse qu'elle a appris par cœur à force de les contempler, offrant ainsi à ses collègues amusés le privilège d'un autre spectacle.

Je suis hypnotisé.

J'apprends plus tard que Nini n'a pu intégrer la troupe en raison de sa petite taille. Elle s'en fiche comme de l'an quarante, elle n'a besoin d'aucune autorisation pour rêver sa vie.

— Alors, ça te plaît ? Que dirais-tu de travailler ici après les cours ? On ne serait plus séparés… L'ancienne livreuse de chaussures s'est cassé la jambe la semaine dernière sur une plaque de verglas, quelle aubaine !

La chef costumière râle :

— Mais enfin, ma petite Denise, quelle idée, ce n'est pas un endroit pour un garçon de son âge. Ça va lui tourner la tête, à ton frère. Regarde déjà dans l'état qu'il est.

Nini n'insiste pas et se rend dans le bureau du directeur. Il ne peut rien lui refuser. Comme aucun homme d'ailleurs. C'est là son don et sa croix.

— D'accord, ma chère, faisons l'essai et nous verrons bien. Mais par pitié, ne pleurez pas.

Commence alors pour moi l'étourdissement de jours entre parenthèses.

Vingt mois, six saisons. Un claquement de doigts.

Après les cours, je rejoins Nini rue du Rendez-Vous et je grimpe sur le porte-bagages en faisant coucou à Suzanne. Puis, décollage tout schuss en direction des Champs-Élysées, sous le regard plein de morgue de la concierge et de son balai chagrin.

Soleil dans le ciel ou pluie sur le nez, qu'importe, j'ai les bras autour de la taille de ma mère, ma tête sur son dos, à gauche le réverbère, à droite la terrasse. Attention, le chien, là-devant, la patte en l'air près du banc.

Certes, des affiches de propagande nazie tapissent les murs et des étendards rouges à croix gammée flottent sur l'Hôtel de Ville. Certes, les files sont interminables et les tickets de rationnement se revendent au marché noir. Certes certes certes. Mais Paris n'en reste pas moins Paris et on a mieux à faire que de s'occuper d'histoire.

Patience, elle va nous rattraper.

Pour l'heure, nous arrivons ensemble au cabaret, traversons le couloir rouge et or, saluons les hommes en livrée à l'entrée. J'ai la sensation d'être important.

Nos chemins se séparent, elle part à droite, je vais à gauche, je récupère les chaussures à retaper, les emporte chez le cordonnier à trois rues de là et rapporte les paires que j'ai déposées la veille. Quand la réparation ne nécessite pas un temps trop long, je m'assieds dans la boutique du ressemeleur et j'observe la précision de ses gestes. Dans l'atelier du vieux taiseux, ça sent le cuir et la cire, on n'entend que le bruit du petit marteau sur les semelles. L'homme traîne la patte, sa dextérité et son sérieux m'impressionnent. Lorsqu'il a terminé, il fait glisser sur la chaussure un chiffon imprégné de cirage. Il griffonne ensuite sur un petit carnet et arrache un bon portant un numéro imprimé en rouge qu'il me remet. Et je repars en direction du cabaret où, ensorcelé et fier comme Artaban, je me laisse frotter la tignasse par de longues lianes aux faux cils qui se plaisent à me charrier gentiment.

Je me cache pour regarder les femmes revêtir leurs costumes de scène et se changer en divinités. J'accepte volontiers de lacer leurs chaussures. Qu'on me surprenne à me perdre dans les courbes d'un pied ou d'un mollet, et voilà que je m'empourpre, bafouillant de gêne et d'émoi. Les danseuses attendries ne me tiennent pas rigueur de mes œillades polissonnes. C'est qu'elles ont eu treize ans avant moi. Alors, tantôt protectrices, tantôt grivoises, elles déploient à mon égard des trésors de bienveillance qui augmentent mon trouble.

À côté de ces naïades, ma mère rafle encore sans conteste la mise. La faute à l'exotisme de son regard, à son air d'être ailleurs, jamais tout à fait là. Sa beauté étrangère au monde éclipse celle des autres filles. Il y a son odeur, ses yeux vairons, son exagération, sa folie douce, sa façon de répéter comme on chante, tandis qu'elle rafistole une bordure de satin à l'aide d'une cordelette : « Ce n'est jamais aussi grave que ça en a l'air, le spectacle ne doit jamais s'arrêter… »

Un soir, je la surprends en train de consoler une danseuse en habit de scène. Des torrents noirâtres gribouillent les joues de la jeune femme, un filet de morve dévale son arc de Cupidon. Nini la berce. « Chut, chut, Madeleine, dit-elle en caressant les cheveux ondulés de l'artiste, ce n'est jamais aussi grave que ça en a l'air, le spectacle ne doit jamais s'arrêter, je t'aiderai. »

Le dimanche, le cabaret du Cheval Blanc baisse le rideau et nous ne travaillons pas. Nous déjeunons au beau milieu de l'après-midi. Nous dansons au son du phono, ou bien nous jouons à des jeux de société dont Nini modifie les règles en cours de partie : « Le rouge est vert ; la dame de pique est un roi de cœur ; on tourne dans l'autre sens ; les dés valent moins deux. » Ou encore, nous nous imaginons n'importe quoi : un mariage lorsqu'il prend à Nini de retirer les voilages de la fenêtre pour les mettre sur sa tête ; une bataille quand, d'une tige ou d'une fleur, elle se figure un fusil ; une course quand nous sautons d'un meuble à l'autre, les mollets entravés par les cordons du rideau. Harassés, nous finissons par nous allonger côte à côte et elle me lit des romans.

Preuve qu'un nœud se défait en elle – nœud dont j'ignore encore la cause –, Nini a détaché la patte de Nostradamus. L'oiseau libre vole désormais dans l'appartement aux fenêtres ouvertes. Il ne part jamais plus loin que la branche de l'arbre au pied duquel le petit marié de faïence est enterré.

Si beaucoup de Parisiens se trouvent dans un grand dénuement, nous, nous ne manquons de rien : il y a les colis de la Jaunisse. Et le reste aussi, que Nini ne justifie pas et pour quoi je me garde de demander des explications. Car je suis heureux, et le bonheur est un rossignol. L'interroger, c'est prendre le risque qu'il s'envole. Le jeu n'en vaut pas la chandelle.

Je ne me méfie pas. Pourtant, la folie douce de ma mère empire, et ce que j'imagine n'être que des jeux innocents sont en réalité des étapes vers la fin d'un monde.

Suzanne n'a plus besoin de feindre le hasard pour que nous nous rencontrions. Nous sommes amis désormais.

Tout le temps que je ne passe pas en cours ou à mon travail au cabaret, je suis avec elle. Quand je ne sais pas quoi faire, je jette des graviers contre sa fenêtre. En général, je vise juste, hormis ces quelques fois, malencontreuses, où mes petits cailloux rebondissent sur le réverbère ou sur la tête de la joueuse d'orgue de Barbarie. L'instrument hoquette de stupeur, la femme m'insulte copieusement, et moi, comme de bien entendu, je regarde ailleurs. À la mère de Suzanne qui peste depuis sa cuisine dont elle ne sort presque jamais – « Si tu casses mon carreau, je te tords le cou ! » – j'oppose une figure d'ange dont elle n'est pas dupe.

Suzanne apparaît toujours dans l'encadrement de sa chambre, avant de dévaler les marches et de jaillir sur le perron. Ensemble, nous déroulons des heures à nous moquer du monde, à jouer des tours aux passants, à ronger des brins d'herbe, à viser les pigeons, à jouer aux billes avec des boutons ou à déambuler, mains dans les poches et soleil sur le bout du nez. De temps en temps, nous chevauchons la bicyclette de Nini à toute berzingue le long de la Seine. Cheveux au vent, doigts cramponnés au guidon, on salue les bouquinistes, on dérape en faisant crisser les pneus, on rebondit sur les pavés en égosillant des voyelles, manquant parfois de renverser un piéton qui montre le poing en nous traitant de sales garnements.

La pluie nous pousse à trouver refuge dans des halls d'immeuble ou sous des ponts. C'est d'ailleurs en cherchant un abri que nous tombons sur notre « grotte », un renfoncement sur les berges avec vue sur Notre-Dame, obstrué par une grille rouillée qui ne ferme plus. Une plaque dévorée de corrosion nous apprend qu'il s'agit d'une ancienne niche dévolue aux lavandières et aux blanchisseuses. L'endroit nous fascine, nous avons l'impression de pénétrer le royaume des morts. Nous décrétons pompeusement qu'il n'appartient qu'à nous, et, comme le veut l'usage, chez les animaux du moins, nous y urinons chacun notre tour pour marquer notre territoire. Nous meublons l'intérieur d'un bric-à-brac glané alentour et nous y rendons dès que possible.

Je présente le gardien du cul de l'horloge à Suzanne. Assis sur les poutres en métal, les jambes suspendues à plusieurs mètres du sol, nous écoutons mille fois l'histoire de l'éclat d'obus qui a valu au crâne de Joseph sa crevasse impressionnante. Chaque fois, pour notre plus grand plaisir, il réinvente les circonstances : tantôt, il explique avoir tiré un camarade d'une mort certaine. La fois d'après, il se retrouve piégé dans un trou avec une cavalerie de pigeons voyageurs. Une autre et apparaît soudain, à travers les mots du formidable éclopé, la silhouette d'un cheval majestueux l'emportant sous le feu de la mitraille.

Rien n'est vrai, rien n'est faux. Nous rêvons, portés par son imagination de conteur hors pair. Notre bouche ouverte d'émerveillement encourage Joseph à nourrir des fantasmes toujours plus fous. Comme Suzanne et moi ne pipons rien à l'argot des tranchées, nous nous faisons tout un spectacle loufoque des chasse-bites sous les mirabelles, portant des museaux de cochon et avalant du singe pas terrible, bien meilleur toutefois que le pain kaka des Fridolins. Ces termes inconnus, impossibles à nous figurer, nous font hurler de rire.

Sous ses robes à col Claudine, Suzanne a les genoux écorchés. Profil mutin, la provocation ancrée au fond de ses yeux verts, les poings prêts à en découdre, elle cherche la bagarre, rend les coups, pédale et crache comme un garçon. Suzanne n'est pas une fille comme les autres, elle possède l'audace des vrais impertinents. Cachée derrière un poteau ou un arbre, elle adore tendre des guets-apens. Dès qu'un soldat approche, elle arme son lance-pierre et attend le moment opportun sans bouger, dans une concentration extrême. Elle ne manque presque jamais son coup et rigole comme une tordue, après avoir couru comme une dératée, pour échapper à l'engueulade. »

Marcel soupire, les yeux dans la photo de leur couple, tandis que Lucien, de retour sur son fauteuil voltaire, s'agite, en proie à un cauchemar.

— C'est difficile de l'imaginer aussi fofolle, souffle Alice… Enfin, je veux dire, aussi fantaisiste. Elle a pourtant l'air… si sage, sur cette photo.

— Comme quoi, il ne faut pas se fier aux apparences. La mère de Suzanne était handicapée, elle quittait peu son appartement, et Suzanne était en charge d'à peu près tout. À douze ans, il fallait bien qu'elle décompresse de temps en temps.

— Vous étiez déjà amoureux d'elle à cette époque ?

— Je ne la voyais pas comme ça… Elle était mon meilleur ami. Notez que le masculin est fait exprès.

— Et de son côté ?

— Vous êtes bien curieuse, s'amuse Marcel en croquant dans un biscuit au vin.

— Non, intéressée.

— Pourquoi ça vous intéresse autant ?

— Vous racontez bien. Et c'est une belle histoire.

— Vous vous trompez. C'est une histoire tragique au contraire. Vous risquez d'être déçue.

— Une histoire n'a pas besoin de bien se terminer pour être belle, riposte Alice.

Marcel cligne des paupières en signe d'assentiment et reprend, après avoir laissé planer, un temps, le silence :

« Printemps, été, automne, hiver. Suzanne a douze ans, donc, et moi quatorze. J'ai l'égocentrisme de mon âge, la cécité d'un jeune bêta. Je ne me rends pas compte qu'elle commence à rougir lorsque nos doigts s'effleurent.

Je ne remarque pas non plus le minois tracassé qu'elle arbore cet après-midi-là quand, crânement appuyé contre un mur, je me fais mousser en lui racontant les responsabilités que le patron du Cheval Blanc me confie. Pas peu fier, je lui explique que je suis adoubé par la communauté des artistes qui évoluent sur scène, qu'ils m'adorent. Je me vante d'être la mascotte de ce monde hors de sa portée. Je pavoise en balançant des cailloux dans la Seine avec une indifférence surjouée qui tend au pathétique :

— Je t'assure, il faut le voir pour le croire.

— Tu m'emmèneras un jour ?

Je rétorque avec délectation que l'entrée est réservée au personnel autorisé.

Suzanne me demande davantage de détails, comment est la musique, et les décors, et les artistes, sont-ils aussi nombreux et aussi grands qu'on le raconte ? Je ne suis pas avare de superlatifs. Je lui parle de la magie des paillettes, de la grâce des danseuses. J'en ai plein la bouche.

— Elles sont si belles que ça, les danseuses ?

— Si tu savais, Suzie, elles sont encore mieux que ce que je te dis.

Elle marque une pause en baissant les yeux. Quand elle les relève, ils sont luisants d'espoir et de trac.

— Et moi ? Est-ce que je suis aussi jolie qu'elles ?

Je me forge une mine ampoulée de professionnel.

— Tourne pour voir.

Elle s'exécute, raide comme un bâton, les bras collés au torse, la mine contrite.

— Pas encore, je conclus en me donnant de l'importance. Mais ça viendra peut-être…

Elle grignote furieusement la peau d'une de ses phalanges. Je m'étonne :

— Tu es fâchée ?

— Non, mais ça viendra peut-être, raille-t-elle.

Là-dessus, elle tire la langue et détale.

Suzanne est chouette mais elle souffre d'un défaut insupportable : à la moindre contrariété, elle cavale.

Je lui emboîte le pas.

— Hé oh, attends-moi !

— Le dernier arrivé à la grotte est une poule mouillée ! hurle-t-elle en disparaissant à l'angle du faubourg.

Je coupe par le boulevard, zigzague dans des ruelles et parviens, haletant, à l'entrée de notre abri. Vide. Pour une fois, j'ai gagné, j'ai été le plus rapide. Je m'apprête à ressortir pour cueillir Suzanne à son arrivée et me délecter de ma victoire.

— Eh ben, t'es venu en rampant, ma parole !

Je me retourne. Elle est assise par terre, dans l'obscurité, en train de dessiner sur la terre humide. Je n'en reviens pas.

— Comment t'as fait ?

Elle se lève et se dandine devant moi, main sur la hanche, posture de mannequin Chanel. Puis elle secoue les bras, ferme ses poings et souffle dessus en murmurant, d'un ton empreint de mystère :

— Magie…

— Tu parles d'un tour de magie. J'aime autant te dire que les tours de magie ont une autre tronche au cabaret. Y a des colombes qui sortent des chapeaux et on coupe les filles en deux avec des scies grandes comme ça.

J'adopte une intonation goguenarde, j'en fais des caisses pour dissimuler ma vexation.

— Oh ! ce que tu peux être cave, s'emporte-t-elle. Ton cabaret, c'est du bidon, et tes filles, bah, c'est rien que du cinoche, tiens !

— Tu me traites de menteur ?

— Je te traite de rien du tout ! C'est juste que…

À mon tour, je hausse le ton, mortifié.

— Vas-y, j't'écoute, c'est juste que quoi ? Que t'es jalouse que je passe mes soirées au spectacle alors que toi, tu… tu… tu restes avec ta mégère de mère ?

Suzanne me tourne le dos et croise les bras. Je fais pareil. Puis on s'assoit comme un seul homme sur nos tabourets de fortune avant de signaler notre contrariété dans un soupir synchrone.

Face à nous, le fleuve étincelant berce des mouettes potelées tandis qu'au loin le métro jaillit de son tunnel.

Le filet de voix de Suzanne revient au bout de deux minutes de bouderie.

— Mais… en fait, elles se déshabillent devant toi ?

— Bien sûr, et c'est bien naturel puisque je te dis que je suis l'un des leurs ! Pff !

Suzanne fait la mouc.

— Et ?

— Et y a des oranges sur l'étagère ! je réplique, *illico*, avec une gouaille de mauvais garçon que je regrette aussitôt.

Certaines choses ne se disent pas à une fille, même à un copain comme Suzanne. Elle ne paraît pourtant pas s'en offusquer. Au contraire, elle bondit sur ses cannes de serin et soulève sa robe.

— C'est pour comparer, précise-t-elle.

J'observe son torse où deux mamelons sombres habillent un imperceptible renflement. Comme je ne réagis pas, elle suggère :

— Tu peux toucher si tu veux.

Je touche puisqu'elle a l'air d'y tenir.

Au contact de sa peau, pas l'once d'un frémissement, aucune sensation d'échauffement, on est loin des formes plantureuses des danseuses qui m'étourdissent lorsqu'elles déposent un baiser sur ma joue ou appuient leur cheville sur ma cuisse pour que je lace leur chaussure. Loin aussi du corps impeccable d'émotion de Denise. Je m'efforce de chasser cette pensée.

Il n'empêche, ces deux ersatz n'ont de seins que le nom.

— Alors ?

J'hésite.

— Si je te réponds, tu promets de pas partir en courant ? J'ai des ampoules aux pieds…

— Promis.

— C'est plat comme moi.

Suzanne rajuste rageusement son corsage. Et part en trombe. »

22

Retour à la boulangerie Patach'. On monte. Cinquième étage, lumière.

L'odeur de pin brûlé titille les narines d'Avril. Un coup d'œil au modèle qu'il a dessiné, un autre en direction de la planche de bois, les doigts autour du fer à souder.

Avril appuie peu. Il n'accentue la pression que pour les ombres. Le bois tendre est un support fragile qu'il convient de traiter avec délicatesse.

Il a promis d'appeler sa mère et ses sœurs. Il jette un œil à l'heure, rapport au décalage horaire.

Une sonnerie, deux sonneries. La voix traînante et forte du garagiste quand il décroche. Il est l'un des seuls à avoir le téléphone au village.

— Ah, c'est toi, Avril ? Bouge pas, Sekou va aller chercher ta famille. (Puis, très fort, à tel point qu'Avril éloigne le combiné de ses oreilles et lève un sourcil, touché par l'accent du pays.) Sekooooouuuuu ? Viens ici, Sekou, va dire à Mme Diakité qu'Avril est au téléphone. Et dépêche-toi !

S'ensuit un branle-bas de combat, des exclamations joyeuses qui réveillent des images somnolentes de parties de ballon pieds nus, à la fin de la classe ou à la lumière des générateurs après le dîner. Avril n'a jamais aimé le football. Tout petit, il détonnait parmi ses camarades de classe. Ce qui l'animait, ce qui l'anime toujours, c'est le dessin. Il s'isolait et il les dessinait, à leur insu. Sa mère trouvait qu'il avait un sacré coup de crayon. Jusqu'à ce qu'un traitement surdosé ravage ses yeux et la rende aveugle.

Le garagiste fait la conversation. Il monologue. Mais comme Avril aime l'intonation de l'homme aux mains couvertes d'essence et de cambouis, il ne l'interrompt pas.

Pendant longtemps, le garagiste était le seul au village à posséder la télévision. Deux fois par semaine, les gosses se rassemblaient dehors sur un tapis devant des dessins animés, et dès qu'une voiture passait, les vibrations faisaient bouger l'antenne et détraquaient l'image. Il fallait se courber ou se déployer dans des postures impossibles pour espérer retrouver un semblant de netteté. Le garagiste pestait, sa femme riait, les moutards prenaient leur mal en patience et lançaient les paris sur la fin du dessin animé. Qu'ils rataient en général, du coup.

Le boucan des gamins, à nouveau.

— Voilà ta mère et tes sœurs, annonce le garagiste.

Avril entend l'une de ses frangines déposer le combiné dans la main de sa mère.

— Allô ?

Sa mère dont la voix contient tout : le maffé, le riz wolof, le borokhé, les mariages, les tissus, les collines au bord du fleuve Niger, la fraîcheur du soir, la lune, les filets emmêlés des pêcheurs, la vente à la criée, la terre sèche sur la peau, le soleil sur l'herbe verte, les odeurs du marché, les chants des oiseaux, les champs de mil, les panneaux publicitaires déglingués, le gasoil puant des vieilles bagnoles et des bateaux à moteur.

Le mal du pays, quoi.

Le sacrifice, aussi.

— Comment tu vas, mon fils ?

Tout va bien, non, je ne manque de rien, je t'assure, oui, je mange bien, non, je n'ai pas maigri, non, je ne suis pas trop fatigué, oui, je suis sérieux, non, maman, je ne sors pas à n'importe quelle heure. Il a vingt-six ans. Pour elle, il n'en aura jamais plus de dix.

— Et ton travail ? Redonne-moi le nom des journaux qui achètent tes dessins !

Avril décoche une œillade amère à son uniforme d'éboueur étendu et il récite la litanie des quotidiens et des hebdomadaires. Il entend le sourire de sa mère.

— C'est bien, mon fils, je suis fière de toi.

Il raccroche, la parenthèse malienne se referme, les inflexions de sa mère, de ses sœurs, du garagiste et de son enfance se diluent dans les klaxons parisiens que le simple vitrage de sa fenêtre n'étouffe pas complètement.

Pour qu'il s'installe en France, sa mère a vendu toutes ses terres. Une vie de labeur convertie en exil. « Ne reste pas au village, lui a-t-elle dit le jour de ses dix-huit ans. Ici, il n'y a rien pour toi, tu n'es pas un pêcheur, tu es trop sensible, tu vois le monde d'une autre manière. Profite, tu es fait pour la France, va leur montrer ton talent, ils ne vont pas en revenir, fais-nous honneur, dessine-leur le Mali. »

Il est arrivé à Paris, il a tapé à des portes, elles se sont entrouvertes, il a montré les couleurs de son pays et son talent, les portes se sont refermées, il a trouvé du travail, fin de l'histoire.

Comment avouer à sa mère que tout l'argent qu'elle lui a offert, c'est pour qu'il ramasse les poubelles ?

Il prend une inspiration.

Un jour, il se l'est promis, il lui paiera un billet d'avion. Paris, le rêve de sa mère. « Il y a longtemps, bien avant ton père, j'ai aimé un Français de Paris. Quand il me parlait tout bas, je croyais entendre Notre-Dame chanter pour nous, je sentais le vent de France m'enlacer. Aimer un étranger, c'est partir en vadrouille dès qu'on est dans ses bras, c'est forcément tomber un peu amoureux d'autres contrées, c'est embrasser un autre pays… »

Pour qu'elle voyage par procuration, il fait de la pyrogravure. Il dessine Paris en creusant la surface du bois, histoire que les doigts de sa mère puissent voir ce que ses yeux ne peuvent plus lui montrer. La journée, il dessine dans son carnet des scènes qu'il surprend, des lieux qu'il traverse, des gens qu'il croise. Le soir, il les grave d'après ses illustrations, courbé sur son clic-clac.

Chaque quinzaine, il lui envoie une ou plusieurs tablettes de bois. Ainsi, elle voit ce qu'il voit, elle vit ce qu'il vit. Plus ou moins.

Sa sœur dit que sa mère verse des larmes lorsqu'elle sent Paris sous ses phalanges. Des larmes de joie. Et qu'elle martèle partout que son fils est le plus célèbre dessinateur de France.

Voilà, il a terminé.

Avril souffle sur le bois et passe sa paume pour en chasser les échardes. Il n'est pas mécontent du résultat. Sous ses doigts, en relief, la devanture de la boulangerie Patach'. Et comme un secret connu de lui seul, derrière la vitrine, entre deux gâteaux, le profil minuscule de la jolie vendeuse qu'il est bien trop timide pour aborder.

Cette jolie vendeuse qui ne s'intéresse pas à lui, aveugle, elle aussi, mais dans un autre genre, au point de ne pas voir que si, jour après jour, il boit tant de cafés perché sur un mange-debout, ce n'est que pour être près d'elle.

Allez, demain est un autre jour. Et le réveil sonne à 4 h 30.

23

Pendant ce temps, rue du Rendez-Vous, le récit de Marcel se poursuit.

« Nini énonce des tas de choses, des trouvailles ou des phrases d'hurluberlu, catapultées en vrac.

Elle dit : « Rien n'est sérieux. »

Elle dit : « La vie est un ballet, le ciel un décor, les murs un rideau. »

Elle dit : « La frivolité est la meilleure des armes parce qu'on ne s'en méfie pas. Être apprêté, c'est produire une impression, c'est résister à l'oubli. »

Elle dit : « Je vous trouve très beau », juste pour voir le visage des gens s'éclairer.

Elle dit que les drapeaux pourpres au-dessus de Paris feraient de bien jolis corsages, que c'est dommage de ne les utiliser à rien et que c'est donner de la confiture à des cochons. Elle dit aussi que le rouge sur Mémère que je retrouve dans mes cauchemars est bleu et que tout est question de point de vue.

Elle dit : « Un rêve n'importe que s'il est plus grand que nous. Si un rêve est raisonnable, c'est qu'il est encore trop petit. C'est comme les poissons, il faut les laisser grandir avant de les pêcher. »

Elle dit : « L'imagination est le plus puissant des remèdes. »

Elle dit que les méchants sont souvent tristes et qu'on ne peut donc pas leur en vouloir.

Elle dit : « Quel bonheur d'avoir un petit frangin et un beau capitaine. »

Elle dit que Hans Seidel est un prince et une belle chanson mais que c'est un secret.

Elle dit à Madeleine qu'il n'existe pas de bébé plus joufflu que le sien et que c'est un gage de santé lumineuse et d'une existence réjouissante, Allemand ou pas.

Elle dit tant et tant qu'aujourd'hui encore je la crois.

En dépit de ce que le sort nous a réservé.

Suzanne et moi sommes assis sur les quais, les jambes pendues au-dessus de l'eau. Le soleil tombe dans le fleuve.

— C'est vrai que ta sœur fait la bête à deux dos avec un Boche ?

J'avale de travers.

— Qui t'a raconté ça ?

— Quelqu'un…, répond-elle, mystérieuse tout à coup.

— Ce sont des bobards. Ils discutent, c'est tout. Et puis, c'est pas un Boche comme les autres.

— Ah oui ? Et qu'est-ce qu'il a de différent, ton Schleu ?

— Il est gentil.

Elle mord dans une miche de pain.

— C'est pas un critère.

— Arrête de postillonner.

— Je ne postillonne pas. Alors, ton capitaine ?

Je cherche un nouvel argument. Je n'ai pas grand-chose à lui opposer. Après tout, je n'ai rencontré le capitaine que deux fois.

— Il aime Paris.

— La bonne blague, se balader dans Paris avec un appareil photo, ça signifie rien du tout, ils le font tous…

— Il voulait pas aller à la guerre, il est parti pour faire plaisir à ses parents. Lui, ce qu'il veut, c'est faire du spectacle. Comme Ray Ventura.

— C'est pas commun pour un gradé, admet-elle.

— Bah, tu vois, faut pas écouter les gens.

Nini arrive sur son vélo. Elle tombe bien. J'ai beau faire le fier-à-bras, cette situation m'inspire des sentiments contradictoires. De la jalousie, colorée d'une crainte sourde.

— Bonjour, Suzanne ! hèle Denise en jouant avec la sonnette de son vélo.

— Bonjour, madame !

Je prends congé de Suzanne, saute du muret et m'installe sur le porte-bagages, derrière Nini qui sent bon la vanille et le musc. Il n'y a pas une minute à perdre, le Cheval Blanc, les paillettes, les chaussures et la musique n'attendent que nous.

Nini pédale à travers boulevards et faubourgs avant de mettre pied à terre à un croisement.

— Tu devrais inviter ton amie à déjeuner à la maison dimanche. Et aussi le gardien de la gare dont tu me parles tant. Madeleine et le divin enfant seront là. Je nous réserve une surprise. Oh ! mais j'y pense, pourquoi ne pas organiser un déjeuner déguisé ? Ce serait merveilleux !

J'hésite, cette idée saugrenue me déstabilise.

— Allez quoi, mon Marcel, ne te ronge pas les sangs ainsi. Que veux-tu qu'il nous arrive au juste ? On ne fait rien de mal, aucune loi ne nous interdit de profiter de la vie tant qu'on peut.

Elle a raison, sans doute. Je m'en fais trop, ça me sabote l'existence.

Le dimanche suivant, Denise dispose le service en porcelaine sur une nappe en satin. Au milieu de la table, un chandelier sans bougie, vu qu'on en manque.

Elle a confectionné à Nostradamus une collerette à nœud papillon. J'ai revêtu une cape et un haut-de-forme auquel Nini a ajouté des boutons pour lui bricoler des yeux étonnés. De son côté, elle s'est arrangé un habit de serveur noir et blanc et, à l'aide d'un bout de charbon, dessiné une moustache au-dessus des lèvres. Elle est belle.

À 16 heures tapantes, on toque à la porte. Joseph est là, habillé de son vieil habit de poilu sur lequel il a piqué des pâquerettes, la tête recouverte d'un tricorne poussié-reux. Il baise la main de Nini dans une révérence tordue, bafouillant un « Mademoiselle » obséquieux. Puis il lui tend un bouquet de violettes. Quand des sauterelles s'en échappent, Nini pousse un petit cri de stupeur. Avant de rire de bon cœur.

Arrive ensuite Madeleine, vêtue en infirmière de la Croix-Rouge. Elle a recouvert son bébé de plumes qui lui donnent l'air d'un poulet.

Suzanne, elle, n'est pas déguisée. Alors Nini s'enferme avec elle dans sa chambre. Quand toutes deux en ressortent une dizaine de minutes plus tard, Suzanne porte une des robes de chambre en dentelle de Nini et un boa. Elle défile dans des postures de starlette qu'elle nie aussi sec en grimaçant à tout-va pour cacher son malaise d'être au centre de l'attention.

Tout ce petit monde lie connaissance dans la bonne humeur, un verre de porto à la main. Personne, sauf moi, ne s'aperçoit que ma mère ne quitte pas la fenêtre, les doigts crispés sur son fume-cigarette. Ses yeux inquiets balaient l'extérieur depuis une bonne demi-heure.

Tout à coup, elle glapit, se redresse et se poste à la porte. Quelqu'un frappe. On se regarde. Suzanne me demande à voix basse si on attendait encore quelqu'un.

Nini, qui a entendu, arbore un sourire énigmatique en ouvrant la porte. Avant de sauter dans les bras de l'homme affublé d'un veston queue-de-pie et d'un pantalon trop large.

— Mon capitaine !

La tête d'un chaton blanc aux yeux jaunes et au museau rose dragée émerge du vêtement de Hans.

— Oh ! Mais quel amour que ce bébé-là ! s'exclame Denise en applaudissant. Nous t'appellerons Jean Gabin. Ça te plaît, Jean Gabin ?

Mais Jean Gabin s'en fiche comme de sa première chemise. Il saute par terre. Nostradamus panique, se cogne aux carillons puis, de haut, nargue le chaton maladroit qui ne sait pas encore miauler.

L'homme se décide à ouvrir la bouche pour saluer les autres invités. Son accent allemand jette un froid parmi nos hôtes : on repose les verres de porto, le gosier soudain trop sec pour avaler quoi que ce soit. Madeleine serre son bébé à plumes, les taches de rousseur de Suzanne clignotent avec effronterie, le trou dans le crâne de Joseph paraît onduler comme la mer. Le capitaine cille. Lui d'un côté, le reste de notre troupe de l'autre, Nini au milieu du gué, comme un bouclier, un rempart.

— Je vous présente Hans, clame-t-elle, le chansonnier le plus célèbre d'Europe !

Le capitaine ne se démonte pas et salue son public stoïque. Autour, c'est le silence, crevé par les piaillements gutturaux de Nostradamus, les quasi-miaulements de Jean Gabin et le chant des carillons qui, lentement, s'évanouit.

Le beau sourire de Nini frémit. Elle hoche la tête, incertaine du sens à donner à ce brusque malaise. Mais Hans Seidel bombe le torse et, sans crier gare, grimpe sur la table avec agilité. Le chandelier et les verres vibrent. D'une voix de stentor, il trompette :

— Qui sera sauvé si Hitler, Göring et Goebbels traversent l'océan et que leur bateau chavire ?

Les regards incertains rebondissent d'un invité à l'autre. Avisant le doute qui s'est emparé de nous, le capitaine répète :

— Qui sera sauvé si Hitler, Göring et Goebbels traversent l'océan et que leur bateau chavire ? Alors ? Non ?

Rien ? Aucune idée ?… Voyons, c'est pourtant évident…
L'Allemagne nazie bien sûr !

Madeleine émet la première un gloussement timide. Puis
Suzanne. Puis moi, puis Nini, puis Joseph dont l'apothéose
du rire caverneux sonne la fin du malaise. Voilà notre
perplexité fracassée sur la chute de cette blague inattendue.
Ravi, le capitaine salue son public et se réceptionne au
sol comme un gymnaste en fin d'enchaînement. On lève
les verres de porto à la santé des poètes et des bons mots.

Sans prévenir, Nini grimpe à son tour sur la table et
tempête en me regardant.

— Musique, maestro !

J'enclenche le bras sur le disque. « Ça, c'est Paris »
crépite dans le phono.

Paris, c'est une blonde

Qui plaît à tout le monde.

Le nez retroussé, l'air moqueur,

Les yeux toujours rieurs.

C'est tout de même une drôle de chose de voir un vétéran
déglingué se dandiner avec le fils d'un de ses ennemis
de tranchée, une fille-mère valser avec un nourrisson
au plumage chatoyant, une rouquine plate comme une
limande taquiner Jean Gabin avec son boa, un perroquet
siffler par-dessus la voix nasillarde de Mistinguett ainsi
qu'une Nini moustachue faire des claquettes sur la table,
au milieu d'un chandelier sans bougie et des verres de
porto vides.

Sur la dernière note, Denise ouvre les bras et déclare
très officiellement ouvert le Club des Farfelus. Elle accompagne son annonce d'une talonnade franche et d'un verre
brisé. On applaudit à tout rompre, c'est une ovation qui
accueille la nouvelle.

Comme la voir heureuse me ravit, je décide de laisser couler et de remiser mes appréhensions. La guerre ? Quoi, la guerre ? L'Occupation, oui, et alors ?

À partir de ce jour, le Club des Farfelus se réunit chaque dimanche, à l'insu du reste du monde. Le temps d'un après-midi, on abandonne ses problèmes sur le seuil de l'appartement : Hans Seidel est un chansonnier célèbre, Joseph est beau comme un dieu, Madeleine est mariée à un prince, Nini est une danseuse, Suzanne n'entend plus sa mère brailler et moi, j'oublie la cave de Soilly. Chez nous, les misérables sont riches, les oubliés des héros, tout le monde a son heure de gloire et un phénix sur l'épaule. On fête la joie, on trinque à la vie, on est heureux. On ne prête attention ni à la voisine du dessous qui frappe le plafond de son parapluie ni à la gardienne qui zieute notre carnaval d'un œil mauvais.

Les semaines se succèdent, ainsi que les déguisements les plus extravagants. Denise récupère les costumes abîmés des artistes du cabaret et, de ses doigts experts, elle les change en merveilles. Fort des heures passées à regarder travailler le cordonnier, je me vois assigner la tâche d'arranger les souliers. Porté par les conseils pleins d'indulgence de ma mère, je transforme à la lueur d'un fond de bougie de vieilles godasses en babouches d'impératrice ou en souliers de sultane. Je désosse, j'huile le liège, je ratiboise des semelles, cloute, rabote ou allonge un talon, pique le cuir de rubans, ajoute des boucles dorées, des lacets brillants.

Désormais, entre mon travail, le collège et les paires de chaussures que je fabrique pour Nini, je manque de temps. Terminé, les déambulations dans Paris avec Suzanne. À quinze ans, j'estime que je n'ai plus l'âge de ces enfantillages.

Ça se passe toujours de la même façon.

Lorsque j'achève la paire de la semaine, je présente le fruit de mon travail à Nini. Le trac me noue la gorge chaque fois. Nini clôt ses paupières pour, dit-elle, ne pas être influencée par la vue, et me tend son joli pied. Avec mille précautions, je frôle sa cheville, lace le long de sa jambe, attends, fiévreux, le verdict, tandis qu'elle défile ou chaloupe, les yeux fermés, en se cognant aux meubles. Quand elle daigne enfin les ouvrir, elle me félicite et s'écrie : « Elles sont si gracieuses ! » ; « Quelle légèreté, je sens que je pourrais voler ! » ; « Mon petit frangin est un vrai bottier ! ».

Grisée par ces encouragements, ma créativité se révèle. Chaque nouvel ouvrage supplante le précédent. Quand la matière première vient à manquer, je suis l'exemple de Denise et déploie, comme elle, des trésors d'ingéniosité pour arranger les restes de ce que je récupère au Cheval Blanc ou les bouts de breloque que les danseuses me donnent en cachette.

Parmi les membres éminents du Club des Farfelus, Nini est ma plus grande fierté. Dans cette société aux allures de cour des Miracles, ma mère a trouvé un royaume à sa hauteur. Dimanche après dimanche, juchée sur la table, elle contemple l'extravagance de ses sujets avec une joie enfantine. Son œil bleu enfin au diapason de son œil marron, elle trône en souveraine bienveillante.

Mais ce n'est que du spectacle. Lorsque point le crépuscule, chacun retourne à son existence : Joseph repart au cul de son horloge, Hans renfile son uniforme, Suzanne remonte dans son appartement s'occuper de sa mère, Madeleine longe les murs avec son bébé aryen sans père.

Quant à Nini et moi, nous nous écroulons, fourbus, côte à côte. Elle me dit souvent : « Tu verras, un jour, on aura notre magasin, tu feras les chaussures et moi les vêtements, tout Paris s'y pressera. » On l'imagine avec un sérieux d'enfant, on y met des couleurs, des plumes et des paillettes, on le meuble, on le peint, on le décore.

On se jure qu'on inventera une mode à notre image, folle et baroque, libre et féerique. J'y crois.

Jean Gabin lape, indifférent, son lait dans sa tasse en porcelaine et Nostradamus fredonne au son des carillons.

Cela pourrait durer indéfiniment. Ce ne sera pas le cas : l'histoire est un ouragan. »

24

Marcel se tait et promène à la ronde un regard barbouillé.

De cette boutique qu'ils s'étaient promis de se construire ne reste qu'une embarcation décrépite. Pourtant, au début, ce magasin était un rêve. Quelle ascension fulgurante pour un petit campagnard venu à la ville par accident !

Il a honte. Il aurait pu, il aurait dû, au moins, sauver ces quatre murs à défaut de se sauver lui. Mais comment lutter contre la modernité quand le train part sans vous ? Comment lutter contre l'absence et la solitude qui s'infiltrent partout et vous collent à la peau ?

Las de s'apitoyer sans cesse, Marcel propose à Alice un nouveau verre de vin, d'autres biscuits à la cuillère. Elle refuse d'une toute petite voix. Alors il débarrasse, elle l'aide à remballer, les biscuits dans la boîte, le bouchon sur la bouteille, les verres dans l'évier, coup d'éponge sur la table pour nettoyer les dernières miettes, produit vaisselle, mousse, égouttoir, torchon, rengaine de piano dans la boutique.

De nouveau, ils se jaugent, assis l'un en face de l'autre. De nouveau, elle évite son regard et se borne à essuyer des miettes qui n'existent plus, son ineffable sourire ni gai ni triste, pile entre les deux, coincé, piégé.

Soudain, Marcel sait ce qui ne va pas. Alice n'est pas aussi jeune qu'elle en a l'air. Son visage, son corps, oui, mais ça ne signifie rien, c'est un masque. Parce que ses yeux, eux, ont au moins mille ans.

Il lui vient alors une parole de vieux machin qu'on se croit autorisé à proférer dès qu'on prend de l'âge, cette parole facile qu'on lui a tant de fois assénée et qu'il écoutait en levant les yeux au plafond, à laquelle surtout il s'était promis de ne jamais céder.

Quelques mots qu'il dépose là sans bien savoir ce qu'il fait, comme un insecte sur une fleur, à peine atterri déjà envolé.

— La vie est courte.

— Moi, je la trouve longue, objecte Alice.

— C'est tout le problème, répond-il sur un ton docte qu'il n'avait pas prémédité et qu'il déteste. À votre âge, on gaspille son temps à vouloir tout, tout de suite. Quand on comprend que c'est le voyage qui compte et pas la destination, il est trop tard, c'est déjà derrière.

Tout est passé si vite... Marcel a avancé et puis il a vu le genre d'objets qu'il affectionnait être relégué chez des brocanteurs et reconnu les livres qu'il lisait chez les bouquinistes. C'est à ce moment-là qu'il s'est rendu compte que ça sentait le roussi. Alors il s'est retourné et sa jeunesse ardente a décampé comme une voleuse, sautillant avec Suzanne le long des quais de Seine.

Rien ne change, au fond, mais rien n'est plus pareil. C'est uniquement dans le regard des autres qu'on vieillit. Le cœur, lui, est toujours le même. C'est ça, le drame.

— Oh moi, vous savez, je ne veux rien, répond Alice, les yeux dans le vide, tandis qu'elle continue à frotter la table du plat de la main.

— Je ne vous crois pas. Vous avez bien des projets ?

Elle hausse les épaules.

— Bon, ils viendront, décrète Marcel. Des passions ?

— Avant, oui.

— Avant quoi ?

— Avant de ne plus en avoir.

— Et c'était quoi, vos passions ?

Alice désigne du menton le portrait de Nini.

— La danse ? s'étonne Marcel.

— Non, la photo…

— Pourquoi avez-vous arrêté ?

— Manque de talent.

— Le talent, comme disait Brel, c'est que de l'envie.

— Manque d'envie alors, répond-elle en dessinant machinalement les contours de Nini. Cela devait être formidable d'appartenir au Club des Farfelus. Être une autre, l'espace de quelques heures…

Marcel hoche la tête.

— Vous aimeriez être quoi, vous, si on vous en donnait la possibilité ? demande-t-il.

Elle réfléchit. Avant d'articuler d'une voix âpre :

— Quelqu'un de bien, j'imagine.

— Vaste programme…, réplique-t-il, pensif. Qu'est-ce que ça veut dire, au fond, être quelqu'un de bien ?

— Je sais pas trop… Quelqu'un qui répond toujours à l'appel…

Mouais.

— Si vous voulez mon avis, ce n'est pas être quelqu'un de bien, ça, c'est juste être un héros. Et les héros n'existent que dans la littérature et les films. Dans la vraie vie, les gens sont bourrés de fissures.

Alice balance ses pieds et gonfle ses joues.

— Alors, disons…, souffle-t-elle après un moment, quelqu'un qui pourrait revoir toute sa vie en peinture sans rougir.

Tout à coup, le regard d'Alice s'arrime au sien. Ces yeux étrangers, plantés dans ses iris comme deux pointes de flèche, le mettent mal à l'aise.

— Racontez-moi la suite, Marcel. S'il vous plaît.

— Je peux vous poser une question avant ?

Elle mordille l'ongle de son majeur, se crispe. Il ne se démonte pas, il veut savoir.

— Pourquoi est-ce si important pour vous ?

— Parce que, quand vous parlez, je ne pense à rien d'autre, je voyage dans vos souvenirs à vous et ça me fait des vacances.

Marcel capitule dans un sourire tandis que le piano du voisin entonne une musique inquiétante. Quelle créature étrange que cette jeune fille lunaire au regard d'ancêtre qui lui réclame des histoires comme une enfant qu'on borde.

25

« L'été chauffe la couenne du bitume.

Paris s'agite, la rumeur d'une libération toute proche enfle. Les clients habituels du Cheval Blanc, composés pour l'essentiel de gradés allemands et de femmes du monde, ont déserté le dîner-spectacle depuis plusieurs semaines. Il y a, paraît-il, des combats sur les boulevards des Maréchaux. On coupe les arbres pour entraver la progression des chars, on descelle des pavés, on transforme ce qu'il reste de gamelles en projectiles, on collecte des bouteilles afin de fabriquer des cocktails Molotov, on accroche sur les vêtements des cocardes tricolores cousues de bric et de broc.

Dans le monde fabuleux de Nini, rien ne peut entraver la tenue du Club des Farfelus ce dimanche. Pas même le grondement d'une bataille. D'ailleurs, depuis le troisième étage du numéro 19 de la rue du Rendez-Vous, on ne discerne pas l'ombre d'une barricade. Il n'y a que les toits, les cheminées, le ciel en costume bleu, les pigeons qui roucoulent et le soleil qui vaporise ses rayons. Le décor habituel, en somme.

C'est que leur guerre n'est pas la nôtre, elle n'a aucun droit de cité dans notre appartement. Ici, on chante, on danse, on fabule, on parle en mots qui n'existent pas, on écoute les prédictions d'un perroquet, on ne s'étonne pas qu'un capitaine souffle dans son uniforme en papier crépon pour le faire s'envoler. Au diable les mal lunés, les mal léchés et les mauvais coucheurs, nous ne lisons pas la une des gazettes.

Ce dimanche-là, donc, Nini porte un costume dont l'apparat dépasse en tout point celui des précédents : épaulettes si démesurées qu'elle ne passe les portes que de profil, robe et traîne à l'avenant, réalisées dans un patchwork de tissus brillants. Couronne. Souliers brodés façon princesse orientale pour lesquels j'ai la sensation de m'être surpassé. L'effet est saisissant, il ne lui manque qu'un éléphant.

Tous les membres du Club sont arrivés. Tous. Sauf le chansonnier allemand. Refusant de gâcher la fête, Nini proclame l'ouverture des hostilités d'une voix que je sens néanmoins plus fragile qu'à l'accoutumée.

— Musique, maestro !

J'enclenche le bras du gramophone. Ce dernier crépite, la musique prend toute la place et couvre le bruit des détonations qui explosent çà et là aux alentours.

Les acclamations effrénées de Nini ne parviennent pas à dissimuler le contraste de ses yeux vairons. Là se livre un combat épique entre son beau rêve et la lucidité. Le marron veut croire à l'arrivée de Hans ; le bleu pleure déjà la perte.

— Ne sois pas inquiète, je lui chuchote, il ne va plus tarder.

Elle m'embrasse sur la joue et, dans un sourire flétri qu'elle masque en se drapant d'une joie excessive :

— J'en suis certaine, il faut nous amuser, ça le fera venir !

« Il faut nous amuser. » C'est une injonction. Pour Nini, la joie de vivre est affaire de décret. Mais l'après-midi déroule son soleil, Charles Trenet chante sur les toits et le capitaine s'obstine dans son absence.

On entend tout à coup des pas de cavalerie dans l'escalier. Ça toque. Nini court vers la porte, heureuse de voir enfin celui qu'elle attend. Elle s'apprête à appuyer sur la poignée quand :

— Denise Dambre, ouvre !

Elle suspend son geste, interdite. Ce n'est pas la voix de Hans.

Jean Gabin s'engouffre sous le canapé, Nostradamus s'envole par la fenêtre. Les animaux pressentent l'orage.

Joseph regarde Madeleine qui regarde Suzanne qui me regarde, moi qui n'ai d'yeux que pour ma mère et son visage hébété. Aucun de nous n'amorce le moindre mouvement. Le phono distille encore ses notes en fond sonore.

La porte se colle au mur. Cinq hommes font irruption. Ils jettent un regard interloqué à nos costumes, à l'argenterie, à la porcelaine, au luxe burlesque. Puis leurs yeux se posent sur Nini.

— Denise Dambre, vocifère l'un d'eux, tu es en état d'arrestation.

Puis, s'adressant à Madeleine :

— Tu es bien Madeleine Rodier, danseuse au Cheval Blanc ?

Madeleine acquiesce, pâle comme la mort.

— C'est à toi ? grince un tout petit monsieur en désignant le bébé enroulé dans un turban chamarré.

Elle opine encore tout en resserrant l'étreinte autour de son nourrisson.

— Mais enfin, messieurs, que se passe-t-il ? De quoi sommes-nous accusées ? s'offusque Denise avec emphase.

Son indignation de chanteuse d'opéra est contrebalancée par l'imperceptible sourire qui s'est posé sur ses lèvres. Il ne peut s'agir que d'une farce fomentée par son capitaine.

— Trahison à la nation par voie de collaboration horizontale, récite un troisième type.

— C'est faux ! s'insurge Madeleine.

Une gifle s'abat sur sa joue. Le bébé se met à crier.

— Hé oh, non, mais ça va pas ? ! Vous êtes qui, vous, d'abord ? bégaie Joseph, rouge écarlate, en martelant le parquet de sa canne.

— Mais je vous connais ! s'écrie Suzanne en pointant les types du doigt. Vous, vous êtes le charcutier. Et vous, là…

Le bonhomme n'en a cure.

— Suivez-nous toutes les deux sans faire d'histoires, coupe-t-il.

— Vous ne les emmènerez nulle part ! s'insurge Joseph, menaçant.

Il s'écroule sous le choc du coup de poing. Son chapeau volette à côté de lui, laissant son crâne défoncé à nu.

— Dis donc, l'infirme, je te conseille de pas faire de foin, si tu veux pas qu'on t'enfonce l'autre côté de la tête.

Suzanne et moi nous précipitons pour l'aider. Nini ramasse son couvre-chef et le remet en place dans un sourire qu'elle s'efforce de rendre convaincant. Sans doute vient-elle de comprendre que Hans n'y est pour rien : son capitaine n'aurait jamais permis ça.

Le petit homme attrape le bras de Nini et entreprend de la faire avancer en jetant un « Allons-y » pressé. Mais Nini se raidit et dégage son bras. Elle le fixe, droit dans les yeux.

— Je n'ai pas besoin d'un valet de pied.

Il émane d'elle la même force que celle de Mémère lorsqu'elle faisait face à l'officier allemand. Nul doute, c'est bien sa fille.

Moi, je ne bronche pas. Les images de la cave remontent et me tétanisent. Je n'arrive pas à protester.

Madeleine tend son fils à Suzanne en tremblant.

— Tu veux bien le garder en attendant que je… ?

— Ça ne te suffit pas d'être la honte de ton pays ? la rudoie un quatrième larron. Tu veux en plus être une mauvaise mère en abandonnant ton fils ? Garde-le, qu'il assiste au spectacle.

Madeleine reprend son fils déguisé en prince arabe. Le serre contre sa poitrine, cachant ses pleurs dans les cheveux fins parsemés de croûtes de lait. Nini lui caresse le dos pour la réconforter. Puis elle remet d'aplomb sa couronne, passe la porte – de côté – et descend les marches.

En bas de l'immeuble, la foule vocifère. Les insultes pleuvent sitôt que les deux femmes paraissent sur le seuil. « Poules à Boches » ; « Putains » ; « Traînées ». La masse se compacte, on se bouscule, on veut arracher la peau des traîtres et de ceux qui se sont gavés pendant que les autres crevaient à petit feu.

— On va vous faire une coupe gratis, prophétise une femme.

Des rires gras ornés d'exclamations joyeuses explosent un peu partout. Je me mets sur la pointe des pieds pour voir qui a osé parler ainsi. Le dégoût me suffoque en même temps que l'évidence m'accable : c'est la gardienne de l'immeuble.

Les chasseurs et leurs prises se fraient un chemin à travers la peuplade serrée. De jeunes gars armés de fusils récupérés sur l'adversaire s'efforcent de la tenir à distance.

— Laissez passer ! tonne l'un.

— Dégagez le passage ! s'époumone l'autre.

Mais la masse ondulante réclame justice. Elle pousse. Voir, toucher, ensevelir. En être.

L'honneur. Il n'est question que de ça, honneur à la patrie, à la nation, aux combattants morts pour la France, aux résistants. La foule en a plein la gueule de cet honneur perdu et retrouvé.

Effrayé, je me faufile dans un magma de corps rageurs et suis de loin en loin la progression de Nini. Mon cœur fait un barouf pas possible dans ma poitrine. Suzanne me talonne comme elle peut.

Le soleil cuit les rétines. La populace se protège les yeux d'une main pour mieux assister au spectacle ; de l'autre, ça brandit le poing en scandant des horreurs.

Nini, elle, marche sans ciller, le buste ceint dans son costume prodigieusement loufoque dont une épaulette a été arrachée dans la mêlée. Son vêtement déchiré et sa couronne de traviole augmentent, par voie de contraste, la dignité poignante de ma mère. Derrière elle, Madeleine embrasse son enfant. Aux mouvements de ses lèvres, on devine qu'elle lui susurre une berceuse.

Bon an, mal an, on se rend à la mairie. Les fenêtres du deuxième étage vomissent des étendards bleu blanc rouge. La coulure patriotique dessine une zone d'ombre sur le marbre du perron large, auquel on accède au terme d'un escalier de cinq marches.

Sur l'opportune estrade ont été installées une petite table ainsi que trois chaises. Sur chacune d'elles se tient un gars qui se donne de grands airs. Une dizaine de femmes penaudes font la queue en rang d'oignons près de la rampe.

Deux types attrapent les bras de Denise et la forcent à s'approcher de la table, tandis que deux autres contraignent Madeleine à l'arrière.

L'homme assis au milieu se redresse et balance son mégot en direction de Nini. D'un geste, il impose le calme à la foule. On n'entend plus que le bruissement des feuilles et le chant des oiseaux. La meute ronge son frein, même les gamins perchés sur les épaules des pères ferment la bouche.

La voix de l'homme crève soudain le silence. Une voix forte, sûre de sa place et de son bon droit.

— Mademoiselle Denise Dambre, vous êtes soupçonnée d'entente avec l'ennemi et de trahison. Plaidez-vous coupable ?

Denise le fixe une seconde pendant qu'une corneille indifférente babille quelque part. Je retiens mon souffle. La foule aussi.

D'un ton pondéré que je ne lui connais pas, ma mère articule enfin, de manière que le petit mioche inconnu qui suçote son pouce à l'autre bout de l'esplanade distingue sa réponse :

— Je n'ai jamais trahi personne, monsieur.

Le type frappe un crayon contre une feuille de papier raturée.

— Il est pourtant écrit ici qu'on a vu un Allemand pénétrer chez vous à plusieurs reprises.

Un grondement parcourt la foule. Mais ma Nini ne se laisse pas intimider : elle quitte le pigeon colonel des yeux et se met à scruter la meute en lui offrant un sourire malicieux.

— Est-ce interdit d'inviter un homme à partager un repas ? En ce cas, vous devez être bien malheureux de ne pouvoir dîner avec votre femme, d'autant que si j'en juge à l'ampleur de votre estomac, vous dînez beaucoup.

Des rires jaillissent, y compris du côté des collègues de l'accusateur. Même Madeleine, dont les yeux scintillent de larmes, s'autorise à esquisser un sourire derrière les oreilles de son nouveau-né.

— Bon Dieu, on parle d'un capitaine boche ! s'emporte le gars.

— Je n'ai vu qu'un homme qui aimait les chats et la poésie, monsieur.

L'image d'un Allemand qui caresse un chat en déclamant des vers tombe comme une claque. Ma mère dresse son joli cou et repositionne ses mèches sous sa couronne en observant l'effet de sa réplique. La danseuse qui rêvait sa vie sur un parquet est en pleine représentation.

Mais une brise froide s'engouffre sous les étendards. L'ombre s'élargit sur la scène.

— Vous serez tondue en place publique ! proclame le type à ma mère impassible.

La foule applaudit pendant que le juge paraphe le papier et savoure sa victoire sur l'effrontée.

— Au fait, Albert, une croix, ça va pas suffire, hein, ricane une femme gouailleuse dans les premiers rangs.

— C'est vrai qu'il est pas doué, renchérit une autre. Toujours pas fichu d'écrire son prénom sans faire de faute ! Déjà tout gosse, il était pas aidé.

Ledit Albert fulmine, ça se gausse et je me liquéfie. On dirait une kermesse, leur humeur joyeuse me glace d'effroi.

Un quart d'heure plus tard, alors que les autres coupables se sont vu annoncer tour à tour une sentence identique, on positionne une chaise au milieu du perron blanc. Naturellement, la première à passer sous les feux des ciseaux est Nini. Il est toujours plus jouissif de décapiter la tête la plus belle.

Le coiffeur s'approche et balance la couronne au sol, avant de couper les cheveux ras. Des acclamations hystériques accueillent chaque nouvelle mèche. Entre deux coups de cisaille, le silence pose son couvercle. Les spectateurs avides retiennent leur souffle pour mieux appréhender les couinements secs de l'outil du bourreau.

L'opération dure moins de cinq minutes. Son œuvre terminée, le coiffeur se décale au profit d'un autre gars. Avec un seau rempli de goudron, ce dernier dessine une croix gammée sur le front, la nuque et la tête de Nini. Puis, jugeant cela insuffisant, il déchiquette le haut de sa robe et découvre ses seins menus pour tracer à leur naissance la marque de l'infamie.

— Lève-toi qu'on te regarde, traînée ! braille une femme.

Nini ramasse sa couronne sans se faire prier, la repose sur sa tête et se redresse, fière, la main tendue en un salut princier, tandis que, derrière elle, Madeleine subit le même sort, son bébé dans les bras. Quand Madeleine se lève comme on le lui ordonne, on lui arrache son enfant. L'étole orientale virevolte lentement.

Son cri de mère déchire le ciel. Nini essaie de s'interposer. On l'en empêche.

Le bébé pend nu, comme un poulet, au bout du bras d'un type goguenard.

J'assiste à la scène, mâchoire ouverte, abruti de vacarme, d'horreur et d'incompréhension. Tout se mélange, tout tourne. Je n'entends même pas Suzanne pourtant toute proche qui prononce mon nom et me prend la main.

Madeleine beugle comme un cochon qu'on égorge quand, tout à coup, l'enfant cramoisi de sanglots convulse. Les

196

gens se regardent effarés, conscients soudain de la tournure inquiétante que prennent les événements. Merdeux, l'homme s'empresse alors de remettre le bébé dans les bras de sa mère, pas vu pas pris. Madeleine couvre aussitôt son enfant en arrachant les pauvres lambeaux de robe encore accrochés à ses jambes.

— Votre carrosse vous attend, princesses !

La guirlande de femmes sans cheveux et aux seins nus, peinturlurées de goudron, est embarquée dans une charrette tirée par deux chevaux de trait. Sur des pancartes suspendues tout autour bave l'inscription : « Poules à Boches ».

La parade se met en branle, entourée de spectateurs démangés d'excitation et de gaieté malsaine. Les sabots des chevaux claquent sur les pavés, la charrette gémit et cahote dans les nids-de-poule, déséquilibrant les femmes forcées de se tenir debout.

Toutes baissent les yeux. Toutes, à l'exception de Nini dont les ballerines persanes à lacets n'en finissent pas de scintiller sous le soleil du mois d'août. La main dans celle de Madeleine, elle contemple en souveraine la joie fielleuse de la populace. Son regard droit, quoique perplexe, contredit son crâne à nu et son torse frêle qui la font ressembler à une adolescente.

Ainsi traverse-t-elle inébranlable les boulevards, tantôt ombrée du rare feuillage encore en place, tantôt nimbée de lumière, sous les quolibets et les jets de fruits pourris. Elle ne se départ pas de son drôle de sourire quand une tomate éclabousse sa poitrine d'une giclée vermillon. Mais lorsqu'une pomme manque de heurter la tête du bébé, l'œil bleu s'assombrit. Nini rebalance le fruit à l'envoyeur. Quelqu'un maugrée un « Aïe », accueilli par des rires gras.

Quant à moi, j'escorte le convoi, ballotté à gauche et à droite par la foule stupide, serrant mes poings inutiles, fustigeant mon impuissance et ma lâcheté. »

26

Le piano s'est tu, la lumière à la fenêtre du troisième étage en face s'est éteinte. Alice regarde Marcel écraser sa main sur ses yeux, soulever une fesse et extirper son mouchoir en coton de sa poche. Il se mouche dans un vacarme de trompette. Ça lui crève le cœur.

Comme la pluie tambourine sur la fenêtre, le volet bat sa rengaine de bois pourri, la grille gémit et le silence est une plaie, Alice cherche une façon de réconforter Marcel. Elle a soudain envie de prendre dans ses bras cet homme qu'elle ne connaissait pas il y a cinq heures. Cinq heures, c'est peu. Alors, la timidité la retient et elle se contente d'approcher les doigts de sa main, telle une bête traumatisée renifle une autre fourrure abîmée pour s'assurer qu'elle va bien. Marcel n'est pas seul, elle aussi connaît la douleur de n'avoir rien fait, de n'avoir pas agi, pas pu empêcher la catastrophe d'advenir.

Un sourire reconnaissant, subtil, se pose sur la bouche de Marcel.

Ils se sont compris, elle est contente.

— Peu importe ce que vous croyez, vous êtes quelqu'un de bien, renifle le vieux bottier.

Là-dessus, il ferme la fenêtre, forme une boule de son mouchoir et reprend le cours de son récit.

27

« Je soutiens Nini dans l'escalier. Ses jambes la portent à peine. Elle grelotte. Son crâne est recouvert d'un châle qu'une vieille femme compatissante lui a jeté d'une fenêtre. Une chemise rapiécée, offrande d'un de ses bourreaux pétris de remords, dissimule ses épaules et sa poitrine.

La fierté et la fureur ont maintenu ma mère à flot, la crainte de voir Madeleine s'écrouler l'a rendue invincible. Mais le spectacle a sucé son énergie et, côté jardin, l'artiste s'effondre. Muette, hagarde, elle se cramponne à la rampe. Et à moi.

Tout du long, je m'efforce de lui parler avec douceur. Elle ne répond pas. Quand j'ouvre la porte de l'appartement, son regard vairon traverse la nappe en satin, les verres de porto nettoyés, les assiettes empilées, la saucière et son anse brisée, posée juste à côté. Un message nous attend sur la table.

— C'est lui ? espère Nini, une lueur soudaine au fond des yeux.

Je secoue la tête. C'est Joseph, qui s'excuse d'une écriture trébuchante de n'avoir pas su ranger les affaires à leur place, ni trouver de glu pour réparer la saucière et cette foutue race humaine qui lui tord les boyaux.

Sans rien dire, Denise lâche ma main et traîne ses ballerines jusqu'à la fenêtre. Au bout de ses jambes en coton, ses chaussures pétillent avec outrance. Je la vois tirer les volets, elle qui ne les tire jamais. Je comprends que, désormais, la lumière n'est plus la bienvenue chez nous.

Ma mère gagne sa chambre, je la suis, pour la retenir, au cas où elle chavirerait. Elle prend place devant sa coiffeuse et ôte le foulard de sa tête. Une poudre grise cascade sur le meuble et les flacons. C'est le goudron qui s'effrite.

Je la vois se pencher vers le miroir. Effleurer en tremblotant les poils ras de son crâne parsemé de petites touffes ridicules. Passer ses doigts fébriles sur son visage sale, ses tempes, son nez, sa bouche, avec les gestes d'un défiguré qui ne reconnaît plus son reflet.

Je n'ose m'approcher, de peur de briser le peu qu'il reste d'elle. Jean Gabin, qui a fini par ramper hors de sa cachette, ne s'embarrasse pas de tant de précautions. Il se met à ronronner contre son mollet, sonnant le glas de ses dernières résistances.

Une larme roule le long de sa joue grise de béton. Je me rends compte que, pour la première fois depuis notre rencontre, les pleurs de Nini ne témoignent d'aucune hystérie théâtrale. Il n'y a rien que la douleur d'une gamine face à un monde qu'elle ne peut appréhender.

Elle bredouille :

— Je suis si laide.

Je m'agenouille devant elle et elle fond sur moi. Je repositionne le vêtement qui glisse de ses épaules frêles. Sous mes doigts trémulent les reliefs de sa colonne vertébrale et les collines de ses omoplates.

Au bout d'un moment, elle chevrote l'envie d'être seule. Elle désire dormir, oublier, partir, mourir un peu, quelques heures au moins. Je porte dans son lit sa légèreté de môme démolie. Je la déchausse, la borde, la câline jusqu'à ce que les frissons s'éteignent. À sa demande, j'enclenche le mécanisme de la boîte à musique que je lui ai offerte il y a une éternité. La petite danseuse tournicote à la faveur des notes métalliques. Nini pleure doucement.

Je sors de la chambre et j'attends, le front collé au bois de la porte, que la musique se taise. Alors seulement je m'autorise à sombrer à mon tour, la tête enfouie dans un des coussins du canapé. Tout à coup, mes tempes s'échauffent, l'atmosphère de l'appartement me pique la gorge, j'ai chaud, j'étouffe, la ferme de Soilly se superpose à la charrette de Paris, Mémère à Nini, les spectateurs du cabaret à la populace hilare, les plumes des danseuses au bébé gigotant comme une volaille qu'on égorge.

Je dévale l'escalier et vomis sur le perron de l'immeuble une bile chaude et acide.

Chaque fenêtre dégueule son drapeau tricolore. Derrière le rideau de ma panique, je discerne les flonflons d'une fête lointaine. Des couples trimballent leur allégresse bras dessus, bras dessous tandis que je titube, à contre-courant du bonheur ambiant.

Plus que jamais, j'ai besoin de Suzanne.

Je projette donc quelques cailloux contre sa fenêtre. C'est sa mère qui apparaît au lieu des tresses rousses.

— Fous le camp, s'époumone-t-elle depuis sa fenêtre, je veux plus voir ma Suzie avec toi !

Le volet claque, mon âme aussi.

Je zigzague sans but dans les ruelles. Mes pas me conduisent jusqu'à notre « grotte » où je demeure, apathique, des minutes ou des heures durant.

— Je savais bien que je te trouverais là.

Ses grands yeux verts clignotent. Je hasarde :

— Et ta mère… ?

— Elle risque pas de me suivre, faut bien que ça ait un avantage d'avoir une mère qui traîne la patte.

Je remarque que les deux tresses ont disparu.

— Mais tes cheveux ?

— Ça te plaît ? C'était devenu trop compliqué à démêler… Et puis, il paraît que c'est la mode aux États-Unis…

Cette coupe faite maison est déséquilibrée. Ça augmente la rousseur, le volume, l'incandescence, la maturité, l'impression de liberté. C'est surprenant, ce n'est pas mal.

— Et surtout, Nini se sentira moins seule, avoue-t-elle d'une petite voix en s'asseyant près de moi.

Je dépose un baiser sur ses lèvres. Un baiser chaste et maladroit, dénué de préméditation, juste pour la remercier d'être là. Mais quand je recule, elle rayonne. Elle se méprend sur mes intentions, je m'en veux, elle est mon pilier, je ne veux pas la blesser, ni aujourd'hui ni jamais.

Du coup, je m'excuse. Elle me dit : « Non, c'est pas grave, t'en fais pas. » Alors que je m'attends à la voir décamper, elle se met debout et jette à mes pieds une poignée de cailloux plats.

— Ricochets ?

L'espace d'une heure, face à la Seine, nous redevenons des mioches.

Quand je rentre, une odeur de brûlé a envahi la cage d'escalier. Je me précipite au troisième. De la fumée rôde. Je crains le pire. On ne peut jamais savoir, avec Nini.

Ma mère est là. Les vêtements de la journée gisent au milieu d'un tas de cendres, sur un brasero improvisé. Sur la table de chevet, un portrait s'affiche à côté de celui de l'homme souriant : celui du capitaine Hans Seidel, solennel dans son uniforme. Nini s'occupe désormais à attendre un nouveau retour.

Après ça, les jours se succèdent sans entrain. Ma mère n'est certes pas l'unique tondue du quartier, mais, puisqu'elle est la plus belle, il n'est question que d'elle. L'humanité est ainsi faite qu'elle tire un grand plaisir à voir la beauté déclassée.

Denise ne sort plus, dort nuit et jour, picore de-ci de-là et maigrit à vue d'œil. Quand elle n'est pas allongée, elle déambule dans l'appartement pieds nus, absente, le fume-cigarette flageolant entre ses doigts désarticulés de marionnette. Une fois par jour, elle met le phono en route et sanglote au son de *Parlez-moi d'amour.*

Je suppose qu'elle pleure son soldat-poète et le jeune gars de l'autre photo. Qu'elle pleure sur ceux qui l'ont aimée et ne l'aiment plus dans le club de jazz. Privée de lumière, d'extravagance et de la vanité de plaire, Nini se fane.

Le temps n'y fait rien et, cependant que ses cheveux repoussent, ils se parsèment de neige. La gamine excentrique n'est plus qu'un jouet cassé.

Comme de bien entendu, elle perd son emploi au Cheval Blanc. Elle expliquera plus tard que le cabaret a repris des couleurs en s'achetant une conscience. Pourtant, le patron est venu chez nous à plusieurs reprises la supplier de revenir à la vie. Elle n'a pas entendu sa prière empreinte de sollicitude, elle criait trop fort au-dedans.

Elle n'évoque plus jamais notre projet de magasin. Elle décroche ses portraits en danseuse. Les guirlandes de carillons *idem.* Pour survivre, elle recoud chez nous, dans l'obscurité, les fripes dont quelques âmes compatissantes lui font l'aumône. Ça ne rapporte pas grand-chose et mon maigre salaire de livreur au cabaret constitue désormais la quasi-totalité de nos revenus.

Le Cheval Blanc est ma plaie et ma respiration. Entre l'appartement terne et les coulisses chamarrées, il y a un monde qui me console autant qu'il accentue mon désarroi. Je puise dans les parfums des danseuses de quoi alimenter mon courage et rêver à des lendemains meilleurs.

De retour à la maison, je m'assure que Nini s'alimente, qu'elle se repose, qu'en somme elle habite toujours son existence. Pour la faire sourire, je lui raconte les soirs de première, les colères monstrueuses du chorégraphe, les loufoqueries de la meneuse de revue, les talons gigantesques, les costumes incroyables. Je lui fredonne les mélodies, je mime avec maladresse les pas que je capture derrière le rideau.

Naturellement, elle sourit. Mais d'un sourire creux, sans joie, sans envie, sans rien.

Je donnerais n'importe quoi pour qu'elle revienne.

Nini est l'enfant et je suis le père : j'ai quinze ans, puis seize, et j'assure les responsabilités du chef de famille. J'accepte sans rechigner, par amour autant que par dépit. Comme je suis têtu et un peu naïf aussi, j'attends que ça s'arrange, l'espoir chevillé au corps. Mais les mois s'écoulent, tristes comme un hiver sans fin. Nostradamus s'est exilé et Jean Gabin miaule devant les volets fermés.

Au collège, j'ai dû laver l'honneur de ma mère à coups de poing quand des minables narquois l'ont traitée de putain de la nation. Je ne crains pas de me battre mais je ne suis pas un castagneur. De guerre lasse, j'ai fini par ne plus mettre les pieds à l'école.

Un mal pour un bien quand on y songe, puisque l'argent manque cruellement.

Pour mettre du beurre dans les épinards, je deviens l'apprenti du cordonnier qui, touché par mon histoire, décide de me prendre sous son aile. Mais j'ai beau travailler d'arrache-pied, mes revenus ne suffisent pas. La faim me tenaille l'estomac et la misère prend ses quartiers. On a vendu tout ce qui pouvait l'être. Il ne reste pratiquement plus rien dans l'appartement.

Je n'en parle à personne, si ce n'est à Suzanne. Mon amie m'offre une épaule sur laquelle épancher ma fatigue et mon chagrin. Lorsque je travaille, elle veille et apporte de quoi manger à Nini, à l'insu de sa mère. Elle s'occupe de Denise comme s'il s'agissait de sa propre famille. Alors, au fond de notre « grotte », je l'embrasse parfois. En rêvant à d'autres femmes.

Au cabaret, de nouvelles danseuses ont remplacé les anciennes. Pour celles-là, Denise et Madeleine ne constituent que des bruits de couloir. Tant mieux, elles ne me ramènent pas sans cesse à notre fin du monde. Elles sont jeunes, nous avons presque le même âge. Comme la nature m'a doté d'une gueule de cinéma, elles tournent autour de moi. Si bien que l'une d'entre elles m'ouvre un jour aux plaisirs charnels.

Et, puisque à mes yeux Suzanne et moi ne jouons pas sur ce terrain-là, je n'éprouve pas de scrupules.

J'aime bien Suzanne. J'aime sa patience, sa gentillesse, sa manière d'être là, sans surprise. Suzanne est aussi rassurante qu'un village natal. Elle est mon repère dans la nuit, la seule devant laquelle je ne joue pas au dandy en faisant des ronds avec la fumée de ma cigarette. Avec elle, je peux pleurer. »

28

« Quand j'entre dans l'atelier du cordonnier, ce matin-là, mon patron travaille sur le ressemelage d'une bottine. Comme chaque jour, un journal est ouvert à la page des réclames sur le comptoir, à destination des clients impatients.

Mon regard dérive au hasard sur les annonces lorsqu'un dessin attire mon attention. L'esquisse de deux danseurs enlacés accompagne un court texte annonçant l'organisation d'un marathon de la danse, le mois suivant, au cirque Medrano. Une somme astronomique sera remise au couple vainqueur et l'ensemble des candidats verra ses repas pris en charge pendant la durée de la compétition.

Voilà qui a la forme d'une aubaine.

— Viens par là, Marcel, que je te montre.

Je me conforme aux indications de mon patron pour ressemeler la deuxième bottine. Mais j'ai la tête ailleurs. Je vois dans ce marathon de la danse deux avantages : le premier, la perspective de se restaurer à l'œil, moi qui ne mange à ma faim qu'un jour sur deux. Le second, l'essentiel au fond, celui d'avoir la possibilité de sortir Nini de sa léthargie. Alors, au moment de partir, je déchire la page, la fourre dans ma poche et je me précipite chez nous, juste avant l'heure de l'embauche au Cheval Blanc.

Denise est dans son lit, en train de lire à la bougie. Filtrée par les fentes des volets, la lumière du jour peint des barreaux sur les murs de la chambre.

J'embrasse son front creusé et je brandis ma trouvaille. Elle me décoche une œillade incertaine, referme son livre et consent à déplier la feuille.

— Que veux-tu que je fasse d'une publicité pour savon ?

Je tapote l'annonce en refrénant le sourire qui me vient au coin de la bouche.

— Je vous souhaite de gagner, mon petit frangin, soupire-t-elle en repliant la page de journal. Suzanne et toi allez leur en mettre plein la vue.

— Je ne pensais pas à Suzanne.

Les iris de ma mère brillent dans la pénombre. Elle hoche la tête, comme elle le fait quand elle ne comprend pas et que ses yeux luttent pour se faire une idée. Alors je précise, pour qu'il n'y ait pas d'ambiguïté :

— C'est à nous deux que je songeais.

— Mais enfin, tu es tombé sur la tête ? me sermonne-t-elle. Regarde-moi, de quoi j'aurais l'air ? Et toi ? Qu'est-ce qu'on dira de nous ? La tondue et le moutard, ah ah, comme ils sont beaux !

Notre situation inextricable m'épuise, j'ai envie de pleurer. Je proteste, je supplie.

— Qu'est-ce que ça peut faire qu'ils se moquent ? Réfléchis-y, au moins.

Les deux jours suivants, je n'évoque pas le concours, je ronge mon frein, j'attends que l'idée se fraie un chemin dans l'esprit tortueux de ma mère. Bien m'en prend, puisqu'elle finit par me donner son accord.

Fou de joie, je décide de lui fabriquer la plus belle paire de chaussures qui soit, une paire qui allierait confort et élégance. Je dessine des centaines de croquis que je déchire aussitôt. Je remets mon ouvrage sur l'établi mille fois. Je demande conseil au vieux cordonnier, je néglige les livraisons au cabaret, on me réprimande, ça me passe au-dessus, je m'abîme les yeux, effrayé de ne pas terminer à temps, j'oublie Suzanne, j'oublie de dormir.

Et, la veille enfin, je présente à ma mère le fruit de mon travail.

Je me penche sur le petit pied qui, à la différence du reste de son corps, n'a pas pris une ride, et je le fais couler dans la chaussure. L'émotion et le trac me coupent la respiration.

Nini se lève et marche quelques pas maladroits à travers la pièce, telle une accidentée se mouvant pour la première fois depuis des lustres. Elle observe un silence de cathédrale. Je m'inquiète, sont-elles trop grandes, trop petites, trop larges ? Lui donnent-elles des ampoules ? Lui boudinent-elles les orteils ? Je ne me pardonnerais pas d'avoir raté l'occasion de rallumer la flamme.

Pendant que je blâme mon incompétence, Nini oblique vers la penderie d'où elle extrait une robe qu'elle s'est cousue en secret. Elle fait tomber sa tenue de nuit pour l'essayer, je détourne les yeux de ce corps nu et rachitique, impudique de fragilité, qui m'inspire un sentiment d'effroyable gâchis. Quand je la regarde de nouveau, je la reconnais comme on reconnaît au détour d'un rêve la silhouette d'un défunt qu'on croyait avoir oublié. Elle est éblouissante dans sa robe blanche. On dirait que rien n'est arrivé.

— C'est une ancienne robe de mariée anglaise que j'ai un peu retouchée. Tu crois que Hans aimera ?

Je bégaie que j'en suis sûr, tout en mordillant l'intérieur de ma joue.

Je n'ai aucun doute, le capitaine-poète aurait adoré cette tenue, si seulement il était vivant. Considéré comme déserteur, Hans Seidel a été fusillé par son propre camp. Un jour, il faudra que je me résigne à dire à Nini qu'il ne sert plus à rien de l'attendre.

Mais pas aujourd'hui, je refuse de compromettre son réveil.

— Viens, je vais t'apprendre à danser un peu, dit-elle en écartant les bras. »

29

Alice bâille. Et s'excuse tout de suite. Marcel lui suggère de s'installer sur le sofa de la boutique.

— Vous serez mieux que sur cette chaise.

Comme elle fait la moue devant le canapé encombré, il débarrasse les boîtes qui traînent et les godillots poussiéreux. Elle l'aide. Elle aime aider, elle le porte sur elle, elle ne fait pas semblant.

— Pardon, lance-t-elle d'une voix un peu rauque. Je vous importune avec ma présence. Entre les vêtements et les chaussures, ah oui, et les gâteaux aussi… Et cette pluie qui continue… Enfin, merci de m'accueillir chez vous. Si vous n'aviez pas été là, je…

Marcel n'aime pas qu'on le remercie. Il ne sait jamais quoi répondre. Alors il secoue la main pour balayer les mots qui gênent et il bougonne, en retirant la dernière boîte :

— Il faut bien s'entraider quand on peut. Voilà, c'est bon, vous pouvez vous asseoir.

— Vous savez, je les aime bien, moi, vos histoires.

Marcel envisage Alice, avec discrétion pour qu'elle ne se rende pas compte qu'il la regarde. Elle se borne à fixer le sol, ses pieds emberlificotés sous le canapé, les doigts emmêlés à son pull. La réponse lui échappe.

— Et moi… je l'aime bien, votre présence.

D'habitude, Marcel se ligote dans sa pudeur et réserve le fond de sa pensée à son chien. Énoncer ses sentiments, c'est se mettre nu au milieu de la foule, risquer d'être tondu en place publique, c'est être vulnérable. L'air de rien, avec sa face de Pierrot lunaire, cette jeune fille est en train de scier les barreaux qu'il a mis trois quarts de siècle à souder.

— Ça me fait plaisir, répond Alice, le regard scintillant.

Ils s'assoient l'un à côté de l'autre sur le canapé. La gêne est palpable. Par chance, la pluie redouble et permet de parler de choses moins profondes. La profondeur est un terrain glissant. Si vous manquez de prudence, elle vous ensevelit.

— Eh ben, tousse-t-il, quand on voit ce qui tombe, on est mieux dedans que dehors.

— On est mieux à deux que tout seul, répond la jeune femme l'air de rien, en se déchaussant pour s'installer confortablement. J'ai hâte de savoir comment le marathon de la danse s'est déroulé.

30

« Nini a revêtu sa robe blanche dont l'encolure large s'ouvre aux épaules. Un bandeau sur ses cheveux pour dissimuler ses mèches enneigées. Un trait noir sur ses yeux, des lèvres pourpres, un teint de poupée.

Et des perles de larme discrètes, perpétuelles, sur ses cils.

Pour lui plaire, je porte un smoking de danseur récupéré au Cheval Blanc et un nœud papillon qui s'obstine à virer à gauche et qu'elle remet d'aplomb, avant de caresser ma joue, rasée de près.

— Je ne sais pas ce qui m'a pris d'accepter cette idée saugrenue, je dois être folle.

— C'est bien d'être fou, c'est ce que tu m'as toujours dit.

— Peut-être que je me suis trompée, en fin de compte…

Dehors, Denise cligne des yeux, éblouie par la lumière du jour. Elle s'immobilise, vacille, s'agrippe à la façade de notre immeuble. Pourtant, docile, courageuse ou juste amputée de volonté, elle se meut avec lenteur, cramponnée à mon bras.

Trois ans après la Libération, le traumatisme est prégnant, il affleure de tout son être : elle rase les murs, la respiration saccadée, accélère ou ralentit sans raison. Pour la calmer, je tourne tout ce que nous croisons en dérision. J'imite les mimiques des passants, je leur invente des noms grotesques. Je me baisse sur un parterre de fleurs et lui compose un bouquet.

Sur notre passage, un homme soulève son chapeau et, sans s'arrêter, nous félicite pour notre mariage en nous souhaitant du bonheur à foison. Nous sommes pris d'un rire nerveux.

Il y a foule au cirque Medrano. Lorsque nous pénétrons dans l'enceinte, collés l'un à l'autre, un murmure ricoche dans la file des inscriptions. Les regards convergent dans notre direction. Ce n'est pas étonnant : endimanchés comme pour une cérémonie, nous détonnons. Les autres, privilégiant le confort à l'élégance, sont habillés sans fioriture. Une femme porte même des charentaises. On ne voit que nous. Je sens le corps de ma mère se tendre sous les coups de boutoir de leur jugement. Je serre sa main.

L'employé en charge des inscriptions nous toise de haut en bas avant de nous psalmodier les règles. Les derniers qui restent remportent la compétition, quinze minutes de repos toutes les heures, pas une de plus, les paillasses sont près des sanitaires, si l'un des partenaires met un genou à terre, le couple est éliminé, c'est compris ?

Dans les gradins, les spectateurs venus en nombre s'impatientent dans un joyeux vacarme.

L'employé tamponne le formulaire, nous y ajoutons notre signature et nous nous rendons au bord de la piste où un journaliste photographie les couples par groupes de quatre. Il a un temps d'arrêt en nous apercevant, je l'entends siffler un « Mazette » entre ses dents.

Nini n'a rien perdu de sa superbe. Elle était jolie, le chagrin l'a rendue bouleversante. Sa maigreur accentue sa délicatesse, ses yeux vairons lui donnent décidément l'air d'une autre planète.

Les hommes lui jettent à la dérobade des lorgnades extasiées. Comme le tournesol qui se gorge de soleil et dresse la tête, Nini se gonfle peu à peu du plaisir de plaire à nouveau.

— Le bal, c'est de l'autre côté de la Seine, croasse une femme en tirant sur le veston de son partenaire pour le remettre dans le droit chemin. C'est une compétition sportive ici, pas un carnaval.

Nini possédait jadis la verve d'un excellent orateur. Deux ans plus tôt, elle aurait répliqué sans attendre, avec une élégance froide et une intonation parfaite. Mais les temps ont changé. Au lieu de protester, la voilà qui ouvre la bouche, la referme et baisse les yeux sur sa robe avant de se dissoudre dans mes bras en me chuchotant qu'elle désire rentrer à la maison dormir près de Jean Gabin. Tout en décochant une œillade acide à la demoiselle, je conduis Nini à l'autre bout de la piste.

— Viens, ce n'est qu'une envieuse.

Elle se laisse mener sans opposer la moindre résistance. Paradoxalement, ses airs de fillette égarée excitent l'intérêt des mâles. Il sourd de sa présence évanescente une grâce qui confisque toute l'attention et accroît l'hostilité des femelles.

Au signal, les couples se positionnent sur la piste de danse. Les danseurs s'encouragent du regard, çà et là se murmurent les dernières recommandations.

Les spectateurs s'agglutinent derrière les panneaux de bois. Le maître de cérémonie braille dans le mégaphone :

— À vos marques…

Les femmes posent les bras sur les épaules de leur partenaire, les hommes agrippent les tailles. Je prends les mains de ma mère et je les hisse autour de mon cou.

— Prêts ?

Les femmes se cambrent, les hommes se redressent.

Je souris à Nini. La peur tord sa bouche. Elle fait des efforts pour ne pas pleurer.

— Partez !

La musique emplit le cirque Medrano et les couples se mettent en mouvement. C'est une valse. Les participants sont si nombreux qu'on danse comme on peut. Tant mieux :

dans la cohue, personne ne remarque que je manque de technique.

Déjà la foule acclame ses protégés, des encouragements fusent tandis que le maître de cérémonie commente l'activité des danseurs.

Quelqu'un marche sur la robe de Nini, je sens son dos frémir lorsqu'un pan de l'ourlet se déchire. Elle se déséquilibre sans me lâcher des yeux, je la retiens.

— Je suis avec toi. Laisse-toi porter.

Elle opine et ferme les yeux. Elle est une plume entre mes bras, aérienne. Nous tournons, nous virons, les talons claquent, un deux trois, un deux trois.

Une autre musique succède à la première, et encore une autre, j'ai le tournis, je ralentis la cadence.

Une heure, premier coup de sifflet, première pause. Les habitués gagnent en courant les paillasses ou la buvette. Je ne lâche pas ma mère, j'ai trop peur qu'elle s'enfuie.

Mais déjà sonne la reprise, nouvelle salve, en route pour une deuxième heure. Des fronts luisent de sueur, certains balancent leur veste ou leur corsage. Un homme, qui s'est emmêlé les pinceaux en hélant un couple de ses amis, chute dans les bras de sa cavalière ulcérée. Ils partent s'engueuler plus loin. Nous sommes quelques-uns à nous réjouir de leur prompte élimination.

Nouvelle pause, on boit, on se mouche, on se rend vite fait aux sanitaires, on reprend son souffle, à même le sol ou sur les matelas, et c'est reparti pour la troisième heure. La valse encore, les acclamations du public.

Les paupières toujours closes, Nini sourit aux anges. Parfois, une goutte de larme s'envole au gré de ses mouvements.

Espérant capturer sa fragrance ou frôler sa peau de lait, des hommes s'arrangent pour conduire leur partenaire dans le sillage de Nini. Tandis que ma mère plane à mille lieues du cirque Medrano, je veille au grain : aux aguets, je nous décale opportunément et, d'un coup d'œil acerbe, commande aux gêneurs d'aller se faire voir ailleurs. Je me découvre un esprit de coq que je ne soupçonnais pas.

À quelques mètres de nous, le talon d'une femme se casse. La cheville tordue, elle beugle qu'Untel a triché et déclare forfait.

Le fox-trot nous contraint à modifier nos inlassables mouvements circulaires. Déséquilibrés, on se cogne de partout. Les nerfs en pelote, les danseurs menacent de ne pas en rester là. Mais ils en restent là quand même, puisque chacun est venu pour gagner, pas pour se crêper le chignon.

Au-dessus de la piste, un panneau indique le nombre d'heures dansées. Autant de fois que nécessaire, un employé grimpe sur un escabeau et remplace un chiffre par un autre. Ainsi défilent les heures – cinq, puis quinze –, le jour devient la nuit dans une fente du mur et la piste se vide peu à peu de ses concurrents.

Les couples se balancent. La fatigue gagnant du terrain, on bouge avec mollesse, sans se préoccuper d'être en rythme. Au fil du temps, les professionnels des marathons se détachent du lot : certains compulsent le journal sur le torse de leur partenaire, une femme crayonne des mots croisés en se dandinant, une autre tricote en chaloupant des gambettes. Nous, nous dansons, indéboulonnables, indifférents aux couples qui s'écroulent. Les pieds de Nini volent sur la piste. Son raffinement tranche dans ce fatras, où plus personne ne prend la peine de soigner sa posture.

Deux couples tanguent près de nous. L'homme du premier, déséquilibré par le second, se rattrape *in extremis* en poussant Denise dont la coiffure se détache. Son bandeau plane une seconde avant de choir sous les semelles sales des participants.

L'épouvante se lit dans les yeux de ma mère.

— Vous devriez avoir honte à votre âge, jette une candidate, trop heureuse de trouver quelque chose à lui reprocher.

— Hé toi, gamin, qu'est-ce que tu fais avec une vieille ? renchérit son cavalier.

— Je me doutais bien qu'il y avait anguille sous roche.

— Elle a au moins cent ans, l'anguille !

— N'empêche qu'elle en a encore à vendre ! ricane un homme avant que sa partenaire lui assène une gifle sur le haut du crâne.

— Je la reconnais, braille une autre, c'est une des tondues ! Ah, elle était moins fière, les mamelles à l'air sur son char à bœufs !

Autour de nous, ça se marre.

— Tu peux faire la belle avec ton nouvel amant, ça change rien ! Il a encore du lait qui lui sort du nez.

— Dis, ton amoureux, il sait qu'y a que la tour Eiffel qui t'est pas passée dessus ?

La rigolade redouble. Les muscles de Nini se tendent sous mes doigts. Elle tire sur son poignet que je tiens fermement. Si je lâche, elle déguerpit. Je lui susurre :

— Ne les laisse pas gagner, Nini, ils n'en valent pas la peine.

Elle secoue la tête, dépitée, ses yeux bicolores rivés au sol, pendant qu'une danseuse lui écrase le pied en crachant pour marquer sa désapprobation.

— Tu vois bien, supplie ma mère, c'est trop dur, ils ne veulent pas de moi, je ne peux pas…

— Regarde-moi.

— J'ai essayé, je n'y arrive pas, ça me tourne, j'ai la nausée, je voudrais mouri…

— REGARDE-MOI.

Sans cesser de se balancer, elle consent à arrimer son regard au mien. Sa paupière droite tressaute, la couronne de ses cheveux blancs, nacrée de sueur, accentue le bleu Méditerranée de son œil gauche.

Sa douleur me noue la gorge mais je ne la laisse pas me submerger. Je prends la main de Nini, j'en baise le dos et la pose sur ma poitrine.

— C'est ce rythme-là qu'il faut suivre. Fais-moi confiance comme moi je t'ai fait confiance dans le train qui nous ramenait de Soilly. Tu te rappelles ?

Elle acquiesce, un rictus douloureux sur les lèvres, pendant que je poursuis avec une force de persuasion venue je ne sais d'où :

— Les autres n'existent pas, ils peuvent brailler tant qu'ils veulent, ce n'est que du bruit, ils ne peuvent rien contre nous.

Je renforce mon étreinte et, le nez dans ses cheveux, je lui parle de la boutique qu'on ouvrira, des costumes bariolés, des robes de *french cancan*, de paillettes partout. Je lui réinvente une scène où évoluent un poète en goguette, un chat aux moustaches d'acteur, une fontaine de porto, un magicien qui fait disparaître un morceau de sa tête, une madone et son bébé à plumes, une rouquine à boa, une grand-mère au sang bleu et un homme en photo qui fait des clins d'œil.

Elle rit et pleure, dans cet ordre et dans l'autre, parfois même les deux à la fois, et elle se laisse bercer, valsant avec nos souvenirs. Je la sens reprendre possession d'elle-même à mesure que je transforme notre histoire en féerie.

Soudain, le miracle s'accomplit : nous voilà seuls au monde, voltigeant sur une musique qui ne se joue que pour nous, sur la piste d'un cabaret éclairé par des projecteurs d'étoiles.

Le spectacle ne doit jamais s'arrêter.

Le public, qui se régénère d'heure en heure, réclame de l'action. Ainsi le maître de cérémonie répond-il à l'injonction de ces messieurs-dames en ajustant les variables dont il a la charge : aux valses solennelles succèdent des mélodies plus nerveuses ; les temps de pause sont réduits ; on recourt à des animations diverses et variées : à 8 heures s'organise une course tout schuss quand, à 11 heures, on décrète un sprint de tango illimité qu'il faut exécuter selon de rigoureuses règles chorégraphiques. Entre deux, on prévoit une démonstration de danse orientale.

Pour les organisateurs, l'objectif est d'éviter à tout prix que l'intérêt retombe. Pour nous, il est de tenir, coûte que coûte.

Sitôt que le coup de sifflet retentit, les couples s'écroulent sur les paillasses. Certains réussissent l'exploit de s'endormir, pas trop cependant, s'ils ne veulent pas recevoir un seau d'eau glacée en pleine face en guise de réveil. D'autres en profitent pour se masser les orteils et la plante des pieds. La pause terminée, on reprend en flageolant nos roulis hypnotiques auxquels personne ne songerait plus à donner le nom de danse.

Dehors, les nuits tombent et les jours renaissent. La musique roucoule ou aboie, le temps se dilate et se mue en douleurs musculaires, les repères s'estompent, nos yeux piquants de fatigue ne discernent même plus les chiffres des pancartes.

Les couples sont de moins en moins nombreux. Ceux qui restent sont des fantoches mollasses ou des monstres de nerfs. Là, un candidat brutalise sa partenaire qui ose montrer des signes de faiblesse. Ici, une femme porte à bout de bras son cavalier assoupi sur son épaule.

Soudain, un homme s'écroule, victime d'une crise d'épilepsie. Hors de question de s'arrêter pour si peu, les infirmiers évacuent le type en prenant garde de ne pas gêner la concurrence, et, en deux temps, trois mouvements, le bonhomme, ses convulsions et sa danseuse atterrée ont débarrassé le plancher. D'autres candidats s'affaissent déjà en ahanant, la figure dégoulinante de bave, de morve et parfois de bile.

L'épuisement ruine les digues de la morale. Pour accélérer le processus, certains ne s'interdisent plus les coups bas. Il faut désormais éviter le croche-pied à gauche ou la ruade à droite pour ne pas tomber.

De temps à autre, le photographe tire le portrait des survivants, captant les postures indignes ou les faces rendues abjectes par la souffrance. Durant la pause, une femme fascinée propose à Denise de lui prêter ses chaussures plates, d'un confort hors du commun. Mais Nini refuse, arguant que ses souliers sont l'œuvre de son « fils ». C'est la première fois que je l'entends me désigner ainsi.

Il y a ma mère, sa robe et ses cheveux irisés d'argent, sa grâce naturelle et fascinante. Moi, ma jeunesse ardente, ma gueule de cinoche et l'assurance de mes dix-huit ans. Dans ce spectacle grotesque à la laideur confondante, l'humiliée redevient reine et le petit bâtard du bal de Dormans son prince. Notre éclat éclabousse l'assistance qui semble comprendre ce qui se joue. On n'en a que pour nous, couple étrange aux allures d'apparition.

La salle affiche à présent ses préférences sans ambages. Grisée par la ferveur ambiante, consciente de son magnétisme, Denise n'en finit pas de déployer son aura. Elle offre son visage étincelant, le charme de sa silhouette volatile et l'ivoire de ses épaules.

Je la regarde se guérir.

Plus de cent vingt heures se sont écoulées depuis le début de la compétition. Le concours touche à sa fin, nous ne sommes plus que deux couples en lice. Nos ultimes adversaires sont des jeunes gens courtauds à la brutalité animale.

Et le temps passe sans qu'aucun de nous vacille.

Maintenant, les gens se lassent et s'impatientent, le meneur de jeu annonce que les pauses sont supprimées, il est interdit de marcher et il convient d'évoluer au petit trot sans jamais s'arrêter sous peine d'être disqualifiés.

Trente minutes plus tard, on ne voit toujours pas le bout de ce combat à mort. C'est alors que la femme conduit son partenaire près de nous et prend la parole :

— Je voulais vous dire…

On tourne, on s'éloigne, on revient.

— … C'est pas pour nous…

On tourne, on s'éloigne, la femme fait son possible pour nous frôler.

— … On a tant besoin de gagner, rapport à notre gosse…

Nouvelle virevolte. Nouveau rapprochement, à mon grand désarroi.

— … Il est malade, notre gosse, et les traitements coûtent si cher… C'est…

Denise refuse de tourner. On trottine sur place. Je n'aime pas ça.

— … C'est pour ça qu'on est là, la récompense, c'est pour pas qu'il meure…

Nini m'envisage. Elle hoche la tête, l'œil bleu, le marron, toujours la même fichue histoire. J'émets à voix basse l'hypothèse que c'est peut-être une ruse, un mensonge éhonté. Mais Nini me chuchote que je suis trop méfiant, que ça porte malheur de raconter qu'un enfant en bonne santé est souffrant, qu'on ne rigole pas avec ces choses-là.

Sans nous lâcher des yeux, la femme attend le résultat de nos débats, la bouche ouverte sur de minuscules dents carnassières.

— Sois un ange, mon petit frangin, s'il te plaît, il existe plus de gens bien que ce que tu crois…

Quand j'accepte enfin de desserrer mon étreinte, Nini se coule par terre, les fesses au sol, sa belle robe en soucoupe autour d'elle, offrant la victoire à nos concurrents. Une clameur de déception parcourt aussitôt la foule, tranchée de quelques applaudissements épars. Mais lorsque j'aide

Nini à se relever, c'est une déferlante de bravos qui nous ovationne.

Nini vient de retrouver sa couronne, son lustre et les honneurs de la lumière. Elle a pourtant le triomphe modeste. Titubant sur ses jambes, elle intercepte les deux autres sur le chemin du gain qui nous échappe.

— J'espère que votre enfant se portera mieux.

La femme lève les yeux au ciel et persifle :

— Comme quoi, c'est bien vrai qu'on ne peut pas être belle et maligne en même temps.

Denise demeure interdite une seconde. La foule, gondolée de vivats, la ramène à l'essentiel. Nini ne proteste pas et oppose son auguste indifférence aux tricheurs.

— Un petit sourire ? fait le photographe.

Les jours suivants, je constate avec satisfaction que les vipères du quartier ont ravalé leur venin. Les commères ne parlent plus que de la dame en blanc qui a sacrifié sa victoire sur l'autel d'un enfant mourant, l'image de la tondue s'est dissoute.

Denise est guérie. Du moins le crois-je en la voyant raccrocher les carillons, replacer les cadres et entrebâiller les volets.

La vie réintègre notre espace. L'horizon se dégage, on aperçoit de nouveau le Sacré-Cœur et les nuages emberlificotés tout autour depuis la fenêtre du salon. Un bourdon placide explore de délicats bourgeons sur l'arbre en pot. C'est dire. »

31

Alice bondit sur ses pieds et se précipite vers son sac. Elle était avachie il y a une seconde, la voilà montée sur ressorts. Dubitatif, Marcel la regarde fouiller son baluchon et tout retourner en rageant, jusqu'à en vider le contenu par terre.

Il n'y a pas grand-chose dedans. Un porte-monnaie en forme d'escargot, un portefeuille en forme de rien, un carnet en cuir noir craquelé dont des feuillets se détachent, un énorme trousseau de clés, un Polaroid qu'il distingue mal à distance. Et un téléphone, sur lequel Alice se met à pianoter, après avoir remballé ses affaires.

Satané bigophone. C'est la plaie, ces machins-là. Quand Marcel sort pour se rendre chez le médecin, au cimetière ou au magasin d'alimentation, les gens sont greffés à leur écran, les pouces frénétiques. À croire que le vrai monde leur fait peur.

Pas plus tard que la semaine dernière, il faisait la queue à la caisse de son supermarché, juste devant le Caddie d'une mère dont le marmot de deux ans éventrait un yaourt. La femme braillait dans des écouteurs en tenant son appareil droit devant elle :

— Ouais, je fais mes courses, là, avec le petit. Je termine et après je te rejoins… Tu m'étonnes…

Après, elle a baissé la voix et elle a coulé un regard en biais vers Marcel qui, aussitôt, a feint de ne plus écouter.

— Évidemment, comme d'habitude, ceux qui sont à la retraite choisissent pile le moment où y a le plus de monde pour sortir. Ouais, tu vois le genre, quoi, je te fais pas un dessin.

Marcel a été bien content quand le mioche a écrasé son pot de yaourt sur le pantalon de sa mère. On a les vengeances qu'on peut.

Il est vexé de voir Alice se replier sur son téléphone. Elle se moque bien de son histoire, finalement. Quand elle partira d'ici, parce qu'il faudra bien qu'elle parte, elle l'oubliera aussi sec, lui, sa rue du Rendez-Vous, sa Nini et son Lucien. La vie reprendra comme avant, en un peu moins bien ou un peu mieux, va savoir, en un peu différent, de toute façon, puisque sa présence incongrue a distillé en lui un goût d'espoir, d'attente et de surprise dont il avait oublié la saveur…

Conneries. S'il avait su, il n'aurait pas ouvert à Alice. Il aurait continué à rouler sa bosse sans rien demander à personne, dîner, pilulier, radio, caniche, piano, dodo, demain y a cimetière, fleurs, Suzanne et compagnie. Il était anesthésié, confortablement installé, et elle l'a réveillé. C'est cruel si c'est pour le laisser tomber maintenant. On ne conduit pas les gens au bord de l'océan pour les interdire de plage !

Marcel se morigène intérieurement. *Allez, vieux bottier têtu, sois honnête, rappelle-toi la tristesse que t'inspirait le bonhomme aux pigeons sur son banc. Tu te croyais invincible, Marcel, tu étais pressé et impétueux. Le poids des années courbait son cou quand le ciel te tendait toujours plus haut, comme le tuteur guidant un pied de haricot. T'es-tu une seule fois assis près de lui quand il te saluait en soulevant son chapeau ? Tu étais occupé, la tête ailleurs, par monts et par vaux. Tu répondais de loin, à distance raisonnable, comme si la vieillesse était contagieuse. Et voilà que ton miroir a pris des rides à son tour. En moins de deux, tu es devenu cet homme aux pigeons qu'un beau matin on ne voit plus sur son banc.*

La puissance de tes souvenirs à toi ne contrebalancera jamais la puissance de ses souvenirs à elle, ce n'est la faute de personne. Deux histoires qui se rencontrent ne s'additionnent pas. Tu mourras seul avec ton chien, pauvre pomme, au milieu de cette boutique qui t'a tout donné et tant repris. Tu mourras au pays de ta mémoire, en exil de ta propre existence.

Tout ça pour ça.

Mais Alice brandit soudain son téléphone en arborant une moue intrigante où pointe un soupçon d'excitation juvénile.

— Je l'ai !

Elle repose l'appareil au moment où des grappes de notes légères traversent la boutique somnolente. Charme suranné d'un piano délicat. Plusieurs secondes sont nécessaires pour que le dépit de Marcel s'étiole. La voix qu'il discerne revient de très loin.

Lucienne Boyer. Une mélodie familière, dont les paroles lui reviennent sans peine.

Parlez-moi d'amour…

Redites-moi des choses tendres

Votre beau discours

Mon cœur n'est pas las de l'entendre…

Dans cette chanson renaît la rue du Rendez-Vous. La Nini d'avant la catastrophe tourne au son crépitant du gramophone, comme Alice, là, chaloupe devant lui. Quand une main laiteuse se tend, Marcel hésite : à qui appartient-elle ? Nini ? Alice ? Suzanne ? Il envisage, incertain, les petits doigts qui frétillent devant lui.

— Dansez avec moi, Marcel…

Déconcerté, il oscille du menton. Ils sont sur une pente dangereuse, il a envie de refuser, de faire taire cette chanson qui le plonge dans des effluves de musc blanc. Mais il n'a pas le temps de tergiverser. Déjà Alice lui prend la main et, avec une autorité douce, le force à se lever.

— Alice, je… Ma canne…

— Un petit effort, insiste-t-elle. Tenez-vous à moi. Faites-moi confiance.

Alice guide lentement son bras gauche autour de sa taille. Il s'émeut de son gabarit de fourmi ailée, il sent presque ses côtes, sa vue se brouille.

— Ça va ? chuchote-t-elle en prenant sa main dans la sienne avant d'improviser une valse pantelante.

Au début, bien sûr, les os du vieil homme se rebiffent. Ils geignent et protestent. Ils crient dans l'indifférence : Marcel lâche prise, il voyage, il a dix-huit ans et sa bouille de Gaumont, tout recommence et c'est merveilleux, on dirait que Nini est contre lui au cirque Medrano.

Mais la chanson est courte, le voyage s'achève dans l'envolée de la dernière note. Pris au piège par ce silence qu'ils n'avaient pas vu venir, Alice et lui s'immobilisent progressivement pour ne pas rompre le charme. On a déjà vu des cœurs s'arrêter sous l'assaut d'une déception trop grande.

Ils prolongent mais, comme ce n'est pas une solution, ils finissent par se détacher, et Alice lance une question désarmante :

— Vous êtes content ?

Content ? Elle est loin du compte. Cette danse l'a ébranlé au-delà des mots.

Tant pis si c'est éphémère. Ça vaut le coup de sentir la vieille horlogerie rouillée battre de nouveau et le liquide vivifiant de l'existence affluer dans ses veines.

Alors, même si ce n'est que pour une nuit, une heure, une seconde, Marcel n'échangerait cet instant pour rien au monde.

*

Alice a repris place sur le canapé, un sourire exténué au milieu de ses traits fourbus. Comme elle bâille à s'en décrocher la mâchoire, Marcel éteint la grande lumière et appuie sur les interrupteurs de petites lampes disposées çà et là. Les points de jaune et d'orange confèrent à son atelier l'intimité d'un chalutier pris dans les vagues.

— Votre mère était incroyable, souffle Alice.

— Elle possédait la naïveté des bienveillants, confirme Marcel. Lorsqu'on n'a pas une once de cynisme en soi, on n'imagine pas que les autres puissent révéler un tel degré de manigance.

La jeune femme s'assombrit.

— Parfois, c'est le contraire, tortille-t-elle. Les gens vous parent de qualités que vous ne méritez pas…

Marcel la fixe sans rien dire. Ratatinée contre le bras du sofa, avec ses genoux remontés sous le menton et ses doigts qui n'arrêtent pas de bouger, elle ressemble à une gamine apeurée. Sa détresse noue la gorge du vieil homme.

— J'ignore ce qui vous tracasse mais je suis sûr que vous êtes trop dure envers vous-même, articule-t-il au bout d'un moment.

Pendant plusieurs secondes, Alice mordille l'intérieur de ses joues, le regard dans le vague. Puis elle prononce :

— Mouais… En tout cas, les gens qui vous ont côtoyé ont eu beaucoup de chance.

— Ne croyez pas ça, Alice, il vous manque la fin de l'histoire.

Elle hausse les épaules.

— Bof. Vous êtes tellement aveuglé par vos échecs que vous ne voyez pas le bien que vous avez fait autour de vous. Vous avez tenu votre mère à bout de bras alors qu'elle vous avait abandonné. Vous êtes parvenu à l'aimer quand bien même elle vous avait rejeté. Aimer autant n'est pas donné à tout le monde. Certaines personnes ont le talent d'aimer, d'autres non, c'est aussi simple que ça.

— Vous vous trompez. Mal aimer n'est pas aimer.

— Aimer mal, c'est toujours mieux que rien, riposte Alice, amère. À moins que…, lâche-t-elle en grattouillant le tissu de l'accoudoir.

Puis elle se tait. Derrière, le tic-tac de la trotteuse égraine les secondes.

— Que… ?

— À moins que vous ayez commis un acte si affreux que ça dilue tout le reste, s'agite-t-elle dans un débit de paroles accéléré. Si affreux que rien de ce que vous avez fait avant ni de ce que vous ferez après ne pourra jamais vous racheter…

L'artisan attend la suite. Comme elle tarde, il demande :

— Vous parlez pour moi ou pour vous ?

Alice pince les lèvres. Drôle de gosse. Au moins s'auto-rise-t-elle à afficher autre chose que le sourire automatique qu'elle arborait à son arrivée, on avance.

— Non, je veux dire en général, se récrie-t-elle subitement avec un geste d'humeur. Enfin, laissez tomber, ce n'est pas important. Vous avez gardé l'article du journaliste du marathon ?

Il pense : *J'ai tout gardé*.

Il répond pourtant, affectant la nonchalance pour ne pas donner l'impression d'être trop sentimental :

— Peut-être, il faudrait que je vérifie, j'ai un tas de bazar.

— J'aimerais beaucoup vous voir avec Nini…

— Je vais regarder…

Il l'abandonne dans la boutique pendant qu'il monte sur un escabeau dans la pièce d'à côté et se met en quête d'un carton, au-dessus du placard de la cuisine.

— Laissez-moi faire, vous pourriez tomber.

Il pivote. Alice est arrivée en bas de l'échelle comme une souris. Il refuse son aide, hors de question, ce soir il se sent pousser des ailes.

— Allez vous asseoir, Alice.

Elle fronce ses sourcils et gonfle ses joues.

— Ce n'est pas sérieux. Laissez-moi au moins tenir l'escabeau pour qu'il ne bascule pas.

— Arrêtez vot' char, c'est pas aujourd'hui que je me casserai la margoulette. Vous voyez ces os ? C'est de la vieille carne, garantie *ad vitam aeternam*. Soyez gentille, j'ai envie de croire que je ne suis pas qu'un vieillard inutile.

— Vous n'avez rien d'un vieillard inutile.

L'intensité des yeux d'Alice, à présent fixés sur lui en contre-plongée, le trouble.

— Alors zou, murmure-t-il, filez m'attendre sur le canapé au lieu de déclamer des choses comme ça.

Elle obtempère en traînant les pieds.

— Donnez-moi encore quelques instants, j'arrive, assure-t-il en récupérant la boîte.

— Oui, oui, répond-elle depuis le magasin.

Au bout d'un instant, un gros album dans les bras :

— Voilà, Alice, je...

Mais Alice s'est endormie sur le canapé, calée contre l'accoudoir, le visage au creux du bras. Elle ronfle doucement, ses mollets repliés sous ses cuisses. Une mèche de ses cheveux frissonne sous l'assaut de sa respiration calme.

Une môme.

— Eh ben, mon Lucien..., chuchote-t-il, attendri.

Et puis il s'arrête là, parce qu'il n'y a rien d'autre à dire sur cette vision confondante d'une jeune femme abandonnée en toute sérénité sur son vieux canapé. La confiance que son sommeil lui témoigne est un sacré cadeau.

Marcel récupère la couverture de son lit et en recouvre délicatement Alice. Pendant qu'il éteint les lampes une à une, avec force précautions afin de ne pas réveiller son hôte, le caniche gratte le sofa pour y monter.

— Arrête, lui chuchote son maître, tu vas la réveiller avec tes gros sabots.

Il l'aide à grimper et le chien se pelotonne contre le torse de la jeune femme.

Marcel s'attarde sur son caniche lové contre celle qui aurait pu être Capucine. Avant de se détourner, à regret, conscient soudain de l'indécence de la situation. Contempler le sommeil de l'autre, qui ne peut s'y dérober, est une impudeur dont il refuse de se rendre coupable. Pourtant, s'il y a bien un moment qu'il aimerait mettre sous cloche pour ne pas le perdre, c'est celui-là.

Sans bruit, il retourne dans l'arrière-boutique. Il se couche sous son drap, bercé par la musique des respirations décalées de son chien et de son invitée, couplées à celle de la pluie sur les carreaux.

32

Petit matin.

Les rayons blancs mouchettent la figure d'Alice et l'extirpent d'un songe sans images. Ses paupières tressautent, son dos se cambre, ses jambes s'étalent en heurtant la chair molle du vieux caniche qui, du coup, dresse une truffe surprise au milieu d'un pelage chiffonné.

Alice se maintient un instant entre rêve et réalité. Il faut plusieurs secondes à son esprit embué pour émerger tout à fait et mobiliser les derniers souvenirs de la veille.

Elle se rappelle tout, sauf s'être endormie. Elle s'en veut : avec tout ça, elle n'a pas pu avoir la fin de l'histoire.

Mais elle a dormi. Plusieurs heures d'affilée. C'est plus que d'ordinaire, vu que, d'ordinaire, ses nuits sont une pirouette ininterrompue de cauchemars et d'insomnies.

La couverture autour des épaules, elle pose les pieds par terre et envisage la boutique dans la lumière du jour en caressant le chien. Cette nouvelle perspective confère au magasin une atmosphère plus pathétique qu'en pleine nuit. Tout n'y est que renoncement, à l'instar de la rue dont Alice discerne maintenant, à la faveur du matin cru, l'ossature livide de pierre et de débris.

À présent que, par le prisme des réminiscences de Marcel, elle en a entrevu des bribes du temps où la vie y pulsait, la désolation du paysage lui serre le cœur. Les papiers peints mis à nu, les chiottes à découvert, les tractopelles immobiles, les moignons de murs calcinés, les tags lessivés par la pluie et les bouts de carton amalgamés aux pavés ne l'effraient plus. L'angoisse d'hier s'est muée en tristesse. Le spectacle du temps qui passe se joue devant elle, par-delà la vitrine où pendouillent l'écriteau et le carillon muet.

Dans sa tête resurgit une tête de cafard. Mais un cafard timide, presque terrifié.

Alice revoit ce fameux jour dans l'appartement qui ressemble à la nuit, le silence abîmé par le tic-tac de la pendule, la moitié de pomme dans le papier aluminium, la puanteur de la poubelle et pas que. La chaleur du mois d'août diffracte les odeurs.

Toutes les odeurs.

Il avait fallu plusieurs heures avant que le corps de Mémé parte à la morgue. En attendant les pompes funèbres, Alice était restée dans son appartement. En cherchant une robe dans laquelle l'enterrer, elle était tombée sur une marinière que sa grand-mère aimait porter et qui la rajeunissait. Alice l'avait enfilée, comme pour profiter d'une dernière étreinte. Elle ne l'avait pas quittée de la soirée.

De retour dans son studio, à quelques arrêts de bus, elle s'était rendu compte qu'elle l'avait tachée.

Vidée, l'âme en vrac, Alice s'était perdue des heures durant entre les traits blancs et les rayures bleu marine.

Machine de blanc ? De couleurs ? Toutes ses certitudes s'étaient envolées. Résultat, elle était restée agenouillée devant le hublot de sa machine à laver jusqu'au milieu de la nuit, en pensant que Mémé aurait su quoi faire.

Faute de mieux, elle avait appelé sa mère. C'est toujours faute de mieux qu'elle appelle sa mère.

— Allô ? Maman ?

— Oui, allô, ma chérie. Mon Dieu, tu as vu l'heure ? Tout va bien au moins ?

— Mémé est morte.

236

— Oh ! mon cœur, je suis désolée. Je ne sais pas quoi te dire… Tu sais, ta grand-mère était âgée, on n'est pas éternels…

— Du coup, il y a cette marinière…

— Tu es vraiment un drôle de spécimen, Alice. Je vais monter à Paris pour t'aider avec les formalités. Je peux prendre un train, je vais regarder les horaires. Je pense pouvoir être là, disons, demain soir…

— Laisse tomber, ça ira.

La marinière avait fini en boule au fond du placard d'Alice. Pour ne pas en ressortir.

Ça fait deux ans, trois mois et quatre jours.

Non, cinq aujourd'hui.

Face au museau scrutateur de Lucien, Alice se dresse sur ses jambes, la plante de ses pieds nus sur le parquet usé. Elle se dirige vers le cabinet de toilette. En chemin, elle croise la table en Formica où l'attendent, disposés comme des présents, ses vêtements pliés avec soin et, par-dessus, un parapluie noir. Un album marron juste à côté. À l'autre bout, il y a un paquet de pain de mie, de la confiture d'abricots, une tasse, ainsi qu'un petit mot à l'écriture serrée.

Chère Alice,

Un rendez-vous me contraint à vous abandonner. Faites comme chez vous. Lorsque vous partirez, vous n'aurez qu'à mettre la clé sous le paillasson après avoir fermé la porte.

Je vous laisse ce parapluie, vous pouvez le garder, j'en ai toute une collection.

Merci pour cette soirée, prenez soin de vous.

Marcel

PS : Ma porte sera ouverte ce soir si rien ne s'arrange d'ici là et qu'aucune autre solution ne s'offre à vous.

Elle repose le message. Croise ses bras sur sa poitrine.

Des larmes lui viennent, sans qu'elle sache très bien si c'est de reconnaissance ou à cause de sa carapace qui se fendille, du nœud qui est en train de se défaire, du cafard qui recule.

Comme Lucien colle son museau à ses doigts, Alice écarte le rideau de ses larmes silencieuses et, doucement, sourit.

À cette table de petit déjeuner.

À ce parapluie, à la pile de ses vêtements pliés avec soin.

À cet homme qui ne sait rien d'elle et qui, pourtant, lui a confié les clés de sa boutique et de sa mémoire. Au chien qui l'accueille sans broncher, comme si elle avait toujours été là.

Elle sourit, donc, seule, pour la première fois depuis une éternité.

N'importe quoi, reprends-toi, Alice.

Elle inspire pour retrouver un semblant de contenance, jette un coup d'œil au réveil et se rend compte qu'elle dispose d'un peu de temps avant de partir travailler.

Elle feuillette le gros album marron, examine les visages sur les clichés, donne du corps aux mots de Marcel, s'attarde sur la coupure de presse jaunie sur laquelle un couple prend la pause.

Nini et son fils, plus beaux encore que dans son imagination.

Elle sonde une nouvelle fois la vieille boutique qui hiberne depuis vingt-cinq ans.

Une vague de chaleur l'étreint en même temps que lui vient une idée.

Premièrement, aérer.

33

Marcel pousse les grilles. Comme il n'a qu'un seul parapluie et qu'il a préféré le laisser à Alice, il est trempé jusqu'aux os, son costume fait pitié, sa cravate pendouille misérablement, son chapeau est informe, ses fleurs boivent la tasse dans leur papier transparent.

Les allées du cimetière sont désertes. Le temps maussade ne se prête pas aux visites. Des feuilles et des pétales délavés ourlent les caniveaux et tapissent les passages, les arbres grêles pleurent sur les dalles craquelées. Des flaques ramollissent la terre et rendent les passages périlleux.

— Salut Suzie, commence-t-il en posant les cyclamens sur la tombe, après avoir remis d'aplomb le pot de chrysanthèmes de la semaine dernière que le vent a fait valdinguer.

Comme chaque mardi matin, il s'assied sur la pierre tombale en face. C'est une pierre crevassée de vieilles racines et dévorée de lierre sous laquelle dort un type du siècle dernier. Sur la plaque en céramique, on devine la forme d'un visage effacé : une centaine d'années ont cramé le souvenir.

La canne bien droite, le menton sur le pommeau, le chapeau vissé sur la tête, Marcel envisage le marbre luisant de pluie. Une flaque s'est formée juste devant la jardinière.

Un nom, deux dates, la naissance, le décès.

Quelques plaques funéraires. Marbre, phrases toutes faites, lettres interchangeables : « À ma chère épouse, je ne t'oublierai jamais » ; « À ma bien-aimée maman, nos prières t'accompagnent » ; « Souvenirs éternels ».

Marcel songe à tout ce qu'une épitaphe ne pourra jamais exprimer. À tous ces sentiments invisibles qui demeurent tant qu'il y a quelqu'un pour s'en rappeler.

Sa Suzie, maigre comme un clou, toujours prompte à en découdre. Elle avait à seize ans la féminité d'un champ de coton. Elle jurait comme un charretier, se battait comme une lionne et rotait comme un chien. Uriner dans la rue ne lui posait aucun problème pourvu qu'elle trouvât un buisson à sa hauteur. Ensemble, ils faisaient des concours de crachats, le plus gros, le plus loin, elle gagnait souvent. Ils fumaient des Gitanes, elle toussait moins que lui.

Elle courait plus vite, était plus agile, gueulait plus fort, pédalait mieux, bref, elle le coiffait au poteau dans à peu près tous les domaines. Pour lui rabaisser son caquet, le jeune Marcel lui causait filles et amours contrariées. Il adorait voir l'effet que produisaient sur elle ses récits de femmes faciles aux cuisses roses.

Parfois, Suzanne enfilait une robe de femme prêtée par Denise. Mal à l'aise, elle se tenait n'importe comment et donnait l'impression d'un bal costumé. Lui, il rigolait.

Elle avait la franchise maladroite des grands timides, si bien qu'un jour elle lui avait balancé, entre deux glaviots jetés par-dessus le Pont-Neuf : « Si ça te fait plaisir, je suis d'accord pour que tu couches avec moi. » Il avait répondu : « Non merci, mais c'est gentil. »

À l'évocation de ce souvenir, Marcel inspire. On est con quand on est jeune.

Marcel cause à Suzanne. De tout, de rien, de ce qu'il dîne, de ce qu'il déjeune, de ce qu'il s'ennuie, du goût du tabac dans sa pipe, du Dr Noblesse, de son remplaçant quand le médecin part en vacances, du temps qu'il fait, de celui qu'il reste, des gens qu'il croise à la supérette lorsque les besoins élémentaires l'obligent à sortir de son trou.

— Je ne sais pas comment c'est chez toi, mais là, en bas, il pleut des cordes. Il me tarde que le soleil revienne, j'avoue que j'en ai un peu marre, l'automne, c'est long. Et après, il y a l'hiver. Autant dire qu'on n'a pas le cul sorti des ronces.

« Regarde, je t'ai rapporté un pot de cyclamens. Tu en avais planté à Poissy, à côté de la boîte aux lettres. D'après le fleuriste, ça devrait tenir un peu, c'est des fleurs de saison. Vu le déluge, elles devraient pas manquer d'eau. Et t'en fais pas, si jamais le ciel décide de s'assécher, je donnerai la pièce au gardien pour qu'il les arrose tous les deux jours.

« J'ai pensé à quelque chose en venant : je pourrais planter un citronnier dans ta jardinière quand ce sera le moment. Ou un plant de tomates. Ou des fraises. Comme ça, les gosses qui passeront à côté de toi auront quelque chose à cueillir. Et puis ça plaira aux insectes. Tout le monde sera content et toi aussi. Je sais bien qu'en général on ne fait pas un potager dans un cimetière, mais, après tout, y a rien qui l'interdit. Maintenant que ça me traverse, je suis même étonné qu'y en ait pas plus.

« Tu as dû sentir tes oreilles siffler, cette nuit. Figure-toi que je n'ai pas dormi seul. Oh ! je te connais, je sais ce que tu vas me dire, que je n'ai jamais dormi seul longtemps, tu n'aurais pas tort, du reste… Mais ne sois pas mauvaise langue, Suzie, Alice a l'âge de notre Capucine, c'est une gentille fille qui cherchait juste un coin pour s'abriter de la pluie. Elle habite pas à côté. Avec cette grève, fallait bien trouver une solution.

« On a parlé de toi, de Nini, de Jean-Michel et du passé jusqu'au petit matin.

« Tiens, regarde-moi ce pansement. C'est elle qui me l'a fait. Ah ça, c'est sûr qu'elle est pas infirmière, mais enfin, ça part d'un bon sentiment. D'ailleurs, je vais l'enlever, ça doit plus saigner à l'heure qu'il est.

« J'entends d'ici tes réticences, tu te demandes si c'est sérieux de laisser la gamine toute seule dans le magasin pendant que je n'y suis pas. Tu as toujours été trop méfiante, et pis, y a rien à voler à part des godillots. Elle me fait bonne impression, cette petite, elle est aimable, elle sait écouter. Et elle sourit, ça, pour sourire… Pourtant, je vois bien qu'y a un truc qui cloche… Ça l'empêche pas d'être une chic fille, va. Elle te plairait. Alors, si jamais t'es pas fort occupée à veiller sur Capucine, j'aimerais bien que tu fasses un peu attention à elle, histoire que la vie l'abîme pas trop. »

Marcel se tait et observe un escargot coincé dans la bouillasse. Il se baisse pour l'extirper de son piège. À peine a-t-il approché ses doigts que le bestiau se rétracte dans sa coquille.

— N'aie pas peur, je vais pas te faire de mal.

L'image correspond bien à Alice. Un petit animal terrorisé, qui se planque dès qu'on approche trop près…

Marcel soulève l'escargot et le pose à côté de lui avec délicatesse.

— Tu pédaleras moins dans la choucroute ici.

L'escargot sort la tête avec précaution, il se méfie. Puis, au fur et à mesure qu'il gagne en confiance, il coule sur la pierre son corps de mollusque et avance, cahin-caha. Après plusieurs minutes, il bifurque derrière une croix et se soustrait à la vue de Marcel.

Le bottier est content de lui, il a sauvé une petite bête.

La pluie craque sur les tombes et les feuilles mortes. Au loin, un jeune gars le zieute. Forcément, un vieillard rincé en chapeau, ce n'est pas ordinaire.

Marcel le gratifie d'un salut de la tête et se repositionne face à Suzanne.

— Figure-toi que des pétunias ont poussé sur la terre près du grand chêne, pile à l'endroit où Nini avait enterré

242

son petit marié, tu te souviens ? J'ai vu les fleurs tout à l'heure, en partant. Couleur framboise. Tu avoueras, c'est rare d'en trouver à l'état sauvage, surtout autour d'une grosse racine. Ce doit être le vent qui a apporté les graines. Vu la pluie qui nous tombe dessus, ils ne vont pas rester longtemps, c'est fragile, les pétunias. J'ai pas voulu les cueillir, je me suis dit que ce serait dommage de les tuer. C'est pas toi qui vas me contredire…

Suzanne n'aimait pas les fleurs coupées. Il a mis du temps à se rendre compte qu'elle essayait systématiquement de faire des boutures avec les bouquets qu'il lui offrait. Du sauvetage, en quelque sorte. Une façon d'y croire, en dépit de tout.

Marcel sourit dans le vide. Encore un détail qu'aucune pierre tombale ne divulguera jamais.

— Tu en avais planté tout un parterre au pied de la balançoire, à Poissy. Des jaunes, des rouges, des violets, des blancs. Eh ben, va savoir pourquoi, c'est ce matin et pas un autre que je les ai vus.

Il se gratte la tête à la naissance de ses oreilles, à la limite de la feutrine de son chapeau.

— Tu vois, malgré la pluie et le vent, ça m'a plu de me dégourdir les jambes. Et ça m'a plu de trouver des pétunias qui ressemblent aux tiens, tout près du chêne. Je crois que ça me ferait plaisir d'en avoir d'autres, des matins et des pétunias. Il faut que je t'avoue un truc, Suzie. C'est difficile à expliquer avec des mots, ça m'est tombé dessus ce matin, comme une évidence. Je ressens comme qui dirait de la vie. Enfin, je me sens vivant, quoi. Plus qu'hier, ça c'est sûr.

Marcel se tait. Et se lève, une main sur la cuisse, l'autre sur sa canne.

— Allez, c'est pas tout ça, tu m'excuses, je m'attarde pas, j'ai pas très chaud et j'ai aucune envie d'aller voir Noblesse. Je te promets de rester plus longtemps mardi prochain. Et je ramènerai des graines, j'en causerai au fleuriste pour savoir ce qu'est le mieux. Le jardinage, c'est plutôt ta partie… Dis à Nini et à Jean-Michel que je pense à eux, et salue les autres pour moi si jamais tu les croises. Je t'envoie des baisers, ma Suzie. Tu me manques.

Là-dessus, Marcel vérifie à gauche et à droite que personne ne le zieute, à droite surtout, rapport au jeune homme de tout à l'heure. Il regarde ensuite le firmament gonflé de gris. Il ouvre grand la bouche.

Comme cette nuit. Le goût de la pluie.

On dirait la fin d'un long sommeil, un rai de lumière dans la fêlure d'un vase, l'aube sur l'horizon.

Un mot sur le bout de sa langue.

34

Avril Diakité pénètre dans la boulangerie.

La première fois qu'il a mis les pieds chez Patach', c'était pour acheter une demi-baguette. La vendeuse lui avait souri. Un sourire identique à celui qu'elle livrait à chaque client. Une minute après être sorti, il s'était rendu compte qu'il avait oublié son portefeuille sur le comptoir. Il était donc revenu sur ses pas. La vendeuse, qui pensait être seule, n'arborait plus son sourire, remplacé par une tristesse diffuse. Ce sourire perdu avait bouleversé Avril. Il était soudain convaincu que le sujet qu'il avait passé sa vie à chercher se trouvait juste devant lui.

— Pardon de vous déranger, je viens récupérer mon portefeuille…

Surprenant le regard d'Avril sur sa mine hagarde, la vendeuse avait remballé ses ténèbres.

Trop tard, Avril avait perçu la fissure dans l'opacité.

Depuis, à coups de crayon, il s'efforce jour après jour de capter le contraste de cette jeune femme. Dessiner la détresse de ses grands yeux bruns soulignés de cernes qui content les nuits éperdues d'insomnies. Attraper au vol le tourment furtif, tapi.

À force de creuser à la recherche de la vérité de son modèle, Avril en est tombé amoureux. Ce sont des choses qui arrivent.

— Bonjour, monsieur, un café, comme d'habitude ?

Il perd ses moyens, les mots, ça n'a jamais été son truc. Il hoche la tête, muet, le gosier sec, les joues empourprées. Dehors, le ciel dégouline, la pluie piquette la toile du store. Dedans, pains, viennoiseries, petits gâteaux, lumière jaune.

— Installez-vous, je vous l'apporte.

Avril paie, prend place sur le mange-debout près de la vitrine et feint d'observer au-dehors alors qu'il crève d'envie de la regarder, elle.

Quand elle passe dans son dos avec son odeur de vanille, son crayon tressaille sur son carnet. Sourire, soucoupe, sucre sur la soucoupe, touillette en bois, café devant lui, merci, elle repart à ses autres clients. Il est transparent.

Sauf que. La voilà qui revient après plusieurs minutes. Pour la première fois.

— Vous dessinez ?

La vendeuse est à côté de lui. Le sang d'Avril se fige. Aujourd'hui, elle s'intéresse, pour une raison qui lui échappe. Qu'est-ce qui a changé ?

Dans un mouvement réflexe, il referme son calepin. Trac, pourvu qu'elle n'ait rien vu.

— Oh ! ce n'est vraiment pas terrible, assure-t-il.

— Si vous me le montrez, je promets de vous donner un avis honnête.

Ça le désarme. Elle tend sa main fine vers le carnet.

— Je peux ?

Il ne répond pas. Rasade de café pour se donner une contenance. Comme un adolescent. Il a toujours été timide. Ses sœurs se fichent de lui en permanence.

— Pardonnez-moi, je suis trop curieuse, fait-elle en s'éloignant, voilée de déception.

C'est une réponse nouée qui s'extirpe de la gorge d'Avril, un « Non » tordu par l'appréhension, l'émotion et la surprise. Elle fait volte-face, amusée. Quand il baisse la tête, il se rend compte qu'il a posé le pied par terre. Comme pour retenir la jeune femme au tablier bleu.

— Enfin, je veux dire… oui, bien sûr, vous pouvez.

Alors elle ne se fait pas prier, elle ouvre le carnet. Avise les premières pages, commente en dodelinant de la tête :

— Très réussi, joli, hé mais je reconnais cet endroit ! Le marché, l'épicier du coin de la rue, la cour du Louvre, la butte Montmartre… et là… euh… ce sont vos collègues ?

Il confirme.

— Oh ! il y a la boulangerie aussi !

Il acquiesce. Elle continue de tourner les pages. Elle s'arrête, revient en arrière, repart en avant.

— Ça alors…

Ses grands yeux bruns sondent tour à tour les dessins et l'éboueur-dessinateur qui ne sait pas où se mettre. Elle rougit.

Heureusement, un client entre et dissipe le malaise.

— Pardonnez-moi, je dois…, fait la vendeuse en désignant le nouvel arrivant trempé qui traîne derrière lui une fillette avec un parapluie à pois jaunes.

Avril hoche la tête, il comprend. Puis il boit son café d'un trait avant de partir, pendant qu'elle emballe deux croissants et une tablette de chocolat.

35

Marcel ne rentre pas tout de suite rue du Rendez-Vous. Il nourrit d'autres projets, de plus hautes ambitions.

Il fait des détours.

S'arrête chez le boucher, le fromager, le maraîcher, le caviste. Le fleuriste aussi, où il lorgne les roses les plus rouges. Il n'ose pas, pourtant, elle pourrait mal interpréter ses intentions. Cette évocation lui arrache un sourire niais, il n'a plus rien d'un jeune premier.

Après moult tergiversations, il finit par jeter son dévolu sur un bouquet de roses blanches et roses, installées dans un lit de fougères vert tendre.

Puis il se remet en route.

À chaque coin de rue, il est quelqu'un pour demander à Marcel s'il se sent bien. « Vous devriez rentrer, monsieur » ; « Vous allez tomber malade avec cette pluie ». Un homme dans son kiosque à journaux lui tend même un parapluie. « Je vous le donne, prenez-le, mon père a votre âge. » Marcel ne voit pas le rapport. Il refuse. Qu'est-ce qu'ils ont tous à vouloir le protéger, d'un coup ? Qu'ils s'occupent de leur derrière, la pluie n'a jamais fait fondre personne, à ce qu'il sache, ce n'est pas un drame d'être mouillé.

Marcel fait fi des remarques, il avance dans la jungle urbaine.

Et si Alice ne venait pas ? Ne pas y penser, elle viendra. Parce que si elle ne vient pas… quelle andouille il fait. Et cette phrase dont la rédaction lui a demandé un temps fou :

« *Ma porte sera ouverte ce soir si rien ne s'arrange d'ici là et qu'aucune autre solution ne s'offre à vous.* » Pourquoi n'avoir pas écrit qu'il l'attendrait, à 20 h 30 ? Pourquoi ne pas lui avoir donné simplement rendez-vous ? Et si elle ne comprenait pas ? Et si elle craignait de le déranger ? N'est-ce pas d'ailleurs ce que sa formulation induit : si vraiment vous êtes au bout et que personne ne veut de vous, je suis là, au pire ? N'importe quoi. C'est une pitié d'être arrivé aussi vieux et de ne toujours pas savoir s'y prendre avec les femmes. Allez, pour une fois, repousser le pessimisme et les oiseaux de mauvais augure, et profiter des promesses.

Elle viendra.

Lentement mais sûrement, ses sacs dans une main, la canne dans l'autre, Marcel prend des inspirations pour se donner du courage. Traverser les avenues truffées de gens, de bagnoles qui passent à l'orange, de scooters cachés derrière les autobus et de cyclistes qui roulent sur les trottoirs. Passer devant les halls d'immeuble où la jeunesse qui craint l'orage se planque. Il se cramponne à sa canne, il plante ses pieds dans le sol, parfois on le bouscule, il redoute de tomber mais il ne tombe pas, ça tient du miracle.

Un attroupement de fumeurs sous l'auvent d'un bar-tabac attire son regard. Il pénètre à l'intérieur du bistrot, demande s'il est possible de prendre un café en terrasse. Le cafetier lui décoche un regard qui en dit long sur la façon dont il considère les dingos de son espèce, mais enfin, il se résout à lui installer une table et une chaise dehors, au pas de course vu qu'il pleut des cordes, après tout le client est roi, c'est écrit sur la plaque au-dessus du comptoir, bien qu'en dessous, à la main, quelqu'un ait ajouté : « Mais faut pas charrier non plus. »

Marcel contemple les ricochets de l'eau sur la surface plane de la table tandis qu'il se délecte de son café serré, à des années-lumière de sa sempiternelle chicorée lyophilisée. Un tord-boyaux que cet expresso qu'il paiera tout à l'heure, c'est sûr, d'une douleur à l'estomac. C'est une douceur qu'il s'accorde, au diable les conséquences, pour une fois, le présent pour le présent, ça détend.

Les grincements médusés et les piaillements ricaneurs des clients au comptoir rebondissent sur ses épaules sans jamais l'atteindre.

— Bah alors, pépé, t'es bien élégant, persifle un camé en baskets et bas de survêtement, tu as rendez-vous avec ta pneumonie ?

Les autres rigolent. Marcel les laisse dire, il relève même la tête, il a sa dignité, il est le fils de Denise et le petit-fils de Georgette la résistante, chez les Dambre, on reçoit la fierté en héritage.

Mais il a beau jouer au jeune loup, il ne se trimballe pas moins ses quatre-vingt-sept années sur le dos. Il est temps de regagner ses pénates, ça vaut mieux, les récréations ont une fin et Lucien doit l'attendre.

Sitôt qu'il arrive dans la rue du Rendez-Vous, sa légèreté toute neuve retombe comme un soufflé. La vision du désastre comprime sa poitrine. Soudain, il est frigorifié, il a mal aux mains et aux bras, aux jambes et aux pieds. Sa solitude est tapie près de l'entrée de son magasin. Elle lui fait signe, elle l'attendait, avec sa gueule de trente-six pieds de long et ses manières de caresse.

Allez, va-t'en, saleté de solitude, bougonne Marcel en son for intérieur, *tu es une garce, je ne suis pas encore mort, je ne veux plus de ta compagnie, ce soir c'est dîner de gala, je te fais des infidélités.*

Mais la solitude insiste, elle bat ses cils mouillés pour l'attendrir, elle se fait sucre.

Laisse-moi passer, peste Marcel aux tréfonds de son être, *change de crémerie, va te blottir au creux d'autres esquintés. Moi, vois-tu, je suis occupé à me réparer, c'est un sacré chantier.*

*

La clé est dans le pot. Le carillon tintinnabule quand il ouvre la porte. Et poursuit son bourdonnement bien après s'être tu. Enfin, c'est ce que Marcel croit…

Pourtant, ce ne sont pas les carillons qui chantent. C'est son esprit qui sonne.

Il doit se cramponner aux murs pour ne pas flancher.

Il ne reconnaît pas sa boutique. Ne la reconnaît que trop. On dirait le retour d'une amante disparue. « Toc toc toc », c'est moi, je reviens, faisons table rase des dernières années, recommençons, tu verras, tout sera comme avant.

Sa vieille boutique, rangée, du sol au plafond. Son parquet, astiqué. Les chaussures appariées, dans des boîtes empilées avec soin.

Devant son sofa nettoyé a été posé son marchepied, rutilant comme au temps où plusieurs centaines de fesses par an prenaient place pour essayer les chaussures.

Dépoussiéré, le lustre. Dépoussiérées, les étagères. Dépoussiéré, le comptoir. Ordonné, son magasin, ordonnée, la vitrine. La lumière inonde sa boutique.

Même Lucien a l'air d'un jeune chiot, avec sa queue frétillante, sa langue sortie et sa truffe de travers.

Pas à pas, avec la précaution d'un amant qui redécouvre le corps de celle qu'il a tant aimée, Marcel se réapproprie son antre, son existence.

Il ignore comment Alice a réussi ce tour de force. En quelques heures, elle a métamorphosé sa bicoque. Le magasin est tel qu'il était lorsqu'il a ouvert, le premier jour. C'était avec Suzanne, et c'était merveilleux.

Ses grands yeux bleus se barbouillent d'eau. Il s'attend presque à voir cette star japonaise passer le seuil et lui tendre sa cheville sans un mot, cette princesse indienne aux mille couleurs lui causer un anglais exotique, ces danseuses de cabaret aux jambes élastiques virevolter comme des notes de musique. Il s'attend à voir débouler Ophélie, la dernière femme qu'il a cru aimer, vêtue de sa robe à fleurs et coiffée de ses jolies boucles.

Marcel craint une attaque tant le prodige le suffoque. Il s'assoit, plutôt, il dégringole sur la chaise, c'est exquis et c'est terrible, ce sentiment de passé et de renouveau mêlés. Il s'abandonne à sa rêverie et à son drôle de bonheur tragique, pétri de reconnaissance envers Alice.

Une question tache néanmoins son enthousiasme : mérite-t-il autant de considération malgré tout le mal qu'il a pu faire ? Pourquoi lui ? Pourquoi maintenant ? Nini affirmait qu'on rencontre les gens au bon moment. Elle ajoutait que rien ne différencie les anges, c'est pour ça qu'on ne les reconnaît pas toujours, ou seulement après coup. C'est tout le problème. Voire tout l'intérêt.

Elle disait : « Mon Marcel, mon petit frangin, tu es mon ange, tu me sauves. » Et voilà que lui aussi est tombé sur un ange, une envoyée de la Providence…

Marcel se prélasse dans son enchantement, donc, jusqu'à ce que ses prunelles accrochent le plancher. À quelques mètres, sous le fauteuil voltaire, un papier traîne.

C'est forcément à Alice, elle l'aura oublié.

Il se lève, encore flageolant d'émotion.

Le ramasse.

Ce n'est pas un morceau de papier. C'est une photographie. L'instantané Polaroid, avec ses marges blanches et l'image carrée au milieu, qu'il a aperçu lorsqu'elle a vidé son sac.

Il chausse ses lunettes. Concentre son attention. Son sang bat dans ses tempes.

Merde alors.

Se répète les belles paroles qu'il a cru bon de prononcer cette nuit. « Il n'y a rien à pardonner ou à condamner. Les gens peuvent penser ce qu'ils veulent, ça ne change rien au fait qu'on a toujours de bonnes raisons de faire ce qu'on fait. »

Se les serine encore et encore pour s'en convaincre, parce que, à cet instant précis, il doit lutter pour ne porter aucun jugement sur ce qu'il voit.

36

La nuit est tombée sur Paris. Les réverbères et les enseignes des rues alentour gâchent les étoiles. Les klaxons lointains s'essoufflent. Le vent colporte à peine la rumeur des pas, des actes, des désirs des autres.

Marcel s'est changé, il a tiré la table au milieu de la boutique, l'a recouverte d'une nappe en coton flambant neuve couleur pistache, a disposé deux assiettes et des couverts face à face, plié deux serviettes assorties, allumé deux chandelles, découpé des rondelles de pain, mis les fleurs dans un joli vase oblong. Deux cuisses de poulet rôtissent à l'intérieur du four, des pommes de terre coupées au carré rissolent dans la poêle.

Plus tôt, Marcel a hésité entre la vitrine du pâtissier et celle du maraîcher. Supposant qu'Alice devait être lasse des gâteaux, il est entré chez le primeur pour acheter un assortiment de fruits, qu'il a choisis avec le plus grand soin, mûrs à point. Tout ça pour dire que le dessert patiente au réfrigérateur.

Collé à la porte vitrée dont il n'a pas tiré la grille, le bottier guette le haut de la rue en scrutant le ciel. Quoique infime, le tarissement des averses l'inquiète.

Il a flanqué au fond de sa poche l'effroyable Polaroid. Il refuse de l'en extirper, il ne veut plus le voir. Si Alice ne vient pas pour lui, au moins viendra-t-elle pour le récupérer. Il se raccroche à la conviction que cette photo constitue son assurance.

Mais la nuit déroule ses heures sans l'ombre d'une Alice. Il est à présent 22 h 30.

— Et voilà, mon Lucien, soupire-t-il, tout est fini, y a plus que toi et moi, comme au bon vieux temps. Ça te dit, du poulet ?

Marcel exhume le poulet du four et, avec délicatesse, désosse une des cuisses dans la gamelle du chien. Avant de la lui donner, il souffle sur la viande pour que le caniche ne se brûle pas. Avec l'âge, il a le palais sensible. Marcel ajoute quelques patates autour.

— Tiens, régale-toi, mon pépère.

Il contemple l'appétit de son chien avec une résignation de condamné puis il fourre le reste dans une assiette qu'il recouvre de papier étirable. Demain il fera jour et ce soir Marcel n'a pas faim, la graisse du poulet et des pommes de terre frites lui resterait sur l'estomac. La faute, peut-être, à l'expresso tord-boyaux de ce matin. Peut-être.

Il allume sa radio et s'installe à son établi pour cirer une paire de chaussures, la gorge et le cœur serrés, fustigeant son imbécillité et sa déconfiture d'amoureux éconduit, Lucien recroquevillé sur ses charentaises.

— C'est mieux comme ça, va…

C'est mieux comme ça. Parce que, si elle était venue, cela signifierait qu'elle est sacrément seule. Être seule à ce point, ce serait tragique pour elle.

Quand, tout à coup, on frappe. Une voix assourdie par la cloison et la pluie. Le chien se dresse et jappe.

— Marcel, c'est moi, vous êtes là ?

Trempée comme une souche, belle comme la Providence, salvatrice comme les madeleines nappées de marmelade de sa grand-mère. Sourire embarrassé sur la figure, elle montre le parapluie retourné.

— Un coup de vent, explique-t-elle à travers la porte. Je vous en rachèterai un, promis.

Décidément, les parapluies, ce n'est pas son fort.

Tout à sa joie, Marcel se précipite pour lui ouvrir, avant de faire marche arrière, d'attraper une serviette et de revenir à la porte.

Dès qu'elle pénètre à l'intérieur, Alice saisit la serviette, remercie et se confond de nouveau en excuses.

Avant de se taire quand ses yeux dégringolent sur les préparatifs de la soirée ratée : les bougies dégoulinantes de cire, les rondelles de pain rassis, les restes de poulet et de pommes de terre en train de refroidir, les roses blanches et roses qui font une tête d'enterrement.

— C'est une belle table…, articule-t-elle.

Marcel hausse les épaules, gêné aux entournures, et de l'avoir attendue et de ne pas l'avoir attendue. Il se dandine, honteux comme un gamin pris en faute.

— C'est pour moi ?

— Pour vous remercier, corrige-t-il.

— Vous avez trouvé mon… euh… « cadeau » ?! s'écrie-t-elle.

L'image fugace du Polaroid traverse l'esprit de Marcel, immédiatement chassée par celle de la renaissance de la boutique.

— J'ai cru avoir une attaque, c'est dangereux, votre affaire.

Elle circonflexe ses sourcils en mordant sa lèvre inférieure.

— Et… c'est une bonne nouvelle ?

— Excellente, pardi !

Elle rit. Et se reprend.

— Je suis en retard, pardonnez-moi. Maurice… enfin, quelqu'un que je connais a eu un problème, j'ai dû attendre les pompiers et je n'avais pas votre numéro, mais par chance tout est rentré dans l'ordre, il va bien, il est à l'hôpital…

— Non, Alice, ne vous justifiez pas, je ne vous reproche rien, nous n'avions pris aucun engagement.

— Ah oui, « Nous ne sommes tenus à rien et surtout pas l'un à l'autre », n'est-ce pas ? s'exclame-t-elle en ôtant ses chaussures d'où tombe un petit gravier.

— Vous vous souvenez de ça…

— J'ai une bonne mémoire. Trop, paraît-il, ajoute-t-elle, subitement voilée de sombre.

— La mémoire n'est pas un défaut tant qu'elle sert à consolider la maison sans ériger de barrières autour. La mémoire, c'est bon pour les poutres.

— On dirait un livre.

— Arrêtez de vous moquer.

— Je ne me moque pas, j'admire.

— Un grincheux brusquement métamorphosé en philosophe de comptoir ?

— Un bottier qui s'ouvre.

Marcel fourre la main dans sa poche. Les coins du Polaroid picotent ses phalanges.

— Je connais une boulangère qui pourrait suivre le même chemin…

Le silence tombe. Alice regarde ses pieds nus un instant, avant de lever un regard scintillant.

— Je peux vous demander un service ?

— Bien sûr.

— Vous accepteriez de me prêter vos habits une nouvelle fois ?

— Oh ! pardon, je manque à tous mes devoirs, j'aurais dû vous le proposer.

— Et après, vous me raconterez la suite ?

— Vous y tenez tant que ça ?

— Évidemment ! Avoir une histoire mais pas la fin, c'est un coup à devenir chèvre. Il reste trop de questions en suspens, je me suis fait un tas de films aujourd'hui !

37

Un verre de vin. Leurs fronts qui se frôlent au-dessus de l'album marron, le regard de Marcel qui effleure la coupure de presse jaunie. Et Alice, le coude sur la table, son menton sur sa main, attentive.

Marcel s'éclaircit la gorge.

— Où en étions-nous ?

— À la fin du marathon, la guérison de votre mère.

— Ah oui, sa « guérison »…

Un sourire à l'envers tord les lèvres de Marcel.

« Fatigué d'avoir tenu notre foyer à bout de bras depuis toutes ces années, je veux croire à un renouveau. La lumière revenue dans notre appartement et les sourires de Nini, bien que faibles, m'aveuglent. Ma mère marche toujours tête basse, le fracas de la rue lui donne d'insupportables nausées, mais je refuse de le voir. Si elle a apprivoisé le traumatisme, ce n'est pas pour le tenir à distance. Au contraire, c'est devenu un ami intime.

Porté pourtant par la conviction qu'à présent elle va bien, je lui apprends la mort du capitaine Seidel.

— Merci, mon petit frangin, tu as bien fait de me le dire, je crois que ça vaut mieux de savoir que d'attendre.

Elle ne pleure pas, et pas une seconde il ne me vient à l'esprit que ses larmes sont taries. Je l'apprendrai plus tard, à mes dépens. En attendant, elle caresse le début de barbe clairsemée sur ma joue.

— Tu as tellement grandi. Il est temps pour toi d'être heureux. Je vais écrire à Jean.

Le rapport de cause à effet m'échappe. Mais comme je connais la tendance de ma mère aux ellipses et aux phrases sans queue ni tête, je laisse courir, voyant là une de ces cabrioles dont son entendement a le secret.

Jusqu'à ce que, deux semaines plus tard, la Jaunisse apparaisse en complet beige et chapeau neuf sur le seuil de notre appartement. La couperose trace des sillons sur son visage bouffi, son ventre a gagné en volume. Ses cuisses épaisses se contredisent et empêtrent sa démarche.

Il vient la chercher.

Il empoigne sa petite valise, la même que celle qu'elle avait quand je l'ai rencontrée à Soilly. Elle y a enfourné toute sa vie : ses photographies, ses carillons, notre boîte à musique. Jean Gabin sous le bras, elle s'autorise un dernier regard appuyé sur notre salon avant de fermer la porte.

Dans la rue où Suzanne nous a rejoints, nous ressemblons à une procession. À la gare de l'Est, ma mère embrasse Joseph et lui recommande de me tenir à l'œil. Elle enlace Suzanne. Elle s'adresse ensuite à moi :

— Ne pleure pas, grand nigaud, je ne suis pas morte, nous nous reverrons et je reviendrai de temps en temps.

Le train se met en branle, emportant la femme de ma vie. Sa décision me dépasse, je déteste qu'elle parte, je déteste que Jean gagne, je déteste la perdre. Je cours sur le quai pour retarder notre séparation de quelques secondes. Comme Jean, des années plus tôt.

La tête hors du wagon, Nini m'adresse des signes. Je crie son prénom. Elle chantonne des « Au revoir, mon Marcel, *arrivederci,* mon petit frangin ! » que je veux croire brisés d'une douloureuse nostalgie. Et je pleure au bout du quai, mes yeux imbéciles rivés au cul du train.

Pour la deuxième fois, ma mère m'abandonne.

Des semaines plus tard, je reçois une enveloppe à l'intérieur de laquelle se trouve le cliché de gens ternes entourant deux mariés. »

Marcel tourne la page de l'album.
— Elle l'a épousé…, souffle Alice.
— Eh oui. Comme quoi…

« Jean et Nini, lui en noir, elle dans une simple robe claire, ses doigts délicats dans sa grosse paluche. Il est aussi rustre qu'elle est gracieuse. Il n'y a pas plus mal assorti au monde que ces deux-là.

Je la préférais sous l'emprise d'un poète mort que mariée à un ivrogne patenté. L'image de son corps gracile et aérien écrasé sous le poids de la chair de l'autre tourne en boucle. Je suis en colère, dévoré de jalousie, incapable de comprendre son choix. Quel piège lui a-t-il tendu pour la convaincre de l'épouser ? Comment un homme tel que lui pourrait-il la rendre heureuse ? Et, surtout, qu'a-t-il à lui offrir que je ne puisse lui donner ?

Ma mère m'a promis qu'elle reviendrait à Paris de temps en temps. Pourtant, elle ne revient jamais, prétextant des bêtes à soigner, un ouvrage de broderie à terminer, la ferme à garder. J'apprendrai bien plus tard qu'elle passe quelquefois. À mon insu.

Tous les trois mois, le cordonnier m'accorde un congé. Je me rends à Soilly, où elle m'accueille avec tendresse. La ferme n'est plus celle que j'ai connue. Aucune bouteille à l'horizon, ça sent l'encaustique, la lumière tire la langue sur les meubles et les sols récurés, il y a des napperons sur le bahut, des voilages aux carreaux, des broderies aux murs, des tapis par terre et des bouquets de fleurs fraîches sur la table.

Ma mère est méconnaissable, elle aussi. Foulard sur la tête, elle ramasse les œufs du poulailler, nourrit les lapins dans les clapiers, siffle les chiens, trait les vaches, confectionne du beurre de baratte, prépare les repas. Difficile de voir dans cette fermière douce et discrète la couturière insouciante qui rêvait sa vie et affolait les hommes. L'odeur du foin et de la crème remplacent son parfum de musc blanc. Aussi difficile qu'il me soit de l'admettre, Nini paraît avoir trouvé un nouvel équilibre dans cette existence tranquille. Elle s'enrobe même d'un épanouissement serein. À croire que la gamine de Soilly s'est seulement trompée de trajectoire en s'établissant à Paris. À croire que son bonheur n'attendait que son retour d'exil.

Mon amour incommensurable se fracasse sur ses propres contradictions : ce que je veux par-dessus tout, c'est que ma mère soit heureuse, même sans moi, même en dépit de moi. Alors, comme un père accepte de lâcher la main de son rejeton qui grandit, je me résigne peu à peu à ce que nos routes s'écartent. Les années passées à ne vivre que pour et par Nini sont de l'histoire ancienne, j'en ferai le deuil, bon gré, mal gré.

C'est peut-être à cause de son parfum qui subsiste partout dans l'appartement que je supporte mal de m'y confiner. C'est peut-être le syndrome du nid vide, à l'envers, qui me donne des ailes et le feu au derrière. Je comble l'absence en m'enivrant de femmes jusqu'à la nausée. Je remplace le giron maternel en me frottant à l'épiderme – souvent décevant – de demoiselles peu farouches.

Trois années s'écoulent, trois années durant lesquelles je m'étourdis de femmes et de travail, trois années durant lesquelles je me barricade derrière un ersatz de bonheur. Comme les tablettes de faux chocolat distribuées par les soldats allemands, ce bonheur-là a l'allure et la texture du vrai mais vous laisse la bouche pâteuse.

Tout à coup, j'ai vingt et un ans. La majorité sonne à ma porte et prend la forme d'un télégramme déposé sous le paillasson.

Denise morte. Veille dès ce soir. Enterrement après-demain.

La nouvelle me terrasse. Mon monde s'écroule.

Je pleure contre le buffet, je me relève, fonds en larmes sur le sofa, dans sa chambre, partout, comme un enfant, j'ignore si c'est la nuit ou bien le jour, tout se confond, je ne sais plus rien. Dès que j'en ai la force, je me précipite chez Suzanne. Je tombe dans les bras de ma seule amie, elle est morte, viens avec moi à Soilly, je n'y arriverai pas tout seul.

Suzanne claque la porte au nez et à la barbe de sa mère qui, comme toujours, beugle que ce ne sont pas des manières.

Gare de l'Est, train, gare de Dormans.

Je suis surpris de trouver la ferme déserte, au contraire de la maison de Mémère Georgette où une assemblée de gens pâles chuchotent près du puits décati, à côté de la souche du charme d'où jaillit une bouture vert tendre. J'ignorais que la maison était de nouveau habitée.

On s'avance vers moi à pas feutrés, on me pétrit d'accolades, on balbutie des marques de sympathie navrées à coups de « Pauvre Denise » ; « On n'aurait pas dit, à la voir ainsi » ; « Elle avait pourtant l'air d'aller bien » ; « Comme quoi, on peut jamais savoir » ; « Dans la maison de sa jeunesse, en plus ». Je pose des questions, on se contente de me sourire tristement sans jamais répondre. Leurs couinements me laissent pantois, je ne saisis rien de leurs jérémiades.

Jean s'approche à son tour, défait, noyé de larmes, sa lèvre inférieure fendue en deux, les joues gercées. C'est quand même un coup au cœur que de voir ce gros bonhomme pleurer comme un bébé.

— Ta mère s'est suicidée, bredouille-t-il.

Quoi ? Qu'est-ce qu'il raconte ! C'est inconcevable, elle semblait guérie. Que lui a-t-il fait subir pour qu'elle en arrive à cette extrémité ? Je n'aurais jamais dû la laisser partir, j'aurais dû la garder contre moi.

— Elle est dans la chambre. Viens.

Comme j'hésite, il précise :

— N'aie pas peur, elle est magnifique.

La porte est ouverte. Suzanne et Jean m'abandonnent sur le seuil de la pièce. Denise y a accouché, j'y ai passé des années formidables d'insouciance. Je ne reconnais plus grand-chose, pourtant.

J'avance, le cœur battant, en direction du lit à baldaquin qui a remplacé le lit rustique. Me cogne aux carillons qui grelottent un tintement funeste.

Pour gagner du temps avant de me confronter à la vision que je redoute, je m'attarde sur les tentures aux murs, la console en bois précieux marqueté, la bibliothèque bourrée de livres, les boîtes de poudre et les flacons de parfum sur la coiffeuse, la table de chevet sculptée où trônent les portraits qui ne l'ont pas quittée, celui de Hans et de l'homme inconnu. Juste à côté, dans un rond de poussière, je crois deviner la forme de la petite boîte à musique que j'ai chipée pour elle il y a un siècle.

Jean n'a pas menti, Denise est splendide. Sous ses traits fardés et ses cheveux apprêtés, elle porte la robe blanche du marathon et les chaussures que je lui ai confectionnées pour l'occasion.

Je reconnais bien dans cette mise en scène l'emphase de Nini. Ma mère a arrangé un épilogue en forme de bouquet final sans rien laisser au hasard. Je retrouve ses frasques et son sens de la démesure comme on rencontre un vieil ami. Ma mère ne s'est pas reniée, son suicide n'a rien d'un coup de tête, mon artiste l'a fomenté en secret et joué comme un spectacle. Cette mort lui ressemble en tout point.

— Je l'ai découverte comme ça, bégaie Jean que je n'ai pas senti approcher dans mon dos. Hein, qu'elle est belle ?

J'opine, à la fois émerveillé par cette ultime chorégraphie et bourré de remords. Il ajoute, le nez dans un mouchoir brodé :

— Je ne savais pas, j'aurais dû…

Comment aurait-il pu savoir ? Moi, en revanche…

Nini a toujours été comédienne, incapable de vivre dans une autre réalité que celle qu'elle avait peinte, une réalité où le sang est bleu, où un perroquet prédit l'avenir et où une fille-mère est une princesse. Elle n'était pas faite pour ce monde et ce monde n'était pas fait pour elle.

Je saisis la main de ma mère. Mais, effrayé par la raideur et le froid, je la lâche aussitôt. Figée pour l'éternité, je l'espère rafistolée, heureuse dans un quelque part céleste qui saura lui correspondre mieux que nous.

Pendant trente-cinq minutes et treize secondes précisément, le curé soliloque sur le compte d'une épouse dévouée, évoquant l'impénétrabilité des voies du Seigneur et cette affaire de Jugement dernier lors duquel Denise Dambre, parmi d'autres, repartira d'un bon pied. Trop simple, trop court, au regard de la démence de Nini. Ça m'écœure.

Les cloches sonnent leur partie lugubre tandis que les porteurs, dont l'inconsolable Jean, se lestent du poids de la bière.

L'assistance se met en branle en convoi serré en direction du cimetière qui jouxte l'église. Les godillots crissent sur la terre, on enjambe des racines tordues, des flaques de mousse et des pierres cassées. On soutient le bras des vieux qui, comme toujours, se chuchotent l'inexorable constat : « On n'est rien ici-bas. »

On prend à gauche, on s'immobilise devant la tombe de Mémère dont on a déplacé la dalle. La mère va accueillir la fille tandis que, perché en haut d'un cyprès, un rossignol s'époumone. Des bleuets délicats frisent sous la brise qui se lève.

À trois tombes de là, dans le fer forgé d'une sépulture oubliée, Jean Gabin se dore la pilule, la queue entre deux plaques funéraires altérées. Son oreille secouée de frétillements saccadés cherche à se débarrasser d'une mouche têtue.

Grâce à un savant jeu de poulies et de cordes, le cercueil descend clopin-clopant.

Suzanne est à mon bras. Sa chevelure rousse coupée au carré est une audace dans cette marée noire. Pour la première fois, je la trouve belle.

Je regarde les yeux humides des autres, ces gens que j'ai connus et qui ont vieilli, je compte les présents, les morts et les survivants. Sur leurs mines, sur la courbure de leur dos, j'entrevois les démissions, les dérobades, les lâchetés, les courages, les victoires, les défaites. La conscience aiguë du temps qui se carapate me frappe de plein fouet.

Un homme attire tout à coup mon attention. Il se tient en retrait, à l'ombre d'un tilleul. Son visage m'est familier. Pendant que le curé grommelle la conclusion de son oraison, je fouille ma mémoire.

Je sais. Je frissonne.

Plus âgé, le sourire en moins, les cernes en plus. Entre trente et quarante ans, des yeux noirs, une silhouette élancée, des doigts longs et raffinés. L'homme de la photographie. L'espace d'une seconde, je crois à un spectre. Il ne s'agit en fait que d'un revenant.

Vient le moment de jeter sur le cercueil une giclée d'eau bénite. Le type s'acquitte de sa tâche en silence, sans un regard pour personne, avant de gagner la sortie du cimetière.

Je lui emboîte le pas après avoir déposé une bise dans les cheveux de Suzanne. Jugeant notre proximité acceptable, je l'accoste à mi-voix afin de ne pas déranger le repos des défunts.

— Monsieur…

Il se tourne et pose sur moi son regard charbon. Je précise :

— Je suis le fils de Denise.

— Pardon, vous dites ?

Le type me dévisage, interdit. Seul son front frémit.

— Toutes mes condoléances, dit-il au bout d'un moment. J'ignorais que Nini avait un enfant. C'était une femme admirable.

Je balaie les préliminaires d'un geste de la main.

— Pardonnez si je vous semble direct, mais qu'étiez-vous pour elle, au juste ? Elle gardait votre portrait sur sa table de chevet.

Mon aplomb m'étonne car, au fond, je ne suis que brisure et colère.

L'homme humidifie ses lèvres, qu'il garde pincées une seconde. Puis il se frotte le visage, sa main glissant du front au menton.

— Puis-je vous demander votre âge ? demande-t-il enfin, en évitant mon regard.

— Je… euh, vingt et un ans.

Il lâche un sourire triste. Ses épaules semblent se détendre.

— Tant mieux, c'est bien… Je suggère que nous nous éloignions un peu. Je doute que son époux soit heureux de me savoir dans les parages. Même s'il y a prescription, je suppose.

Nous marchons jusqu'au bistrot de la place. La patronne assistant aux obsèques, c'est un gamin qui tient le comptoir. Il nous sert deux verres de vin. L'homme boit cul sec. Je ne touche pas au mien.

— J'ai connu votre mère dans un *dancing* à Paris. Il marque une pause, sort un paquet de cigarettes, m'en propose une que je refuse. J'attends la suite dans les volutes de tabac.

— J'étais musicien, elle aimait la musique, c'est aussi simple que ça.

— Simple ? je me récrie, ulcéré tout à coup par sa nonchalance insupportable. Bon sang, c'est ma mère qu'on enterre !

— Que voulez-vous que je vous dise ? Nous avons vécu une histoire d'amour. Elle venait me voir jouer tous les soirs.

Il commande un autre verre. L'avale aussitôt. Avant de poursuivre :

— Ça a duré un an. Ensuite, j'ai commis quelques petits larcins, la vie n'était pas facile pour un pianiste. La mobilisation est arrivée, on m'a donné le choix entre la prison ou l'armée, j'ai choisi le combat, j'ai été blessé, on m'a envoyé à l'hôpital militaire où j'ai rencontré une infirmière, nous nous sommes mariés, nous tenons une petite épicerie à une vingtaine de kilomètres d'ici. Voilà.

« Voilà. » Une conclusion bien laconique. Il a abandonné ma mère, voilà. Il se trouve que cet homme qu'elle n'a jamais cessé d'attendre vit tout près de chez elle, voilà.

— Je veux bien une cigarette, en fin de compte.

Fumer, pour empêcher la colère de me submerger et mon poing de lui enfoncer le nez. Je m'efforce de réprimer les tremblements de mes doigts quand je demande :

— Et vous n'avez jamais essayé de reprendre contact avec ma mère ?

— J'en ai eu envie quelquefois, admet-il. Mais je n'ai pas osé, j'ai supposé qu'elle avait dû faire sa vie, comme moi la mienne.

Dans les traces carmin de son verre sale, je revois Denise au club de jazz, seule, le regard inexpressif, accoudée au comptoir ou tournoyant comme une marionnette dans des bras inconnus.

— Ma mère vous a attendu.

— J'en suis désolé, répond-il en baissant la tête. Je l'ignorais.

Son honnêteté me désarme au point de me le rendre presque sympathique. Le trouver détestable aurait été plus confortable.

— Vous savez, j'ai beaucoup pensé à elle, ajoute-t-il comme s'il cherchait à se dédouaner. Quand je suis tombé sur l'annonce de ses obsèques dans le journal, j'ai pensé que je devais venir lui dire au revoir.

Je me rédresse d'un coup. J'ai les mains moites, la charpie de mon cœur cogne comme pas possible.

— Vous avez juste quelques années de retard, je fais en balançant des pièces sur la table. Sans doute serait-elle encore en vie si vous aviez eu la décence de lui expliquer que vous en aimiez une autre. Merde, c'est de trop attendre que ma mère est morte.

— La guerre brouille les cartes, justifie-t-il comme on supplie. Mais vous êtes sans doute trop jeune pour comprendre ces choses-là.

— La guerre a bon dos, ce n'est pas elle qui crée les lâches, elle ne fait que les révéler.

Là-dessus, j'abandonne le musicien raté à son vin et à ses regrets, et je retourne finir d'enterrer ma mère, une sensation de gâchis lamentable au fond du ventre.

Quand je reviens, l'assemblée s'est dispersée. Il n'y a plus que Suzanne et Jean devant la tombe que le fossoyeur et son apprenti colmatent à grandes pelletées de terre énergiques.

Le soleil darde ses rayons sur les pierres tombales, le ciel est bleu. Suzanne me prend le bras et me demande à voix basse si tout va bien. Ma colère se liquéfie à son contact bienveillant.

Le voile autour de ma mère se dissipe. Nini était loin d'être l'écervelée qu'elle se plaisait à montrer. Elle était une femme blessée, négligée par tous les hommes qu'elle avait aimés, une femme dépeuplée. En devenant un homme à mon tour, j'étais devenu celui qui, tôt ou tard, serait parti. Elle me l'a pourtant dit, ce jour-là, dans le train : « Je m'émiette chaque fois qu'on m'abandonne. » Ainsi, quitter lui était plus supportable que d'être quittée.

Je regarde Jean, j'analyse son mutisme, je ne sais pas quoi penser de cet homme qui a attendu ma mère toutes ces années et s'en trouve quitte pour une comète.

Voilà, le trou est plein, Nini n'est plus, l'enterrement est terminé et Jean boite, misérable, entre les sépultures, suivi par le chat qui saute d'un caillou à l'autre, le pelage maculé de boue sèche.

Les femmes du village ont préparé un déjeuner dans la salle des fêtes de la mairie. Jean ne boit rien, il ne mange pas, il observe avec des yeux d'autoroute le manège des verres et des assiettes. Tandis que le trou normand s'amorce, il sort discrètement.

— Accompagne-le, me murmure Suzanne.

Nous arpentons les deux kilomètres jusqu'à Soilly côte à côte, sans prononcer un mot, la figure barrée par l'ombre des platanes que le printemps tout neuf verdit avec arrogance. Nous dépassons la rivière, elle coule comme si de rien n'était, les gardons nagent, c'est insoutenable.

Nous marchons, donc, et je rumine, confus. J'ai mal, il me faut un coupable pour ne pas devenir dingue, j'en veux au pianiste de la photo de n'avoir pas pris la peine de mettre un terme à son histoire et d'avoir, par sa lâcheté, poussé Nini dans les bras du capitaine ; j'en veux à Jean de m'avoir volé les derniers instants avec ma mère et de l'avoir rendue malheureuse au point qu'elle ait souhaité en rester là ; je m'en veux de n'avoir pas su la retenir. J'en veux même à Mémère d'avoir cru que la Résistance était la meilleure des solutions ; aux Allemands, dont le départ a laissé un sacré foutoir dans la tête des gens ; j'en veux à l'existence de n'avoir pas été capable d'adapter ses couleurs à ma mère.

Jean pousse la porte de la ferme.

Le matou se faufile dans la maison vide où fane un bouquet de marguerites. Il s'allonge dans le fauteuil où ma mère reprisait les vêtements de son époux et se cale sur les traces infimes de son postérieur. Ma mère n'est plus qu'une empreinte sur un siège.

L'énorme pendule, qui fonctionne à présent, tictaque à contretemps des pas lourds du veuf. Celui-ci ôte son galure, le suspend à la patère avant de se laisser choir sur une chaise. Il se mouche dans un mouchoir en tissu qu'il fourre en boule dans sa manche, puis se relève en prenant appui sur la table et erre plusieurs secondes dans la pièce. Enfin, il oblique vers le buffet dont il tourne la clé.

Il saisit la boîte à musique rangée sur l'étagère. Remonte le mécanisme. La dépose sur la table. Ouvre le capot. Notre ballerine virevolte, petits bras en arabesque. Je ne peux refréner un sourire nostalgique.

Le temps de la musique, Jean sanglote faiblement. Lorsque le cliquetis métallique immobilise la danseuse, il pousse la boîte vers moi.

— C'est ce qu'elle aurait voulu.

Il exhume de sa poche une enveloppe à mon nom.

— Elle l'avait laissée dans la chambre, à côté de la boîte. Je les ai ramassées avant que t'arrives pour pas que d'autres y touchent pendant la veillée. Il se trouve toujours des gens pour se servir, même dans ces moments-là, si c'est pas malheureux.

Quand je décachette la lettre, une clé en tombe. Stupéfait, je regarde Jean qui m'invite à lire d'un hochement du menton. Un parfum de musc blanc envahit la pièce. »

38

— Je dois avoir la lettre quelque part par ici, s'interrompt Marcel en fouillant dans son armoire.

Après plusieurs minutes, il en sort une enveloppe jaunie, déchirée par l'usure, sur laquelle est écrit « Pour Marcel ».

— Je peux ? fait timidement Alice.

— C'est fait pour !

Alice s'arme de précaution pour déplier la feuille. Une odeur de renfermé s'échappe du papier. Alice éternue. S'excuse.

— Ce n'est pas évident à lire, avoue-t-elle, je n'ai jamais vu une écriture comme ça. Serrée parfois, des ronds partout et, de temps en temps, des bonds de géant.

— Nini écrivait comme elle était. Des montagnes russes de mélancolie et d'allégresse. Ma mère n'était pas une femme de compromis.

— Il y a des auréoles jaunes, observe Alice.

— Ce sont les traces du parfum qu'elle a vaporisé sur le papier. Ça s'est éventé depuis, forcément.

— Vous préférez que je lise tout haut ?

— Comme vous voulez.

Le réveil sonne le début du concert du pianiste. Marcel va ouvrir la fenêtre tandis qu'elle entame la lettre.

Mon Marcel,

Je suis partie vite. Tu dois être contrarié à l'heure qu'il est. Je te demande pardon.

N'en veux à personne, vivre dans l'amertume rend laid et la nature t'a fait si beau. Ne gâche pas tout, mon petit frangin… D'autant que ce geste m'appartient, ne va pas t'imaginer des drames, c'est l'usure qui a fait ça. En plus, tu sais comme je suis, je ne m'aime pas vieille. Ce n'est pas si grave, souris, je m'en vais retrouver mon capitaine, il me rattrapera. Si tu es triste, lève la tête, nous serons en train d'inventer des poèmes assis bien droit sur les nuages.

Je saluerai Mémère Georgette de ta part. Nous nous comprendrons mieux maintenant que nous allons pouvoir prendre de la hauteur. Elle m'a manqué, il faudra que je le lui dise.

Marcel a fermé ses paupières. Dans sa tête, les voix d'Alice et de Nini s'emmêlent et se superposent, au son du piano.

Le temps des recommandations est venu. Ne rêve pas, tu ne vas pas t'en tirer à si bon compte, j'ai beau être une piètre mère, je n'en perds pas de vue l'essentiel.

Je sais que tu ne portes pas Jean dans ton cœur. Il m'a fallu du temps à moi aussi pour apprendre à l'aimer. C'est un homme bon qui mérite ta compassion. Il a accepté sans rechigner le marché que je lui ai proposé. Il n'a pas la tête de l'emploi mais il vaut mieux que la plupart d'entre nous : rappelle-toi toujours que les plumes ne font pas l'oiseau et méfie-toi des étoiles qui scintillent trop fort, c'est souvent du flan. Ne le laisse pas sans nouvelles. Il n'a jamais vu autre chose en toi que le fils que je ne lui ai pas donné. Mon ventre était aride bien avant notre mariage.

Sois un bon garçon avec Suzanne. Comme tu es bébête sur ces choses-là…

— Ah ça, elle n'avait pas tort, commente Marcel.

— Ah bon ? Et moi qui pensais que vous étiez un homme à femmes.

— On peut aimer les femmes mais ne pas trop savoir s'en dépatouiller. Je ne suis qu'un joueur d'échecs qui s'escrime à jouer aux dames.

— Vous n'êtes peut-être pas doué avec les femmes mais vous avez le don des belles images, s'amuse Alice.

— C'est que j'ai eu le temps de les travailler. Les métaphores, ça se file avec une bobine de patience.

— N'en faites pas trop non plus, persifle Alice.

— Vous êtes dure… Je la trouvais pourtant chouette, celle-là.

— Non, je vous assure, elle n'était vraiment pas terrible. Le mieux est l'ennemi du bien.

— Bravo, je constate que vous vous y mettez aussi ! se réjouit Marcel.

— Oui, bon, je continue ? rit Alice.

— Allez-y, je promets d'être sage…

Comme tu es bébête sur ces choses-là, je suis certaine que tu ne t'es pas rendu compte qu'elle te suivrait au bout du monde. Je me trompe ?

— Non, elle ne se trompait pas.

— Si vous m'interrompez sans arrêt, on n'arrivera pas à la fin.

— Excusez-moi, je me tais.

Alice s'éclaircit la gorge et se redresse avec emphase, comme une enseignante revêt sa cape de solennité après avoir rabroué un élève.

Je te souhaite de l'aimer autant qu'elle t'aime. Prenez soin l'un de l'autre, soyez heureux. Et voilà que je pleure maintenant, c'est malin. Rappelle à Suzanne que le caca d'oie ne va à personne mais encourage-la à enfiler du vert. Il y a une étole émeraude dans mes affaires. Donne-la-lui. En souvenir.

Mon petit Marcel, tu as ta barque à mener. Souviens-toi que le spectacle ne doit jamais s'arrêter. Tu m'as tellement donné, à moi qui ai si peu su te rendre. Tu as fait ton possible et moi aussi. Pourtant, je me rends bien compte que je n'ai pas été à la hauteur. Je veux que tu saches que c'est toi qui m'as maintenue debout. Tu m'as rendue plus heureuse que tu ne pourras jamais l'imaginer. J'ai confiance en toi, tu sauras être merveilleux, même si cela demande des efforts.

Nini, ta mère qui t'aime au-delà du raisonnable.

PS : Voilà la clé de la boutique que nous nous étions promise. Elle est située en bas de chez nous, rue du Rendez-Vous. Elle est simple mais efficace, elle n'attend plus que ton talent pour l'habiter. J'espère qu'elle te plaira.

PS bis : Je ne pars pas loin. Si jamais il t'arrivait de créer des souliers sans cœur, crois bien que je n'aurais aucun scrupule à descendre te botter les fesses.

PS encore : Apprends à danser, tu es raide comme un piquet que ça fait peine à voir.

Marcel sourit aux anges. Retrouver le ton débonnaire de sa mère le réchauffe. Même au seuil de la mort, sa Nini possédait ce petit supplément d'âme qui la rendait si extraordinaire.

— C'est de cette boutique, ici, que parle votre mère ?

— Eh oui.

— Tout ce temps…

— Eh oui, répète Marcel en se rembrunissant. Tout ce temps… et tout ce qu'il y a dedans. C'est ça que les gens de la mairie veulent pas comprendre. Ce magasin, elle a passé trois années à me l'offrir. On n'abandonne pas un cadeau…

276

Pour une fois, ce n'est pas la colère qui emporte Marcel quand il évoque les agents de l'urbanisation, mais la tristesse. Marcel ne pourra pas lutter, il le sait à présent, la destruction est inévitable, tôt ou tard son beau magasin se couchera, comme toute son existence d'ailleurs, avec ou sans sa bénédiction. Ce n'est plus qu'une question de mois, si ce n'est de semaines, avant que les étagères et la vitrine explosent sous l'attaque des bâtons de dynamite.

Il sent la main d'Alice sur son avant-bras. Il lui sourit en relevant la tête.

— Vous comprenez ?

La jeune femme hoche la tête, son regard dévie, son sourire chavire.

— Non, c'est sûr, on n'abandonne pas un cadeau, répète-t-elle dans un souffle.

Tout à l'heure, songe Marcel, il faudra qu'elle lui explique cette horrible photo qu'il a trouvée par terre. Mais avant ça, il doit finir son histoire. Une histoire sans fin, c'est un voyage sans destination.

— Il fait faim, non ? demande-t-il. Que diriez-vous de manger ce qu'il reste du dîner ?

39

Tout en songeant que le poulet est très bon, Alice écoute la suite du récit de Marcel.

« Les rayons du soleil se réverbèrent sur la clé dorée que je tiens de la main droite. Je demeure pantelant un temps indéterminé, les yeux rouges et les idées brouillées.

C'est le soupir de Jean qui me tire de mes pensées vagabondes.

— Les oies sauvages reviennent tard, cette année. C'est pas bon pour les récoltes…, professe-t-il en avalant une gorgée d'eau, le front collé à la fenêtre.

Jean Gabin s'étire, bondit sur le sol et se frotte au mollet de la Jaunisse. Ses ronronnements produisent un raffut de ventilateur.

— Jean ?

Il me fait face, gribouillé de chagrin, vieilli.

— Nini parle d'un marché dans sa lettre. Qu'est-ce qu'elle a voulu dire ?

Les grosses phalanges frottent les joues meurtries par le feu du rasoir. Jean cherche ses mots.

— Un jour, se lance-t-il, j'ai reçu une lettre de ta mère où elle me disait avoir bien réfléchi et que, si ma proposition de noces tenait toujours, elle était prête à venir me rejoindre, à la condition qu'une fois mariés je l'aide à acheter un petit magasin qu'elle avait repéré pour que tu puisses démarrer. Elle a juste gardé la maison de ta grand-mère qu'elle a héritée, elle a revendu les vignes, ça lui a fait un petit pécule. J'ai mis au bout, comme je m'y étais engagé.

Je bredouille que je suis désolé, assommé par le double sacrifice que ses paroles me font entrevoir.

— Faut pas, gamin, j'avais pas le couteau sous la gorge, j'étais libre d'accepter ou de refuser. Même que si c'était à refaire, sois sûr que je signerais tout pareil, même pour une seule semaine passée avec elle. Elle a tout rendu meilleur ici, moi y compris, et ça, c'était pas gagné, rapport à ce que j'ingurgitais et à ce que j'étais devenu… Viens avec moi, je vais te montrer, tu vas comprendre…

Il me conduit dans le potager, situé à l'arrière de la ferme.

Ma fugue a imprimé dans ma mémoire le souvenir d'une friche où des larves grosses comme des annulaires dépiautaient des salades montées et des poireaux malingres.

Devant moi s'étend à présent un espace foisonnant, regorgeant d'oignons, d'asperges, d'artichauts, de haricots verts, de fraises ainsi que de clématites, de tulipes et de narcisses. D'un petit moulin à eau de cinquante centimètres environ, construit de pierre et de bois peint, s'élance le ruban d'une rigole mignonnette. Les clapots de l'eau bercent les bruissements légers de la verdure.

— Moi, j'ai toujours habité ici. Eh ben, même du temps de mes parents, je peux te dire que le potager n'a jamais donné que des légumes pourris. C'est ta mère qui a réussi l'exploit d'en faire un jardin. C'est beau, tu trouves pas ? Là, c'est un jeune magnolia. D'ici quelques années, si la nature est d'accord, il deviendra un arbre vigoureux couvert de fleurs roses. Denise l'arrosait tous les soirs. Elle y tenait beaucoup. Je mettrai les premières fleurs qu'il donnera sur sa tombe. Elle sera contente de voir comme il a bien grandi. Un arbre, ça a l'air de rien mais c'est toujours une petite victoire.

Tout en causant, Jean s'achemine vers un seau gris renversé au pied de la fontaine. Il actionne la pompe à bras.

Les entrailles du robinet glougloutent un son métallique avant de déverser une eau claire dans le seau.

Jean le soulève en grimaçant et, la langue sortie sous l'effort de son cœur fragile, il claudique jusqu'à l'arbuste aux racines duquel il s'applique à verser l'eau. Puis il se remet droit, la main sur les reins, la bouche ouverte pour reprendre son souffle.

— Elle l'avait appelé « Marcel », son magnolia, marmonne-t-il en s'essuyant le front avec l'ourlet de sa chemise. Un nom pour un arbre, y avait qu'elle pour inventer ça…

Je me rends compte tout à coup que Jean a sincèrement aimé ma mère. De tous les hommes de sa vie, il était certes le plus terre à terre, le plus mal dégrossi, mais il aura été le plus fidèle. Le seul à ne pas déguerpir. Lui et moi menions somme toute un combat identique : rendre Nini heureuse. Je me sens bête d'avoir nourri tant de fiel à son encontre. L'amour prend parfois des détours compliqués.

J'éprouve à cet instant le besoin irrépressible de serrer Suzanne dans mes bras. Je laisse Jean à son magnolia et, tout en lui promettant de revenir vite, je détale, comme quand j'avais dix ans et que la guerre ne nous avait pas abîmés.

J'arrive à la salle des fêtes, hors d'haleine. Je trouve ma meilleure amie au milieu de quelques vieilles occupées à la vaisselle. Je m'approche d'elle et, mettant un genou à terre, je lui demande de m'épouser. »

— Jean a tenu parole, fait Marcel en levant le nez de l'album. Toute sa vie, il a fleuri la tombe de Nini avec des gerbes de magnolias qu'il cueillait aux beaux jours. Lorsqu'il a commencé à entrevoir la vieillesse et le début de la fin, il a planté une bouture de l'arbre près de ma mère pour que, bien après sa mort, chaque printemps continue de déverser ses pétales roses sur la pierre. Je veux croire que l'arbre y est encore.

— Vous n'en êtes pas certain ?

— J'ai fait l'impasse sur quelques visites, confesse Marcel. Je n'étais pas très cimetière, à l'époque, l'idée que des cadavres se décomposaient sous mes pieds ne me plaisait pas.

— Moi aussi, avoue Alice, penaude, tandis que son index caresse une des auréoles jaunâtres de la lettre de Nini. J'ai une sainte horreur des cimetières.

La mort dévaste tout, pense la jeune femme, elle ne laisse que des larmes, du manque, des non-dits, des déceptions, du repentir tardif et inutile, des lacunes, des fossés impossibles à combler, des choix de merde.

— C'est normal à votre âge, répond Marcel en découpant un morceau de poulet. Heureusement, la vie n'est pas mal fichue, il arrive un moment où les pierres tombales non seulement ne nous effraient plus, mais, en plus, nous apaisent. Une manière, je suppose, de se souvenir que, quoi que nous traversions, il est inutile de se mettre la rate au court-bouillon. Le cycle continue, nous en faisons partie. C'est rassérénant, vous ne trouvez pas ?

Alice hausse les épaules.

— Bof… Savoir que la vie s'en va et emporte tous les sentiments pour ne laisser qu'un tas d'os me déprime.

— C'est parce que vous vous attardez sur le tas d'os au lieu de focaliser sur le tourbillon des sentiments. Des deux, c'est pourtant le dernier qui est immortel. L'amour ne meurt jamais. Tant que le magnolia sera debout, il restera une trace de l'amour inconditionnel que Jean a voué à ma mère. Et même après, parce qu'un arbre ne meurt jamais complètement.

Marcel a harponné le regard d'Alice. Mal à l'aise, elle détourne les yeux en direction de la fourchette qu'il enfourne entre ses lèvres et porte son attention sur les notes de piano appuyées qui dansent dans la boutique. Elles sont envoûtantes. On dirait la bande-son d'un film.

Elle continue de fureter dans l'album tout en mâchant une bouchée de poulet. Elle s'arrête sur la photographie en couleurs de la façade d'une boutique. Marcel se tient devant la vitrine, en chemise blanche sous un gilet assorti à son pantalon, le bras vissé sur le cou de Suzanne qui a l'air de se débattre joyeusement. Elle porte un pantalon d'homme, un haut à col roulé, bras nus. Des cheveux au carré.

— On y croyait, souffle Marcel en regardant la photo à son tour.

— À quoi ?

— Au bonheur, voyons !

40

C'est vrai qu'on y croyait dur comme fer, songe Marcel tandis qu'il embraie, un morceau de pain à la main :

« Cette boutique, je la connais bien, je suis passé devant tant de fois ! Mais, trop occupé à courir en tous sens pour oublier l'absente, je n'avais pas vu que l'ancienne vitrine du tailleur juif avait changé d'allure. Les inscriptions infamantes avaient été effacées, les panneaux de bois censés empêcher les intrusions remplacés, les huisseries repeintes. Je ne me suis rendu compte de rien, tant j'ai traversé le quotidien sans me préoccuper du décor.

Pétri d'appréhension, j'enfonce la clé dans la serrure. Appuie sur la poignée. Cherche le regard de ma fiancée. Suzanne recouvre ma main de sa paume. Elle compte jusqu'à trois. Ensemble.

Un. Deux. Trois.

La porte s'ouvre dans le tintement d'un carillon suspendu. Une odeur de musc blanc nous accueille.

Filtrées par les panneaux de bois, des chutes de soleil atterrissent sur le parquet flambant neuf et sur les étagères vides. Au milieu de la pièce principale s'élève un marche-pied blanc. Par-dessus, à l'endroit même où les rayons se rejoignent en un remarquable projecteur, disposées sur un des napperons en dentelle que Nini aimait tant, la paire de ballerines orientales. Ma mère ne l'avait donc pas brûlée avec les vêtements de cette sinistre journée d'août 1945.

Comme un écho à mes pensées, une cartoline dépasse du soulier droit.

Tout se sublime.

Je t'aime.

Nini

Ma mère a été un maître d'œuvre consciencieux : dans l'arrière-boutique, je trouve un atelier dans lequel rien ne manque. Une centaine de moules en bois s'étagent dans une bibliothèque. À côté, des rouleaux de cuir de toutes les couleurs, du carton, du liège. Suspendus à des crochets, des tranchets, des râpes, des pinces à monter, des ébourroirs, des roulettes, des fers à lisse, des alênes, des pinceaux, des marteaux, des tiers-points, des couteaux à parer. Et un poinçon portant mes initiales.

Couchée au sol près d'un escabeau, une enseigne de fonte et de bois attend d'être montée sur la devanture.

« *Marcel Dambre*

Artisan bottier »

Après avoir effleuré les outils et les meubles, sidéré que tout soit à moi, je retire les panneaux de bois qui obstruent la façade. La lumière vive de l'après-midi sort soudain le magasin de sa léthargie. Je pense à mon prédécesseur, ce tailleur que je n'ai pas connu, parti sans retour, plus de dix ans auparavant.

Je porte l'échelle à l'extérieur et me hisse à deux mètres du sol afin de fixer l'enseigne au-dessus de la porte. Suzanne me regarde en arborant un immense sourire, la main en visière pour contrer le soleil. Lorsque je redescends, elle me saute au cou. Puis nous rentrons dans la boutique où nous fabriquons à la va-vite un panonceau indiquant que nous sommes ouverts.

Nous saluons du perron les voisins intrigués, nous rions sans cesse, grisés de promesses et d'horizon.

Dès le lendemain, je quitte mes emplois au Cheval Blanc et chez le cordonnier qui m'a tout appris. Le surlendemain, sur les conseils de Suzie, je fais imprimer des cartes de visite qu'elle distribue aux danseuses sur le trottoir du cabaret. Je reste enfermé dans mon établi où je me concentre sur la création de mes modèles.

Deux mois plus tard, nous nous marions. J'en conviens, c'est rapide, mais Suzie et moi sommes pressés de croquer la vie. Comme nos finances ne nous permettent pas d'organiser un mariage fastueux, nous optons pour une cérémonie en petit comité.

Suzanne a revêtu la robe de mariée de ma mère et le boa vert dont elle a hérité et qui, comme l'avait prédit Nini, lui va à ravir.

Il y a Madeleine, devenue vendeuse dans un grand magasin, et son fils de six ans ; Joseph, toujours accroché au cul de l'horloge ; Jean, venu exprès de Soilly ; la mère de Suzanne, descendue de son perchoir pour l'occasion, accompagnée d'une brute épaisse qu'elle présente comme son nouveau compagnon. »

— Attendez Alice, s'interrompt Marcel, j'ai une photo, là, dans l'album… Ah, voilà… Vous voyez, Suzanne fait un peu la tête. Sa mère l'a giflée juste avant la cérémonie parce qu'elle refusait que le type la conduise à l'autel. Suzie a cédé, pour ne pas gâcher la fête. Ce sont les stigmates de la résignation que vous voyez sur sa figure.

Il pose une main tendre sur l'image et reprend, pétri de mémoires heureuses :

« Nous avons installé une planche sur des tréteaux au milieu du magasin, commandé un repas amélioré au charcutier, une petite pièce montée au pâtissier. Le fleuriste a arrangé des lis blancs autour de la table.

En dépit du manque vertigineux de Nini, je suis radieux. Ma mère est partout, entre les lattes du parquet, sur les

287

chaises, dans les assiettes en porcelaine issues de son service, dans l'odeur du canard aux pêches, dans les choux recouverts de nougatine que surmontent deux petits sujets en sucre, dans les dragées, dans la langue de soleil qui nous lèche la figure. Dans les trémolos de la joueuse d'orgue de Barbarie qui, pour partager notre repas, s'est approchée de la devanture et nous offre un concert.

Nous chantons et dansons en tapant du pied, nous trinquons à Nini, à l'avenir, à la boutique, aux chaussures.

Au crépuscule, chacun regagne ses pénates. Comme le veut la tradition, je porte Suzanne jusqu'à la chambre de l'appartement où, désormais, nous habiterons ensemble. Mais je me prends les pieds dans le vieux tapis oriental. Suzanne rit de ma maladresse, moi aussi. Ainsi démarre notre vie de couple, dans un équilibre précaire.

Premières nuits, premiers matins, je caresse sa rousseur qui tombe sur ma poitrine, je tire la couverture sur elle pour qu'elle n'ait pas froid, elle m'embrasse, le bonheur est là. »

Marcel s'interrompt. Il pousse sur le côté de son assiette les os de poulet et les pommes de terre trop froides. Il souffle. Et poursuit :

« Suzie prend ses quartiers. Puisque nous nous connaissons comme un frère et une sœur, la routine se coule vite dans notre quotidien. Nous nous promettons de partir en voyage de noces en Italie mais reportons sans arrêt, faute d'argent d'abord, faute de temps ensuite, faute d'envie enfin.

Suzanne remballe bientôt ses allures de sauvageonne au profit de tailleurs stricts. Les premiers mois, la boutique ne rapporte que des clopinettes. Vide, elle ne captive pas les foules. Alors je travaille du matin au soir pour la remplir. Je ne rentre que tard, Suzanne aussi. Elle me raconte sa journée d'assistante de direction, évoque l'intransigeance de son patron, un fabricant de luminaires qui, pour Noël, nous offre un lampadaire à grelots. J'écoute mon épouse d'une oreille distraite, l'esprit absorbé par une énième paire de chaussures. Dès qu'elle se tait, je sors un modèle de sous la table. Elle se prête de bonne grâce à ces essayages que je lui impose.

Elle ne sourcille pas quand je lui annonce que, désormais, je dormirai une nuit sur deux à l'atelier. Je lui assure que mettre la machine en branle demande des sacrifices. Je lui promets que ça ne durera pas. Je crois qu'elle me croit. Je crois faire illusion.

La vérité n'est pas tout à fait celle que je lui joue. En réalité, je ne me sens bien que devant mon établi. J'étouffe dans notre appartement. En s'y installant, Suzanne a chassé le souvenir de ma mère et poussé le burlesque à la porte, au profit d'un intérieur propret et tiré au cordeau qui m'oppresse. J'ai beau pressentir que cette existence ne me convient pas, je fais bonne figure. Je me persuade que ce n'est que le contrecoup, que ça va passer, que j'ai besoin de temps pour me remettre de la mort de Nini. Et, surtout, je ne veux pas faire de peine à Suzanne. Alors je ne dis rien, j'attends, sans savoir quoi au juste.

Suzanne est enceinte. Je suis content sans être fou de joie.

La boutique commence à nous fournir un revenu modeste mais régulier et accapare toutes mes pensées. Porté par les compliments de mes premières clientes, je nourris de grandes ambitions. Je travaille beaucoup, de plus en plus, j'adore mon travail, mon magasin est mon univers. Tout en cousant une semelle, je parle à Nini, je sens qu'elle est là, assise sur le canapé ou déambulant sur le parquet avec son fume-cigarette. Il m'arrive parfois de sentir son odeur. Je me plais à penser qu'elle a préféré quitter l'appartement où, à présent, Suzanne et son ventre bombé prennent toute la place, pour déménager ici, avec moi.

Suzie accouche d'un enfant mort-né. Nous l'enterrons, son chagrin me rend triste. Entre deux sanglots, elle me dit :

— J'ai l'impression que ça ne te fait rien.

Je prétends que je refrène ma peine, elle semble se satisfaire de ma repartie. L'après-midi même, je m'échappe de cette ambiance mortifère pour traîner autour du Cheval Blanc, au prétexte d'accroître la visibilité de l'atelier. Au fond, c'est le monde des danseurs, des plumes, des paillettes, des rêves que je recherche.

Les mois passent. Suzie tombe de nouveau enceinte. Je me réjouis de la voir heureuse. Pour juguler l'angoisse de la fausse couche, elle transforme notre chambre en nurserie. Dorénavant, nous dormirons dans le salon où, enfant, j'ai vécu tant de nuits d'angoisse.

Je passe trois nuits sur quatre dans mon atelier. Suzanne ne me reproche rien, elle attend son enfant, cette perspective paraît suffire à la satisfaire. Le garçon naît, je n'ai pas d'avis sur le prénom, elle me propose Alain ou Pierre, s'agace de mon indolence, décrète que ce sera Jean-Michel.

Elle quitte son emploi et donne le biberon, je façonne des chaussures pour les danseuses qui, grâce au bouche à oreille, sont toujours plus nombreuses. Je retrouve l'émoi de mes premières années à Paris : la courbe d'un mollet ou le cambré d'une cheville me provoquent des impatiences.

Le jour, je détourne le regard. Aux tréfonds de la nuit, je me coule en rêve dans des bras interdits.

Tandis que Jean-Michel effectue ses premiers pas, je m'enivre de jazz dans les clubs à la mode de Saint-Germain-des-Prés où je m'entoure d'un groupe de jeunes gens de mon âge. Nous dansons, nous buvons, nous prenons sur le tard la revanche d'une adolescence dont la guerre nous a amputés. Les femmes du *dancing* sont jolies, les danseuses rougissent sous la caresse professionnelle de mes doigts, les tentations s'affirment mais je résiste en convoquant l'image de Suzanne, de ma mère et de leur confiance.

Jusqu'à cette fois où, un peu ivre – pas trop, Alice, je ne cherche pas à me disculper –, je sors du club, une femme accrochée à mon bras. Nous longeons les quais, chancelants au clair de lune, et nous nous racontons nos vies. Quand elle m'embrasse, je résiste un brin. Puis plus du tout. Fourbu, je rentre chez nous, porté par l'aube terne, et trouve un couvert dressé sur la table de la cuisine. C'est seulement là que je prends conscience d'avoir oublié de rentrer. J'embrasse Suzanne et, m'excusant de l'éveiller, je me glisse contre elle, tout nimbé de l'odeur de celle dont j'ignore le prénom.

La première fois est la plus difficile : les remords vous étranglent, la peur vous paralyse. Mais après, l'habitude vous forge des automatismes, vous pénétrez une sorte de réalité parallèle qui vous permet de faire abstraction des oreillers constellés de larmes. On se convainc que ce qu'on commet n'est pas si grave.

Jean-Michel apprend à dire « Maman » puis, longtemps après, des semaines ou des mois, je ne sais pas, « Papa ».

Il a trois ans, un gâteau d'anniversaire rapide parce que je dois travailler. Les commandes tombent comme des châtaignes à l'automne, la boutique ne désemplit pas. Suzanne propose d'acheter un petit pavillon en banlieue, dans un de ces lotissements neufs dont la presse féminine vante les mérites. Je lui réponds d'un ton docte qu'habiter dans la même rue que la boutique constitue un avantage non négligeable compte tenu de l'ampleur de ma tâche. M'éloigner signifierait perdre du temps sur la route. J'ajoute que s'exiler dans une de ces villes nouvelles sans âme pour un bout de gazon et une balançoire, non merci. Suzanne n'insiste pas.

Nous amassons un pécule rondelet, des vedettes se pressent dans le magasin, la marque « Marcel Dambre » s'exporte à l'étranger. Pendant que je me noie dans les femmes et les virées nocturnes, mon épouse lit des histoires à notre fils. Je me tiens volontairement dans les coulisses de leur duo. Pourtant, quand je ferme la porte sur leurs voix et leurs souffles mêlés, il m'arrive de réprimer un pincement : regret fugace de les voir si unis quand je n'existe que dans leurs marges. Mais le temps me manque. J'ignore le nom de l'institutrice de Jean-Michel. »

— Vous voulez que je vous dise la vérité, Alice ? La vérité, c'est que je me persuade que c'est moi, la victime. Que la souffrance d'avoir perdu ma mère et ma grand-mère me donne le droit d'être égoïste. Que, en quelque sorte, le destin m'est redevable.

« C'est moi qui remets le sujet de la maison en banlieue sur le tapis, parachevant ainsi le travail de sape de notre famille.

— Finalement, tu avais raison, c'est une excellente idée, Jean-Michel fera de la balançoire, nous lui achèterons un toboggan, tu pourras jardiner, vous serez plus heureux entourés de verdure.

— Et toi ? me demande Suzie.

— Je garderai l'appartement et je prendrai la voiture pour venir vous voir le week-end.

Elle accepte et je respire, libéré comme un gamin la veille des vacances.

Nous faisons l'acquisition d'une maison moderne tout confort, trois chambres, carrelage dans la salle de bains, eau courante, cuisine spacieuse dotée des dernières innovations ménagères, aspirateur, sorbetière, balai mécanique, réfrigérateur, bégonias, hortensias, lilas et *tutti quanti*.

Ma femme et mon fils s'installent à Poissy et je retrouve mes repères dans l'appartement.

Au début, je respecte scrupuleusement mon engagement : j'arrive le vendredi soir, je tends un bouquet de fleurs à Suzanne, un jouet à Jean-Michel. Nous dînons tous les trois de plats mijotés. Le lendemain, je jardine avec Suzanne, j'aide Jean-Michel à faire ses devoirs. Les dimanches d'hiver, nous jouons aux petits chevaux au coin de la cheminée. Au printemps, nous pique-niquons en forêt.

— Papa, tu m'écoutes ?

Oui, non, papa a la tête dans ses chaussures, les commandes du lundi, les bons des fournisseurs et la jupe de cette jeune femme piquante dans laquelle il s'est noyé avant-hier.

Deux jours par semaine, je joue la comédie de la famille unie, appareil photo en bandoulière pour immortaliser des instants qu'il me tarde déjà d'oublier. Le dimanche soir arrive, je saute dans ma voiture, pressé de retourner à la fête permanente de mon autre vie.

Le succès attire le succès. Je ne sais bientôt plus où donner de la tête tant je croule sous le travail. Suzie craint pour ma santé physique et mentale, elle me suggère d'embaucher. Mais je m'y oppose avec fermeté, aucun inconnu n'investira mon antre. Je m'accroche à ma solitude parce que je tiens à ma liberté.

Bientôt je ne peux plus m'échapper de Paris qu'un soir par semaine, ce dont Suzanne s'accommode bon an, mal an. Lorsque je rentre, elle me presse de questions auxquelles, fidèle à ce sempiternel besoin de frime, je réponds en fanfaronnant, je cherche son admiration comme je l'ai toujours fait. Ma cécité d'individualiste est profonde : je ne mesure pas que chacune de mes réponses est une gifle que je lui assène, une insulte à notre mariage.

Les Noëls se suivent, les anniversaires succèdent aux anniversaires, j'en oublie la moitié, Jean-Michel grandit à mon insu, le lierre grimpe sur la façade de la maison, Suzie et moi ne faisons plus jamais l'amour. Je l'aime, pourtant, mais comme une sœur, sans la passion dont je suis incapable de me priver. Elle accepte tout, elle m'aime à en mourir.

Elle en mourra, d'ailleurs, mais je ne le sais pas encore.

Jean-Michel a huit ans, nous le regardons zigzaguer à vélo sur le trottoir. Suzanne me sourit et je me demande qui a appris à cet enfant à monter sur une bicyclette.

Pourvoyant aux besoins financiers de ma famille, je me donne l'illusion d'être un bon père. J'ai l'idée de creuser une piscine. Je m'y attelle le dimanche, ça m'occupe, c'est confortable, ça me tient éloigné tout en donnant l'impression d'être là.

Jean-Michel a dix ans, puis quinze, puis dix-sept, le lierre attaque le crépi de la façade, la balançoire rouille, la piscine jamais achevée s'érode, j'arrive le samedi soir avec un bouquet à moitié fané, Suzanne dépose un baiser furtif sur le coin de ma bouche, je ne cherche pas à l'appuyer, nous parlons peu, des politesses, un semblant d'intérêt mutuel, Jean-Michel n'est pas souvent là, je râle pour la forme, Suzie temporise, il est jeune, c'est normal. Lorsqu'il rentre et que nous nous croisons, il me dit « Salut P'pa », je lui dis « Salut fils », et l'échange des deux inconnus que nous sommes stoppe ici.

Jean-Michel est au service militaire, Suzanne est seule. Je lui propose, pour la forme, de m'accompagner à Paris puisque plus rien ne la retient à Poissy. Je prie pour qu'elle refuse. Elle refuse.

Un samedi soir, je trouve le pavillon vide, les bégonias tristes à pleurer et un mot qui m'informe qu'elle est partie chez sa cousine, à Libourne, faire le point, le vide, réfléchir. Vexé à défaut d'être blessé, j'embarque mon orgueil et roule la rejoindre.

Je la supplie de ne pas me quitter. Sans elle, je tombe en ruine, oui je travaille trop mais c'est pour nous, pour nous assurer un avenir. Oui j'ai eu des aventures, mais aucune d'elles ne compte, elles ne sont rien à côté de toi, de nous, dis, tu me crois ? Tu es ma bouée, mon phare, le quai auquel je m'arrime toujours, mon repère, pardon, je t'ai fait du mal mais toi aussi, nous voilà quittes, je suis le feu, tu vois, et toi tu es l'eau.

Suzanne n'a jamais vu la mer, qu'à cela ne tienne, je l'emmène en voyage à Menton. Nous séjournons dans un hôtel de luxe et arpentons la Fête du Citron entre deux séances de plage, alanguis sur le sable. Nous nous réapprenons, six jours couleur jaune-orange. Je lui jure un nouveau départ.

Mais déjà il faut retourner à notre vie, elle à Poissy, moi à Paris, elle arrose les bégonias et je fabrique des chaussures, le corps courbé sur des jambes merveilleuses, la cuisse incurvée parce que les chevilles de mes clientes s'y sont gravées.

Je tombe encore, évidemment, on ne fait pas d'un âne un cheval de course.

Jean-Michel rentre du service militaire, c'est un homme, un étranger. Je lui achète sa première voiture, je ne sais pas faire autrement. Il devient ingénieur, de quoi, je n'ai jamais vraiment compris.

Il rencontre une jeune femme. Moi aussi. Elle s'appelle Ophélie et porte une robe de canicule le jour où elle pénètre dans la boutique. Elle dit : « J'ai beaucoup entendu parler de vous. »

Mon fils a la trentaine et la vieillesse me talonne. Suzanne a un cancer du sein, j'ai peur de sa mort et de la mienne, je m'enfuis. »

41

— Voilà, conclut Marcel en apportant la salade de fruits, vous savez tout.

Il lui a fallu toute une nuit pour raconter ses six années passées auprès de Nini quand deux heures à peine ont suffi à peindre le quasi-demi-siècle qui a suivi. Le vieux bottier se demande à quoi tient cette différence. Est-ce à dire qu'il a bâclé les deux tiers de son existence ? Ce qui est certain et ne changera jamais, c'est que sa mère a toujours pris presque toute la place, malgré lui.

La voix d'Alice met un terme à sa réflexion.

— Eh ben, ça en fait, des souvenirs...

Là-dessus, elle se lève pour l'aider à débarrasser les restes du plat qu'ils ont partagé.

— Bof, comme tout le monde, je suppose. Vous aussi, vous devez avoir votre lot...

— Oh moi, non, pas tant que ça... Ma vie est plutôt commune.

Marcel l'observe en catimini tout en versant des morceaux de fruits dans un ramequin. Le coin du Polaroid asticote la poche de son pantalon. Déjà la jeune femme embraie :

— Vous avez une sacrée mémoire. Vous n'avez jamais songé à écrire un livre ?

Il secoue sa main.

— Oh non, mon truc à moi, c'est la chaussure, pas l'écriture. À l'école, je détestais les rédactions. Alors un livre entier, vous pensez...

— C'est dommage, il y a matière… Je peux en reprendre une louche ?

— Je vous en prie…

C'est agréable de la voir manger avec tant d'appétit.

— Alice, je peux vous poser une question indiscrète ?

Elle hoche la tête en croquant dans un quartier d'orange tandis qu'il choisit ses mots, tant et si bien qu'il met un temps impossible à se décider.

Tant pis, il faut se lancer :

— Que faites-vous là ?

Elle cligne des yeux.

— Comment ça ? fait-elle, la bouche pleine de fruits.

— À votre âge, on a des amis, des parents, on est entouré. Et vous êtes là, à dîner avec moi. Ne vous méprenez pas, je suis ravi de vous avoir, votre présence m'a… Enfin, ce que je veux dire, c'est pourquoi vous êtes revenue ?

Elle baisse la tête et fixe la table des yeux. Ses doigts retombent à côté du ramequin.

— Je suis malhabile, pardonnez-moi, Alice, je ne veux pas insinuer que… Je vous attendais, vous voyez, j'avais tout préparé, j'aurais été chagriné de ne pas vous revoir, vous avez ouvert des portes que vous ne soupçonnez pas. Mais…

Plutôt que de se perdre en explications, il extirpe la photo de sa poche et la fait glisser, face contre Formica, jusqu'à la jeune fille.

— Je me demandais si votre présence avait quelque chose à voir avec ça…

Le regard d'Alice s'égare dans le carré noir. Sa mâchoire tremble. Elle bégaie :

— Où l'avez-vous trouvée ?

— Elle a dû s'échapper de vos affaires ce matin. Je l'ai trouvée en rentrant.

— Vous l'avez regardée ?

— Je n'ai pas eu le choix, elle était tombée du mauvais côté.

Elle avance sa main précipitamment vers la photo. Marcel la recouvre de ses doigts. Elle sursaute.

— Vous pouvez me parler, si vous le souhaitez.

À présent, elle tripote le bord du ramequin avec nervosité. Les ténèbres basanent ses yeux noisette qui ne regardent nulle part.

— Ça ne changerait rien, dit-elle d'une voix altérée.

— Peut-être que si, peut-être que ça changerait tout, comment savoir si on n'essaie pas ?

Tout à coup, un éclair déchire le ciel. Alice ferme les yeux, ses lèvres articulent des nombres à voix basse.

— Qu'est-ce vous faites ? s'étonne Marcel.

— Je compte.

— Pourquoi ?

— Pour savoir où est mon père.

Le tonnerre explose, les lumières s'éteignent et Lucien grogne.

— Ils ont fragilisé le réseau électrique avec leurs coups de pioche, explique Marcel. Bougez pas, je vais nous arranger ça.

Il traîne ses savates jusqu'à la desserte où se trouve sa pipe. Constate que la boîte d'allumettes est vide. Avance jusqu'à l'un des tiroirs du buffet. Frôle le pistolet enfermé dans son torchon. Revient avec une boîte d'allumettes neuve. Craque l'une d'elles. Rate son coup. Recommence. Quand il approche la flammèche de la première bougie, il se rend compte que le cliché n'a pas bougé.

— Les photographies *post mortem* étaient à la mode à la fin du XIXe siècle, affirme-t-il, le gosier sec, en tirant la chaise.

Il guette la réaction d'Alice dont le visage palpite derrière la flamme.

Elle ne moufte pas.

— Je n'ai jamais raconté ça à personne…, bredouille-t-elle enfin. J'imagine que je vous dois une explication…

— Vous ne me devez rien, à moi. À vous, en revanche…

De l'autre côté de la rue, le son du piano triste s'envole. Bande-son d'une amorce de confession.

— Je ferme la fenêtre si vous préférez.

— Non, laissez, c'est joli, cette musique…

Il discerne une larme sur sa joue, qu'elle essuie à la va-vite avec la manche de son pull.

— Je préférerais dans le noir, balbutie-t-elle.

Qu'à cela ne tienne, Marcel souffle la bougie.

42

L'obscurité a envahi le magasin. Une odeur d'église flotte dans la pièce. La musique du piano s'emmêle au tambourin de l'averse et à l'inlassable clapot du volet dégondé. Un courant d'air serpente depuis la fenêtre jusqu'aux épidermes et brasse les effluves de cire chaude.

Les doigts d'Alice tremblent, c'est incontrôlable.

Il vaudrait mieux qu'elle mente ou qu'elle s'en tire avec une pirouette. Qu'elle élabore à toute vitesse un scénario crédible, acceptable, supportable, à l'inverse de la vérité. Elle refuse de prendre le risque que tout ce qu'elle a construit avec Marcel depuis leur rencontre, la confiance, le début d'un renouveau, s'écroule. Non, ça ne vaut pas le coup.

Mais l'idée d'être malhonnête envers cet homme si généreux lui répugne. Comment invoquer la confiance si elle-même met un coup de canif au contrat ?

Elle va serrer les dents, se montrer sous son vrai jour. Et croiser les doigts.

Tic-tac de l'horloge, musique, Lucien qui ronfle, en boule sur le voltaire. Des frissons la parcourent de haut en bas. Le froid n'y est pour rien, c'est à cause des souvenirs qui s'enferrent, des idées-papillons qui paniquent et pédalent dans la choucroute, des maudits cafards qui recommencent à parader.

Par où commencer ? Quel est le point de rupture ? Comment savoir à quel endroit précisément une existence se tord ? Parce que, si le naufrage a eu lieu il y a deux ans, trois mois et cinq jours, le bateau a commencé à boire la tasse bien avant.

Elle aimerait mettre du liant dans son récit comme Marcel a su dérouler le film. Mais là où l'artisan a eu le temps d'ajuster, Alice n'est qu'urgence. Les images de sa mémoire lacunaire galopent et se cognent, c'est une débâcle de souvenirs, une débandade, ça bourdonne, ça cafouille, c'est un incroyable foutoir.

Elle écrase ses paupières, inspire, ouvre la bouche et jette les images distordues, les fragments déchirés comme ça vient, sans préambule ni transition.

*

— Alice, l'exhorte Mme Froment, sa maîtresse de CE2, veux-tu bien rester derrière ton camarade et suivre le mouvement ?

Alice rentre dans le rang. Pour en ressortir deux mètres plus loin, le nez dans les nuages. La maîtresse possède un stock inépuisable de soupirs : des soupirs qui durent et partent du fond du ventre ; des brefs qui vous redressent tout net ; des excédés qui vous écrasent et vous forcent à baisser les yeux. Mais Alice s'échappe, c'est plus fort qu'elle, comme un ballon de baudruche s'envole à la moindre occasion.

— Ça suffit, Alice ! l'empoigne Mme Froment.

— Ras-le-bol, je te préviens, si ça ne s'arrange pas, c'est la pension qui t'attend, menace sa mère.

— Les rêveurs sont des oiseaux secrets, ma princesse. Et toi, tu possèdes des ailes immenses. Tu ne les vois pas encore mais elles pousseront quand tu grandiras, l'embrasse son père en mettant son nez dans ses cheveux, un week-end sur deux ou la moitié des vacances.

— Les rêves, c'est fait pour les paresseux, se navre sa mère le reste du temps.

Un dimanche sur deux, sur le coup de 18 heures, Alice tourne le dos à son père et l'abandonne sur le parking de la cité où, dorénavant, elle loge avec sa mère.

Depuis le divorce, mère et fille vivent ensemble dans un deux-pièces décoré en rose. Roses, les tasses du petit déjeuner dans lesquelles on verse le café au lait. Roses, les murs. Roses, les serviettes et le gobelet à dents dans la salle de bains. Comme la mère tient à épargner à la fillette ses problèmes de grande personne, elle lui a laissé la chambre. Elle, elle dort dans le salon, sur le canapé-lit.

La protection de sa mère n'empêche pas la boule de s'immiscer dans le ventre d'Alice chaque fois qu'elle quitte son père. La boule grossit à mesure que les mois s'écoulent, qu'elle s'applique à faire l'équilibriste pour ménager les peines de l'un et de l'autre, et que la dérive de papa augmente. Il faut rentrer pourtant, demain y a école et maman attend. Sac sur le dos, Alice zigzague entre les réverbères, joue la funambule sur les lignes blanches du parking, arrache un morceau d'écorce à un arbre et surprend l'envol d'une corneille. Elle se retourne brièvement, note que son père est encore là. Elle lui sourit, lui aussi. Comme d'habitude, il attend qu'elle s'engouffre dans le hall pour remonter dans sa voiture et s'en aller.

D'ordinaire, la mère la guette depuis son balcon. Pas ce soir. Tout s'explique quand la petite fille passe le pas de la porte. Elle trouve un homme assis sur le canapé-lit, absorbé par l'écran de télévision où défilent les actualités. Jambes écartées, terrain conquis.

— Alice, je te présente Marc. Il va vivre avec nous. Dis-lui bonjour.

Elle dit bonjour, elle est polie. Sans raison, Alice focalise sur ses mains et ses avant-bras. Il a des paumes larges, des doigts épais, des poignets trapus dont l'un est sanglé d'un bracelet trop petit. Il paraît qu'il est normand et qu'il aime la pêche au gros. Elle suppose qu'il aime aussi beaucoup les canapés et les informations, puisqu'il y est accroché comme une moule à un rocher.

Voilà, les présentations sont faites.

Un an plus tard, sa mère glapit :

— Tu vas avoir une sœur. Il n'y a pas de « demi » qui tienne, une sœur c'est une sœur, point.

D'un côté, Alice est contente. De l'autre, elle est triste.

— Non, princesse, ne t'inquiète pas, ce ne sont pas des larmes, c'est de l'eau, bégaie son père lorsqu'elle lui rapporte la nouvelle.

Alice regarde le ventre de sa mère s'arrondir. Puis le bébé braillard, dans les bras du nouveau mari de sa mère. La fillette contracte ses paupières jusqu'à la douleur pour visualiser son père à sa place.

« Clic », photo.

Le portrait est flou, Marc est un piètre photographe. Contrairement à son père. Son père est un passionné de photos. De tout, de rien, des animaux, des plantes, des pierres, de l'eau. Il peut attendre des heures l'amerrissage d'une libellule, le saut d'un poisson, le ballet d'un bourdon sur une jonquille, la rencontre d'un caillou et du soleil, le mariage du jour et de la nuit.

Son père dit qu'un bon photographe ne capture pas, il immortalise. La liberté, c'est la clé. La photographie, c'est offrir au fugace la possibilité d'être éternel. Comme s'il sentait le départ tout proche et qu'il fallait s'empresser de tout graver.

Son appareil est lourd pour les bras fluets d'Alice. Elle aime sentir le souffle de son père s'enrouler dans ses cheveux quand, ses doigts dans les siens pour l'aider à maintenir l'objectif immobile, il pose son menton sur sa tête et chuchote :

— Chut, ne respire plus, atteeeeeention… « Clic ». Tu as réussi, bravo, ma princesse.

Alice sourit, elle est fière d'elle.

Une image en chasse une autre. Surgissent soudain les cascades du Sautadet où, depuis la séparation, son père et sa grand-mère l'emmènent quinze jours au mois d'août. Un hôtel familial situé au bord de l'eau. Mélodie du ruisseau sur la roche, stridulations des grillons et coups de soleil.

Ça a le goût des diabolos citron à la paille, des frites au ketchup et à la mayonnaise, et de l'île flottante à la fin du dîner au restaurant, l'odeur de la crème solaire, des barbecues et des fêtes qui s'organisent dans les villages alentour à la tombée de la nuit, la couleur des sandales dont les lanières de cuir vous lacèrent le tendon d'Achille, la couleur de la route en lacets, du paysage en bas, derrière le bras bronzé de papa posé sur la vitre ouverte, le parfum des savons et la texture molle des boules de bain dans le magasin tout en pierre où Alice choisit les plus beaux spécimens pour les offrir à sa mère. Son père paie à la caisse et dit, des trémolos dans la voix :

— Tu feras un bisou à maman.

Mais maman n'est pas trop bain, elle se plaint que les savons de la savonnerie assèchent la peau. Alors, les souvenirs de vacances pourrissent au bord de la baignoire, ils durcissent, se craquellent et se ratatinent, si bien que, des mois plus tard, sa mère les retrouve par hasard et les suspend entre deux doigts dégoûtés :

— Hop, poubelle, les nids à microbes !

*

— Vous êtes là ? s'interrompt Alice.

— Où voulez-vous que je sois ? répond Marcel, assis les bras croisés sur une chaise en face d'elle. Je vous écoute.

— Désolée, j'ai cru que… comme il fait noir… Enfin, ça doit être les ronflements de Lucien.

Décidément, cette Alice est un phénomène. Comment a-t-elle pu croire qu'il s'était assoupi et, surtout, confondre les ronflements du chien avec les siens ? Comme s'il ronflait aussi fort… N'importe quoi.

— Vous me le direz, si c'est trop long ? Ou trop désordonné ? s'agite-t-elle. Je suis loin d'être douée pour ce genre de trucs.

— J'arrive à suivre, ne vous en faites pas.

Il s'accroche, en dépit de la saccade d'images et de son débit de mitraillette.

— Bien… Je continue, du coup ?

— Hé hé, ben oui, du coup… Ah non, attendez…

Marcel se lève et, se repérant grâce aux rayons de lune, récupère deux coussins pour adoucir l'assise des chaises. Un pour les fesses d'Alice et un pour les siennes.

— Qu'est-ce que je vous disais déjà ? fait Alice après l'avoir remercié.

— Vous me parliez des cascades du Sautadet.

— Ah oui, les cascades…

*

Alice porte un maillot de bain rouge une pièce.

— Alice, tu peux sauter, on y va ensemble, lui dit son père ce jour-là en saisissant sa main, sur le rocher qui surplombe l'eau claire. À trois, on y va et on crie « Coucou Mémé ! ».

Puis il ajoute, très sérieux, en se mettant à sa hauteur :

— La peur est trouillarde, elle s'enfuit quand on crie, tu vas voir.

Alice s'enroule une pelote de courage et, le cœur en TGV, elle crochète ses pieds nus au bord du gros caillou, compte « Un, deux, trois » et elle saute en s'égosillant.

L'eau est fraîche, les bras moelleux de son père sont chauds.

Restée sur le bord, Mémé relève la tête de son tricot et applaudit les héros de retour sur la terre ferme.

— Alors, on était comment ? s'enquiert Alice, rayonnante d'avoir vaincu son appréhension.

— De vrais goélands ! rit Mémé.

Ni une ni deux, ils ébrouent leurs cheveux trempés juste devant elle. L'eau du Sautadet se vaporise partout sur Mémé, de fines gouttelettes brillantes agglutinées à ses vêtements et à sa peau.

— Oh ! là, là ! vous exagérez ! glousse-t-elle en guise de protestation.

Ensuite, Alice bondit au moins cinquante fois du caillou. À peine s'extirpe-t-elle de l'eau qu'elle remonte, l'impression de braver le monde au creux du ventre tandis que son père la bombarde de photos.

Immortaliser toujours, jamais capturer, appliquer de l'éternité comme un peintre appose le vernis, délicatement, sans rien casser.

Les marques des pieds d'Alice sur la pierre s'évaporent au soleil. Des sauterelles bondissent des herbes sèches, les cigales cymbalisent comme c'est pas permis.

D'un coup, c'est neuf mois plus tard.

Les cigales se taisent, les cascades se figent, la petite voiture disparaît au milieu d'un lacet, les couleurs de l'été s'affadissent.

Le cœur de son père, las de ne battre qu'à moitié depuis le divorce, s'est arrêté pour de bon.

Pour retarder l'extinction, Alice apprend les photographies des jours heureux par cœur. Elle les emprisonne, les fait bouger dans sa tête, papa est là, Mémé aussi. Mais, malgré ses efforts de concentration, les protagonistes ne sont plus qu'en deux dimensions, la voix de papa s'estompe, les traits de son visage s'évanouissent, l'accent de sa voix n'en parlons pas, l'éternité a avalé tout le bonheur.

On rembobine, retour sur la journée du maillot rouge et des plongeons incessants. Papa n'est pas encore mort.

C'est la première fois qu'Alice prend une photo toute seule. Depuis le temps qu'elle en crevait d'envie. Aujourd'hui, sans doute pour la récompenser d'avoir été courageuse et lui montrer qu'il la considère comme une grande, son père lui confie l'appareil. Avec mille précautions, elle le porte à deux mains sur le chemin, on dirait qu'elle tient un trésor.

Elle a une idée très précise de la photo qu'elle désire obtenir.

C'est fou, l'intuition… Quoique, c'est facile de mettre de l'intuition après coup, on peut tout réécrire à ce tarif-là.

Toujours est-il qu'Alice ordonne à son père et à sa grand-mère de marcher devant, histoire qu'ils se retournent à son appel et que ça ait l'air naturel : « Papa ! Mémé ! » L'effet est réussi, Alice est fière.

Sa grand-mère suspend cette photographie au-dessus du chauffage en fonte après l'enterrement, dans un sous-verre que le soleil peinturlure de ses rayons. Elle l'envoie à toute la famille, y compris lointaine, pour que subsiste dans la tête de tous la trace de son fils.

Alice aime retrouver chez sa grand-mère le peu qu'il reste de lui. Elle dort chez elle dès que possible, fuyant sa nouvelle famille où elle ne trouve pas de place. C'est bon d'être chez Mémé, bon d'être entre ces murs que son père a refaits du sol au plafond peu de temps auparavant et qui portent encore sa marque.

— Écoute, Alice, que tu aies une photo de ton père, c'est normal. Mais que tu t'en fasses un poster et que tu l'accroches dans ta chambre, là, ça devient vraiment morbide ! s'insurge sa mère avant d'appeler sa grand-mère paternelle pour lui dire le fond de sa pensée.

— Tu vois, les étoiles, Alice ? demande Mémé quand, le samedi soir, elles regardent le ciel depuis le balcon de l'appartement qui sent bon la lavande et la vie d'avant. Elles brillent encore bien après leur mort. Comme les gens. Comme ton papa. Il te protège, n'aie pas peur.

Chaque dimanche matin, elles fleurissent ensemble la tombe, ramassent les feuilles que le vent a charriées sur le marbre, arrosent les jardinières. Il faut remplir le seau à la fontaine située près des croix militaires. C'est lourd, pourtant Alice tient à s'en occuper, elle veut mettre la main à la pâte, être utile d'une manière ou d'une autre. Mais l'eau se renverse toujours, le bas de son jean est souillé et le seau n'a plus que la moitié de son contenu quand il arrive à bon port.

Alice remarque que les allées se remplissent au fil des saisons. Une jeune femme a pris place à côté de son père, sous une dalle recouverte d'une grande véranda cerclée de blanc. Dans la trentaine, comme papa, le même prénom que lui avec un E en plus, des cheveux courts, des créoles aux oreilles, un joli brin de fille, un portrait de pierre tombale qui ne ressemble pas du tout aux autres.

Alice se figure qu'elle et son père s'entendent bien. Il lui arrive d'ailleurs de les voir en songe, bavardant sur un nuage, Pascale a les jambes en tailleur et papa se tient un peu en arrière, les chaussures dans le vide, le nez en l'air.

Un éclair fissure le ciel et Alice veut croire que c'est son père qui prend des photos. Quand il y a du vent, elle écrit des messages sur de tout petits papiers qu'elle laisse s'envoler depuis la fenêtre. En cachette, vu que :

— Alice, c'est pas normal d'être toujours fourrée dans un cimetière à ton âge. Et remballe-moi tes trucs de spiritisme. Une chaîne qui tourne, non mais, et puis quoi encore ? Si c'est de voir ta grand-mère qui te rend cinoque, on va diminuer les visites.

Alice craint que sa mère mette ses menaces à exécution : elle remballe la chaîne, la photo, la bougie qu'elle posait à côté pour le plaisir de voir la flamme vaciller, le magnétophone sur lequel elle essayait de capter des bribes de voix, des messages à son intention.

Bien occupée, entre les tutus de sa petite sœur – « pas demi, Alice, je ne veux plus entendre ça ! » – et les maisons qu'elle visite avec Marc du côté de Dieppe, sa mère a sûrement oublié son père et les savons de la savonnerie.

Mémé ne pleure pas. Sauf une fois, lorsque Kiki, le hamster, ne se réveille pas et qu'elles l'enterrent près du terrain vague dans une boîte à chaussures tapissée de coton.

— Écoute Alice, on travaille toute la semaine, on a besoin de se détendre, tu n'as qu'à faire des cubes avec ta sœur, ça t'occupera. Tu n'as pas de devoirs ? s'agace sa mère le samedi matin.

Avec Mémé, elle joue à des jeux de société. Monopoly, La Bonne Paye, échecs, petits chevaux, crapette.

— Tu m'excuses, mais là, vraiment, j'ai aucune envie de sortir déambuler dans la foule, le métro du lundi au vendredi, ça suffit bien, rechigne sa mère quand Alice propose une balade.

Mémé l'emmène à la Foire de Paris en mai, au Salon de l'agriculture en février, à la Foire du Trône au printemps, à la crèche des santons de l'Hôtel de Ville à Noël, au Virgin Megastore des Champs-Élysées, au Louvre, sur les quais de Seine voir les bouquinistes et les animaux.

*

— Voilà que je radote, toussote Alice, je vous ai déjà énuméré ces choses-là, hier… Excusez-moi, Marcel.
— Ne vous tracassez pas, ça me connaît, le radotage.

*

— Tu ne veux pas arrêter de te plaindre, Alice ! Y a des millions d'enfants qui adoreraient profiter d'une maison au bord de la mer.

Carrelage partout, vue sur les vagues, chauffage au sol, jardin, rien n'y fait, Alice déteste ce pavillon qu'ils viennent de se payer, une prétendue maison de « famille » où son père ne mettra jamais les pieds et où Marc n'arrête pas de fourrer les siens.

Cette baraque a l'odeur de l'ennui. Pendant des heures, Alice enchaîne les solitaires avec ses cartes à jouer sur la table de la cuisine.

— Il fait beau, profite du soleil, sors un peu. À ton âge, j'étais toujours fourré dehors avec mes copains ! martèle Marc.

Alice voudrait répliquer qu'elle ne connaît personne dans cette Normandie de malheur. Mais, pour éviter les conflits, elle se contente d'obéir et arpente en rêvassant le chemin des douaniers des après-midi entiers.

Elle préfère de loin partir en vacances avec Mémé.

Un mois, six mois, onze mois que son père est mort, la vie s'habille en pastel, Alice caresse les souvenirs que sa grand-mère a rangés dans un carton. Parmi eux, il y a le gros appareil photo qu'elle ne sait pas utiliser, il y a tant de boutons qu'elle craint de changer les réglages par inadvertance. Elle se contente de remonter la molette, de placer son œil dans le viseur, de poser son index sur l'interrupteur et d'imaginer la phalange de son père sur la sienne.

Elle fait « Clic » avec la bouche. Elle fait semblant.

Arrive le Polaroid. Cadeau de sa grand-mère pour ses douze ans. Alice prend des photos sans arrêt, depuis les pigeons qui ont élu domicile sur le balcon de Mémé jusqu'aux chats errants qu'une vieille femme bossue nourrit la nuit.

« Chut, ne respire plus, atteeeeeention... "Clic". Tu as réussi, bravo, ma princesse. »

Le dimanche soir, Alice emporte le Polaroid chez elle. Elle le pose avec soin sur son bureau. Elle est dans la cuisine lorsqu'elle entend un gros bruit. Elle court dans sa chambre et trouve sa petite sœur en train de fouiller partout. À ses pieds, le Polaroid qu'elle vient de flanquer par terre. La frangine suçote sa tétine, Alice hurle, Marc lui reproche de ne pas ranger ses affaires, sa mère fait tampon, comme souvent, avant de la sermonner lorsque Marc a enfin le dos tourné vers l'écran de télé d'où sourd le générique du film :

— C'est que du matériel, Alice, y a pas de quoi en faire un cinéma, tu crois pas ? Qu'est-ce que tu dirais si l'un de nous devait avoir un accident ?

Rien, présume Alice, ce serait même tant mieux dans un sens, parce qu'il n'y a pas de raison, au fond, que son père ne soit plus là et eux, si.

Le week-end suivant, Alice rapporte le Polaroid chez sa grand-mère, ça vaut mieux.

Après, ça va vite.

43

On y est. C'est là que le glissement s'amorce.

Alice mord l'intérieur de sa lèvre. Ses cuisses tressautent. Le piano d'en face s'est tu il y a un bon moment. Quelle heure peut-il bien être ? 2 heures, 3 heures. Bof, on s'en fiche, après tout.

Elle ouvre les yeux, elle cherche Marcel dans l'obscurité de la boutique.

Tout va bien. Il est là, immobile, le reflet de la lune sur ses lunettes. Elle discerne la respiration calme du vieil homme, apaisante comme la vision d'une terre après un naufrage. Il doit être épuisé. Pourtant, il ne la presse pas, il ne lui demande pas pourquoi elle marque une pause dans son récit, il respecte ses silences, elle lui en est reconnaissante.

Le vieux chien ne ronfle plus. Descendu plus tôt de son voltaire, il est lové en boule sur ses pieds. Ça la réchauffe, elle est en territoire amical.

Alice ignore quand précisément les choses ont commencé à changer entre elle et sa grand-mère, à quel moment leurs lignes de vie se sont séparées. Il n'y a pas eu d'événement particulier. Ça s'est fait petit à petit. C'est peut-être précisément parce qu'on n'a rien vu venir qu'on n'a rien pu empêcher.

Alice referme les paupières. Sa voix perd en assurance.

*

Alice grandit, le collège, le lycée, l'université, des copains, des promesses, des avenirs, des projets, de l'ambition, de la passion. Elle étouffait et voilà qu'elle prend l'air, de la hauteur. Les souvenirs, ça va un moment, mais ça ne remplace pas la vraie vie.

Le pastel prend des couleurs, la flamboyance s'invite, ça bouillonne. Alice danse, s'évapore et s'éparpille, grisée d'adolescence, de légèreté, d'amour et de serments d'amitié.

Le Polaroid se couvre de poussière, Mémé se couvre de rides.

Sa grand-mère vire à l'hypocondrie, elle a mal aux genoux, le cœur qui ralentit, les yeux qui fatiguent, la jambe gauche qui flageole, la droite qui patine. Mais Alice n'a pas le temps pour écouter, elle est à sa vie, occupée, elle mène des combats, elle manifeste dans la rue contre la montée de l'extrême droite, elle prend part à des maraudes pour aider les sans domicile fixe, elle s'engage dans des associations pour la défense de l'environnement.

Elle intègre une troupe de comédiens amateurs et se passionne pour les matchs d'improvisation qui lui permettent de hurler tout ce qu'elle n'a pas su expulser. Elle s'offre un appareil photo et son objectif de dix tonnes qu'elle réussit désormais à tenir d'une seule main. Avion, train, elle part aux quatre vents photographier des bouts du monde. Elle se met au chinois. La Chine, c'est loin, c'est bien.

Quand elles se voient, Mémé évoque les ordonnances qui s'allongent, les opérations chirurgicales qu'on lui recommande, le manque de ponctualité de son kinésithérapeute, les trous dangereux dans les trottoirs, la porte trop lourde du local à poubelles, la boîte aux lettres devenue trop basse.

Devant elle, Alice fait bonne figure mais la patience lui manque. Elle ronge son frein, rassure avec des formules de politesse en regardant sa montre. Au fond, elle ne comprend pas ses plaintes, comment peut-on renâcler contre la vieillesse quand on a la chance de vieillir ? Ça la met en colère, c'est presque obscène de se plaindre de prendre de l'âge alors que papa n'a pas atteint les trente-six ans.

Et puis, maintenant qu'elle les regarde, les couleurs de l'appartement pastel sont devenues trop pâles pour elle.

Peu à peu, les visites chez Mémé s'espacent.

Parfois, sa grand-mère lui donne un coup de fil, elle prend des nouvelles. Mais ça tourne en rond, on en revient toujours à la jambe qui agonise, à l'œil qui pleure et aux pigeons du balcon. Lasse, Alice expédie, elle ne reste jamais longtemps. Elle promet de passer, elle passe, d'ailleurs, quand ça lui prend, c'est-à-dire de temps en temps, pas très souvent. Alice est un coup de vent, elle a à faire, un café à boire, un pote à retrouver, un partiel à réviser, un projet à monter, des clichés à prendre, un monde à embrasser. Elle court après le temps, elle court tout le temps, désolée, Mémé, mais c'est difficile de se caler, je viendrai demain. Allô, non, pardon, je ne pourrai pas en fait, alors remettons encore au lendemain, ça vaut mieux.

Et Mémé attend.

*

Alice n'a jamais raconté l'histoire à personne avant cette nuit, de cette manière en tout cas. Force est de constater que verbaliser lui permet de mieux appréhender l'enchaînement des événements. Marcel a raison, parler est une bonne idée, même si ça fait mal.

La douleur n'est pourtant qu'une broutille face à ce qu'Alice doit révéler maintenant.

Le volet bat, l'horloge tictaque, la pluie picore les carreaux, le chien lève son museau scintillant de lune, l'atelier est plongé dans un silence de mort.

Entrer dans le dur de la confession.

Les lèvres d'Alice frémissent, les mots peinent à se frayer un chemin dans sa gorge serrée. Elle voudrait les éjecter, que ce soit fait, que tout soit dit. Savoir si, oui ou non, elle mérite l'absolution. Elle n'est pas à un paradoxe près, parce qu'elle voudrait aussi tout garder comme avant, ne rien changer, comme la tortue se planque dans sa carapace, et que Marcel conserve l'image d'une jeune fille simple, maladroite, sympathique.

Elle supplie, au-dedans : *Au secours, Marcel.*

Au même instant, le vieil homme inspire profondément, comme s'il avait entendu son appel. Par quelle connexion fabuleuse parvient-il à entendre les mots qu'elle ne prononce pas ?

Le poids dans le ventre d'Alice s'allège vaguement, une larme roule sur sa joue. La première depuis un bail.

Elle prend de l'élan. Allez, la suite.

*

Ce jour-là, sa grand-mère essaie de l'appeler plusieurs fois. Comme Alice ne répond pas, Mémé finit par lui laisser un message, qu'elle écoute dans la rame bondée du métro en se bouchant une oreille à cause du vacarme.

Mémé dit d'une voix un peu rauque, plus fatiguée peut-être qu'à l'accoutumée, à moins que sa mémoire ne comble les trous, c'est toujours facile après coup : « Bonjour, ma puce, j'espère que tu vas bien et que tu as réussi ton examen. Est-ce que tu pourrais me rappeler s'il te plaît ? »

Alice se promet de le faire en sortant du métro. Elle sort, elle rencontre un ancien camarade de bahut, le message de la grand-mère passe à l'as, la scoumoune, quoi.

Il lui revient à l'esprit le matin suivant. Alice suppose que, si c'était important, Mémé aurait rappelé. Elle essaie pourtant, par acquit de conscience, mais personne ne répond, Mémé doit être chez le médecin. Ou alors elle n'a pas envie de répondre : « Les vieux, ça boude, ça aime bien embêter le monde », raille sa mère.

Au fond, Alice est soulagée, les conversations sont poussives ces derniers mois, ponctuées de « voilà, voilà » que la jeune femme balance pour abréger. Alice pense « mois » quand c'est « années » qui convient. Pour elle, le temps file.

« Ma grand-mère, c'est une ordonnance, son docteur, c'est l'homme de sa vie », persifle Alice quand elle l'évoque auprès de ses amis du groupe d'improvisation.

Ignorant que Mémé ne se rend plus chez son médecin depuis plusieurs mois. Ignorant à peu près tout, du reste.

Et puis.

Elle rentre de boîte de nuit, petit déjeuner impromptu sur les quais de Seine avec les copines, joli matin d'été sur le quartier Saint-Michel. Elles chantent une chanson à tue-tête, des vapeurs d'alcool et d'excitation embuent leur esprit. La bretelle gauche de son débardeur glisse, Alice la coince dans son soutien-gorge, des reflets mordorés irisent le fleuve, l'une des filles enlève ses chaussures parce que ses nu-pieds tout neufs lui font un mal de chien.

Il est 8 heures, la circulation enfle dans leur dos, les commerçants ouvrent les boutiques. Le matin, c'est le moment qu'Alice préfère. Elle inspire à fond, prend des postures de yoga imbibé d'éthanol, accueille le soleil dans son plexus. Les rayons langoureux pénètrent son épiderme. Délicieuse volupté. La vitamine D, c'est bon pour les rides qu'elle n'a pas. Face à elle, des mouettes goguenardes criaillent. Perché sur la cabine d'une péniche, un cormoran sèche ses ailes.

Un numéro inconnu vibre dans sa pochette à paillettes. Paresse, habitude, cœur sur la Seine, Alice ne décroche pas, ils n'ont qu'à causer à son répondeur. Mais le numéro inconnu insiste et, bon gré, mal gré, elle se résout à décrocher.

Comme ses copines beuglent n'importe quoi, elle se décale pour mieux entendre.

— Vous avez les clés. Il faut venir.

Elle laisse choir les copines et dessoûle sur le chemin qui la ramène chez elle, agacée. Une odeur ? À coup sûr une poubelle oubliée dans un coin, voilà tout.

Il lui faut dix bonnes minutes pour remettre la main sur les clés, balancées au fond d'un tiroir, derrière des rouleaux de Scotch neufs qu'elle ne se rappelle plus avoir achetés.

Le voisin rappelle, il s'inquiète de ne pas la voir arriver, Alice l'envoie sur les roses, elle n'est pas à la disposition de Pierre Paul Jacques. D'ordinaire si douce et si enjouée, Alice n'est, à cet instant, pas à prendre avec des pincettes. La faute à une inquiétude sourde qui commence à se propager dans son ventre.

Mais ce n'est rien à côté de l'angoisse qui l'étreint devant la porte close. Elle toque, sonne, le code habituel, deux sonneries suivies de trois coups contre la porte, mais :

— C'est inutile, j'ai essayé, elle n'ouvre pas, fait le voisin dont elle a soudain envie de briser le cou.

D'un geste, elle lui intime l'ordre de la boucler, il lui faut du silence pour affronter ce qu'elle pressent. Il recule un peu, donne de l'espace à sa nervosité.

Elle approche la clé de la serrure. Elle tremble, s'y reprend à trois fois. Elle entre.

Tout semble à sa place dans l'appartement pastel, les volets sont tirés, les cadres dans le couloir, son père sourit au-dessus du chauffage en fonte. Les contours des photos d'Alice à tous les âges sur le bahut se détachent dans des stries de lumière.

Tout est pareil. Hormis l'odeur pestilentielle qui la prend à la gorge. Elle darde un regard de bête apeurée sur le voisin de palier.

— Vous voulez que je vienne ?

Elle secoue la tête, ignore pourquoi elle refuse, mais enfin elle refuse, et progresse dans l'appartement baigné de pénombre, les mots fléchés près du téléphone, les lunettes de Mémé par-dessus.

La porte de la chambre.

Son cœur cogne si fort qu'elle n'entend plus que lui, elle ferme les yeux, un réflexe. Quand elle dessille ses paupières, Mémé est là, couchée, la mâchoire pendante, les yeux au plafond, vêtue de sa chemise de nuit lavande. Elle n'est pas belle, rien à voir avec ses souvenirs. La mort, c'est dégueulasse.

Lorsque les secours annoncent qu'elle est morte depuis au moins deux mois, Alice leur oppose une face hagarde, deux mois, c'est impossible, elle l'a appelée il y a, enfin non, pas deux mois déjà, si ?

Si.

Autour d'elle, les regards s'alourdissent de reproches muets, le médecin du SAMU, les pompes funèbres, le voisin tout juste rentré du Portugal. Elle n'a nul besoin de leurs réprimandes, les remords sont déjà tapis au fond de ses entrailles, prêts à lui sauter à la gorge sitôt que l'onde de choc sera dissipée.

44

Sa mémoire corrompue d'émotion avance en ordre dispersé, elle a loupé une étape, il lui faut encore faire un bond en arrière.

Alice reste seule en attendant le SAMU. Elle recouvre le visage brun et tuméfié d'un plaid en laine, elle fouille dans l'armoire à la recherche de la robe que sa grand-mère aimait, une longue robe framboise kitsch que, gamine, Alice a enfilée en déguisement des centaines de fois. Elle se perd dans les souvenirs, le nez dans le désodorisant pour couvrir la puanteur suffocante. C'est là qu'elle trouve la marinière et, empilés avec le soin dont Mémé est coutumière, les grands calendriers des dernières années. Alice a toujours vu un calendrier accroché dans la cuisine de sa grand-mère.

Elle part du plus vieux, saute d'une année à l'autre, constate les mois pleins puis de plus en plus vides, les occupations se réduisant à peau de chagrin, les rendez-vous barrés, les jours que rien n'accapare plus. « *Demander à Carole d'acheter des fleurs en tissu pour Pascal.* » Alice comprend que sa grand-mère n'avait plus la force de se rendre sur la tombe de son fils et qu'elle s'était résolue à faire mettre des fausses fleurs sur le marbre. Elle les exécrait pourtant.

Comme les secours n'arrivent pas – mais d'où viennent-ils, putain, pour être aussi longs ? –, Alice poursuit l'exploration des affaires à la fois si familières et si lointaines, comme des cartons d'enfance oubliés au fin fond d'un grenier.

Dans le grand placard du salon, elle retrouve ses affaires de petite fille, les jeux de société passés de mode qu'elle n'a jamais récupérés, des magazines où les stars de ses douze ans prennent la pose, son échiquier électronique, des Compact Disc de chanteurs météores dont elle reprenait les refrains en chœur. Son Polaroid.

Mémé a tout conservé.

Près du carton, elle trouve encore une boîte à chaussures et, à l'intérieur, une pile de lettres. Parmi elles, il y a les cartes postales qu'Alice lui a adressées depuis ses séjours à droite à gauche, de plus en plus concises à mesure qu'elle grandissait, jusqu'à finir par ne plus rien raconter du tout. Elle les écrivait par principe, Mémé y tenait. Comme Alice n'est pas une fille de principe, les derniers temps, elle n'écrivait plus.

Et les autres courriers ? L'espace d'un instant, voilà Alice rassurée, d'accord, elle n'était plus là, mais d'autres avaient pris le relais, Mémé n'était pas seule. Mais sa gorge s'assèche lorsqu'elle prend conscience que l'unique écriture qu'elle devine sur les enveloppes, c'est celle de sa grand-mère.

Mémé s'écrivait à elle-même, se donnait des nouvelles du passé en joignant à ses écrits des photos instantanées prises au Polaroid. Le fameux. Des bouts de chez elle, des nuages depuis son balcon, la nouvelle portée de chatons dans les cartons, en bas, sur le terrain vague, dont elle raconte que ça miaule drôlement, les œillets et la verveine dans la jardinière, les pigeons qui construisent et abandonnent les nids, les informations à la télévision ou des pages de romans qu'elle est en train de lire.

Alice saisit le Polaroid et prend sa grand-mère en photo. Elle ignore la raison de son geste mais c'est plus fort qu'elle,

322

elle qui tire en permanence le portrait d'inconnus, pour une fois, c'est sa grand-mère qui est à l'honneur. Cette photo dont elle ne se séparera plus, c'est comme une punition qu'elle s'inflige, la mise à nu de ses manquements, son rappel à l'ordre.

C'est la dernière photo qu'Alice prend.

Les secours arrivent, mise en bière rapide en raison de la décomposition avancée du corps, c'est l'été mais Alice est gelée.

Ne reste plus que ce Polaroid pour se souvenir que sa grand-mère est morte de solitude. Glacée d'effroi à l'idée d'être de nouveau confrontée aux reproches qu'elle a lus dans les yeux des secouristes et du voisin, elle n'assiste pas aux funérailles. Au lieu de ça, elle balance au vide-ordures le bel appareil et l'objectif gigantesque qu'elle avait mis des mois à se payer.

Après, Alice perd l'envie et le contact, elle se fendille, se vide et se brise. *Exit* les potes, les fêtes, les boîtes de nuit, les voyages, *exit* les matchs d'improvisation, elle n'est plus assez concentrée, elle tourne en rond tendance morbide, ça plombe l'ambiance chaque fois. Le monde avait repris des couleurs, voilà qu'il ne tourne plus qu'en nuances de gris. Elle était entourée, la voilà seule. Elle courait, elle recule. Si elle sourit dès qu'on pose les yeux sur elle, c'est parce qu'elle ne sait pas faire autrement. Son sourire, c'est son armure, son système immunitaire.

Alice ne se pardonne pas, ça la mine, elle rêve souvent de Mémé, et Mémé meurt toujours à la fin. Elle ne parle à personne ni des lettres ni de la photo, la honte les claquemure en elle. Elle les ressort dès qu'elle est seule – et seule, elle l'est de plus en plus –, et s'enfonce dans les tréfonds de son trauma, le boulet de sa conscience enchaîné à sa cheville. Sa culpabilité a la forme de ces cafards qui pullulent et dépècent ses idées-papillons à l'agonie.

Il est des suicides discrets. Depuis deux ans, trois mois et six jours – puisqu'il est près de 4 heures du matin –, Alice s'assassine à petit feu.

Pendant qu'elle relatait l'affreuse découverte et la photographie dégoûtante, les yeux grands ouverts d'Alice ne distinguaient rien d'autre que le cadavre de Mémé. Marcel et Lucien avaient disparu derrière le rideau de ses pleurs feutrés.

Maintenant que la confession arrive à son terme, les larmes redoublent, les pleurs se déversent en flux continu. Ils lavent tout, diluent l'horreur, dissolvent la vision visqueuse dans un tourbillon, à la manière d'une chasse d'eau. Des larmes thérapeutiques.

Peu à peu, le magasin retrouve sa consistance, tout comme les contours du bottier et de Lucien. Alice est exténuée. La vidange est salutaire mais demande de l'énergie.

Le chien pète tout à coup, incursion insolite dans la douleur d'Alice qui ne peut réprimer un gloussement, entre deux larmes.

Ce vieux cabot est un pompier qui s'ignore.

45

— Je suis un monstre, chevrote Alice après plusieurs minutes. Je vous dégoûte… ?

Elle se tait. Elle respire fort.

L'orage, dehors, est passé.

Marcel tend sa main et étreint celle de la jeune femme qui s'échappe aussitôt. Mais Marcel s'accroche, il ne la lâchera pas. Dans sa paume resserrée, les doigts d'Alice sont fébriles. Marcel serre plus fort. Alors, peu à peu, ils se calment, cessent de lutter.

— Vous vous trompez, répond Marcel au bout d'un moment. Un monstre ne s'infligerait pas ça, un monstre avance sans se retourner, un monstre n'a pas de remords en stock… Vous saisissez ?

Un blanc. Puis :

— Oui, je crois.

— Si les remords nous dévorent, Alice, c'est parce qu'on a aimé.

— Ce n'est pas si simple.

Marcel baisse la tête. Sa belle assurance frisotte.

— Eh ben, soupire Alice. On ne peut pas dire que vous soyez très doué pour remonter le moral des troupes, vous…

Marcel secoue la tête, elle a raison, il fait un piètre consolateur. Alors il enfonce le clou dans l'espoir de lui arracher un sourire.

— À nous deux, on déprimerait un régiment de singes, pas vrai ?

Ça la fait rire, c'est toujours ça de gagné. Sans lâcher les doigts d'Alice, il attrape la boîte d'allumettes avec sa main restée libre. Dans l'autre, il sent les phalanges de la jeune femme se crisper. Tant pis, il tente :

— Dites, on n'y voit rien, ça fait mal à ma cataracte, ça vous ennuie si…

— Vous avez de la cataracte ?

— Oui, les jours de pluie.

— Je sais que l'humidité réveille les rhumatismes. Mais la cataracte… Vous vous moquez…

— Je ne me moque pas, je ruse pour rallumer les bougies, c'est différent. Mais tant pis, on laisse tomber la cataracte. Si je vous dis que le noir me donne de l'urticaire, ça passe mieux ?

— On dirait votre mère.

— C'est elle qui vient de me souffler cette phrase.

— N'importe quoi…

— Du coup, les bougies, je peux ?

Elle ne répond pas. Qui ne dit mot consent, il craque l'allumette. Et contemple sans parler, à la faveur de la flamme énergique, les traits brouillés, les cheveux aplatis et les cernes valises colorés d'orange.

— « Heureux soient les fêlés car ils laisseront passer la lumière », lâche-t-il.

— Nini ? demande Alice.

— Non, Audiard.

Silence. Il ne la quitte pas, ni des yeux, ni des mains, ni de sa bienveillance, il ne la quitte pas, c'est tout.

— Ne me regardez pas, je suis horrible, dit-elle en se détournant après plusieurs secondes.

— Je ne suis pas d'accord avec vous… Qu'est-ce que vous suggérez ?

— Comment ça ? Je ne comprends pas.

— Pour ce cliché qui s'incruste dans mon Formica… Vous comptez faire quoi ?

— Le remettre dans mon portefeuille.

— Et repartir comme en quarante ?

— Bah oui.

— C'est dommage, fait-il en bourrant sa pipe de tabac.

— Vous proposez quoi d'autre ?

— Je ne propose rien, c'est votre histoire, pas la mienne. Mais je constate qu'il y a deux bougies et que cette photo vous empoisonne.

— C'est ma grand-mère.

— Détrompez-vous. Cette photo n'a rien à voir avec votre grand-mère. Moi, j'ai entrevu dans vos mots une femme aimante, douce, triste d'avoir perdu son fils mais raccrochée aux wagons de sa vie grâce à une fillette. Ce n'est pas du tout ce que dit cette photo. Elle ne montre rien d'autre que vos propres sentiments à votre égard. Tout ce que je vois, c'est un abcès. Et les abcès, ça se perce.

Un regard vague, brouillé quand Alice susurre :

— J'aimerais qu'elle me pardonne.

— Je suis sûr que c'est fait depuis le début. Parce qu'elle était votre grand-mère et qu'elle a eu vingt ans avant vous. Reste l'essentiel : que vous vous pardonniez à vous-même.

— J'aurais dû être là.

— Ça n'aurait rien changé.

— J'aurais pu la sauver.

— Non, croyez-en mon expérience, quand l'heure est venue, l'heure est venue.

— J'aurais pu la sauver, répète-t-elle d'une intonation obstinée.

— Vous m'avez sauvé, moi.

Elle tique. Il se lève.

— Ne me laissez pas ! se rebiffe Alice, avant de mettre la main sur sa bouche comme pour s'excuser de cette supplication réflexe.

— Soyez tranquille, je ne suis pas loin, je vais juste sortir Lucien et fumer ma pipe.

— Il pleut et il est tard, en plus il doit faire un froid de canard, je peux y aller à votre place.

— Non merci, je ne suis pas impotent. Et prendre l'air me fera du bien.

Puis, il ajoute avec un clin d'œil :

— Vous savez bien que les vieilles personnes ont des manies.

Elle fait la moue et secoue la tête, vaincue.

— Vous êtes têtu.

— Comme un âne. Et plus que ça, même.

L'air de rien, avec un flegme de vieux roublard, il place sur la table une boîte métallique vide. Il flanque ensuite une pile électrique dans sa poche, quitte ses charentaises, enfile ses chaussures, sa veste et son chapeau, appelle son chien, sort par la porte vitrée dans un tintement désuet de carillon, referme derrière lui et marque une pause sur le perron.

L'homme tiré à quatre épingles regarde la lune immaculée et les cumulus flottant tout autour. Allume sa pipe tandis que Lucien renifle la crevasse d'un trottoir. On dirait bien que le volet du dessus ne bat plus. Le vent est tombé.

— Allez viens, mon chien, on avance un peu.

De grosses gouttes s'écrasent sur ses épaules et sur des canalisations inutiles. Des cascades dévalent des gouttières des immeubles murés. Une pagaille d'escargots bave sur les pavés et dans les nids-de-poule bourrés d'herbes folles.

Marcel pousse l'interrupteur de sa pile électrique. Aussitôt, la rue devient scène, le faisceau du projecteur s'amuse dans la fourrure de Lucien avant de serpenter entre les réverbères éteints. Pipe au bec, l'artisan s'égare un instant dans le ruban de lumière, la tête ailleurs.

Quand Marcel dépasse la fenêtre à barreaux de sa studette, la tête d'Alice surgit de l'encadrement, éclairée uniquement par la bougie qu'elle tient à hauteur de son oreille.

— Vous m'avez fait peur, s'insurge-t-il, la main sur le cœur.

— Je suis désolée. Mais je pensais à quelque chose.

— Allons bon.

— Je me demandais… Vous allez trouver ça bête, mais je voulais savoir, vous vous êtes pardonné, vous ?

Il réfléchit, songe à sa visite à Suzanne, à l'escargot de la tombe du type d'en face, aux fraises ou aux framboises qu'il plantera dans la jardinière aux beaux jours, à l'expresso sur la terrasse trempée, au bouquet sur la table, à l'ordre de son magasin. Puis il lâche, les lèvres serrées sur sa pipe :

— C'est en cours.

Comme elle hoche la tête, il précise :

— C'est tout récent…

Puis :

— Soyez mignonne, fermez la fenêtre. Les courants d'air ont tendance à rigidifier le cuir.

— Ah oui, désolée, vous avez raison.

Elle s'exécute avec un empressement de fillette. Marcel se pince les lèvres. Le cuir qui se rigidifie avec les courants d'air, n'importe quoi.

Il déambule encore un peu. Envisage Lucien, la queue et la patte en l'air. Regarde sa montre. Patiente.

— Hein, mon Lulu, c'est vrai quoi, c'est pas le tout de donner, faudra bien que la gamine s'autorise à recevoir.

Il aurait pu brûler la photographie à la place d'Alice, au moins guider sa main jusqu'à la flamme. Mais ça n'aurait pas eu le même impact. Le vrai sauveur ne vous contraint pas à traverser la rivière, il vous fournit les outils pour vous permettre de construire votre pont.

46

Alice retourne le cliché et contemple la mort. Elle chuchote dix fois de suite, comme un mantra : « C'est pas elle, ma grand-mère. » Son ventre se crispe. Comme sur le rocher des cascades.

Elle ferme les yeux, se concentre, convoque les plus belles images pour faire la nique aux cafards.

Son père se matérialise soudain à côté d'elle. Voilà longtemps qu'il n'était plus venu. Ou alors, elle ne le savait plus si proche.

« *Vas-y, princesse,* chuchote-t-il, *n'aie pas peur, tu as sauté des cascades, tu peux tout faire ! Ta main dans la mienne, c'est parti !* »

Elle sent la chaleur de ses doigts qui englobent les siens, sa force, l'odeur de son eau de toilette. Elle approche la photographie de la bougie, la chaleur irradie sa peau tandis que l'image s'embrase. Alice pose alors la photographie au creux de la boîte métallique, en notant, avec une pointe d'amusement ému, que ce satané bottier a décidément tout prévu.

Les flammèches pétillent, la mort se tord, les cafards dans sa tête se rebiffent, ça grouille comme pas possible, ça hurle même, Alice a chaud, Alice a froid, mais Alice tient bon et les papillons se défendent avec l'énergie du désespoir. Alice passe sa manche sur les larmes qui reviennent. L'heure n'est plus à l'apitoiement.

L'odeur du papier photo brûlé remplace peu à peu celle de la putréfaction. La mort crame, on dirait bien qu'elle cède.

Une minute plus tard, ne subsistent plus que des cendres rougeoyantes dans la nuit.

« *Je suis fier de toi, princesse.* »

Comme s'il attendait le bon moment, le carillon tintinnabule et Marcel réapparaît.

— Salut ! Quoi de neuf ?

Alice répond « Salut », éberluée par l'irruption soudaine de tant de gaieté débonnaire. Elle regarde l'artisan s'essuyer les pieds, retirer son chapeau, sa veste. La pipe dans sa bouche.

— Du nouveau en mon absence ? s'enquiert-il en essuyant les pattes de Lucien.

— Bof, un incendie.

— Tout est parti en fumée ?

— Tout.

Le regard de Marcel oblique vers la boîte fumante, entre les deux bougies.

— Et maintenant ?

Alice se mord la lèvre inférieure. Elle a une idée mais craint d'avoir l'air ridicule. Elle lève sur Marcel des yeux incertains tandis que le caniche vient mettre son museau sur ses cuisses dans l'espoir d'une caresse ou deux.

— Ce matin, j'ai vu une touffe de fleurs sous l'arbre. Je pourrais y disperser les cendres…

— Excellente idée ! s'écrie Marcel, heureux qu'elle ait remarqué les pétunias. Je remets mes chaussures !

— Non, ne vous embêtez pas, je peux y aller seule.

— Vous voulez y aller seule ?

— Non, admet-elle.

— Vos baskets sont trempées. Vous connaissez la maison maintenant que vous avez tout rangé. Je vous laisse prendre une paire qui vous plaît.

— Hum, c'est important, c'est pour une cérémonie. À votre avis, Nini aurait choisi lesquelles ?

Marcel marque un temps d'arrêt.

— Bougez pas, je vais vous trouver ça, lâche-t-il après une seconde.

Il prend sa lampe torche, fourrage sous le placard de l'arrière-boutique, grommelle en se tenant les reins et extirpe une boîte en carton.

— Celles-ci.

Alice plisse les paupières pour les discerner. Elle n'en revient pas.

— Ne me dites pas que…

— Si, ce sont les chaussures que ma mère portait lors de la dernière réunion du Club des Farfelus.

— Je ne peux pas, Marcel, elles sont si chargées en souvenirs…

— Justement, vous croyez qu'elles sont à ça près ?

— Mais la pluie ?

— Bof, elles en ont vu d'autres. Et puis, les chaussures, c'est comme les gens, si ça vit pas, ça sert à rien.

— Et la pointure ?

— C'est la même. Allez, Alice, ne faites pas tant de manières…

Alors qu'il les lui tend, Alice pivote, prend place sur le sofa, remonte l'ourlet de son pantalon et, dans la pénombre, montre son pied nu.

— Vous voulez bien m'aider ? Je risque de les abîmer…

— Je… oui… euh, bien sûr… évidemment…

Marcel s'agenouille à hauteur de ses mollets. Elle dépose sa cheville sur sa cuisse, pile à l'endroit où les milliers d'autres chevilles ont laissé leur empreinte.

— Je n'ai pas fait ça depuis… un bail… Je m'en voudrais de vous faire mal.

— Je ne suis pas en sucre, répond Alice. Et puis j'ai confiance en vous.

Elle sent le parchemin de ses mains sur son pied, les tremblements timides de ses doigts quand il effleure sa cheville, et l'assurance progressive de ses gestes au fur et à mesure que le processus avance. Il a la peau douce, des mouvements rassurants. Elle aurait peut-être succombé à son charme elle aussi, se dit-elle, si elle était née plus tôt, ou lui plus tard.

— Alors, vous vous sentez comment ? demande-t-il en se redressant.

Alice se met debout, sautille, gesticule comme pour un échauffement. Comme, croit-elle, Nini l'aurait fait.

— Parée pour la cérémonie, fait-elle en soufflant sur les bougies.

Armés de la lampe torche et d'une boîte pleine de cendres, la boulangère, le bottier et le chien se rendent auprès de la gerbe de pétunias, sous les branches nues du grand chêne. Ils escaladent les quelques gravats qui abîment les racines, Alice soutenant Marcel, Marcel soutenant Alice, Lucien veillant au grain, ni trop loin ni trop près. Des graviers dégringolent sous leurs semelles, les averses ont rendu la chaussée glissante.

Marcel souffle dans l'effort. Il peine mais ne lâche rien.

Une bouffée de reconnaissance envahit Alice. Elle pense au secret qu'elle garde au fond de son téléphone. Elle espère qu'il sera content.

— On y est, susurre Marcel.

— On y est, répète Alice en regardant la fenêtre où le pianiste a éteint la lumière.

Bizarre, ce pianiste. Alice n'est pas loin de croire qu'il est l'âme du musicien parti à la guerre et jamais revenu chercher Nini. D'autant que, à la place de sa fenêtre, Mémé apparaît maintenant au balcon, rajeunie, dans un halo de soleil qui n'éclaire qu'elle, assise sur une chaise pliable en toile, tricotant un caraco en fil blanc.

Dans son dos, le souffle de son père, l'odeur de son eau de toilette.

« *N'aie pas peur, ma princesse, les gens qu'on aime ne partent jamais loin.* »

Au moment où Alice ôte le couvercle de la boîte, un coup de vent malin agite les branches nues et traverse les cendres. Elles tournoient dans le faisceau de la pile électrique et retombent en pluie dorée sur les pétunias.

Mémé lui envoie un baiser. Avant de se volatiliser.

— La pluie s'est arrêtée, murmure Alice.

47

Lorsqu'ils rentrent, les ampoules clignotent. Le courant est en train de revenir, mieux vaut tard que jamais. À l'extérieur, le ciel bleuit et les oiseaux s'activent avec l'aurore. Marcel éteint les interrupteurs, on n'a pas besoin de lampes citron quand il fait jour.

Alice jette un œil dans la rue. Glisse que la lumière est magnifique. Soudain, elle saisit son smartphone, le brandit face à la porte vitrée, le soulève, l'abaisse, un bout de langue rose entre ses lèvres. Se met à genoux.

— Vous visez une cible ? raille Marcel.

— Un angle. Regardez…

Il avise, sur l'écran, la photo qu'elle vient de prendre. Le ciel y est coupé en deux. D'un côté, un bleu profond, de l'autre l'amorce d'une aube rose.

— C'est très beau, concède-t-il.

Un petit sourire se dépose sur les lèvres de la jeune fille.

— Quoi ? s'inquiète-t-il.

— Vous accepteriez de poser pour moi ?

— Pas question !

— Allez, Marcel, rien qu'une fois. Et si la photo ne vous plaît pas, je l'efface, promis.

— Vous avez vu la tête que j'ai…

— Je vous trouve très beau, moi.

— Ne dites pas de sottises.

— Je suis sérieuse.

Ses yeux noisette dans ses yeux azuréens. Tout ce qu'ils auraient pu vivre si l'existence les avait fait naître dans un autre espace-temps. *Stop, Marcel, reprends-toi, tu divagues.*

— Bon, bon. Et comment je suis censé me mettre ?

— Vous n'avez qu'à regarder devant vous.

— Comme ça ? fait-il, dubitatif, en prenant la pose. Elle pouffe.

— Relâchez vos épaules, vous avez l'air d'un archet.

Comme le gloussement d'Alice est une mélodie à son oreille, il force le trait à la manière d'un gamin facétieux. Elle lui donne des indications, attendez, tournez un peu plus à gauche, un peu moins. Il se prend au jeu, prend des poses grotesques d'empereur romain ou de cocker triste.

Et il rit. Comme tous les rires du monde, celui de Marcel implique plus de quatre cents muscles. Quatre cents muscles qu'il n'avait pas sentis bouger depuis au moins un siècle, il en a presque mal.

Le rire est une des premières choses que la solitude vous arrache quand elle s'installe.

Alice rit aussi. Et son rire à elle augmente l'amplitude du sien. Ils en pleurent, de ces postures ridicules. D'ailleurs, pendant qu'elle mitraille, il rit tellement qu'il doit s'asseoir.

Même Lucien s'en mêle : le caniche frétille maintenant aux pieds de son maître, inquiet de le voir en larmes. Il aboie. Et, plus il aboie, plus ils rient, c'est imparable. Parvenant à se hisser sur le sofa, le voilà qui cherche à lécher les larmes qui s'écoulent dans les sillons de la peau flétrie.

L'estomac de quatre-vingt-sept balais tolère mal les contractions qui mettent à mal ses habitudes de vieux machin. Marcel s'essuie les yeux sous ses lunettes, reprend son souffle, recouvre ses esprits, hoquetant sous les derniers soubresauts de l'hilarité. Il n'ose plus croiser le regard d'Alice. Le rire va reprendre de plus belle et on ne s'en sortira jamais.

— Je crois que c'est bon, annonce Alice en tournant l'appareil vers lui.

Marcel prend le téléphone. Le rire lui est passé.

— Alors, glapit-elle. Qu'est-ce que vous en dites ?

Silence.

— Ça ne vous plaît pas ? Je suis un peu rouillée, ça fait longtemps.

C'est fou. Ces yeux rieurs, cette expression de jubilation totale. Ils datent d'avant la cave de Soilly. Sur cette image, il a dix ans, gamin culotté qui s'esclaffe avec confiance. Cette fille a de l'or dans les yeux et dans les doigts.

— Vous êtes parvenue à capturer…

Elle lève sa main et le coupe d'un ton docte :

— Ah non, je n'ai rien capturé, j'ai immortalisé, nuance.

— C'est incroyable. Merci.

— C'est vous, Lucien et la lumière. Moi, j'ai juste appuyé sur un bouton.

— Dans ce cas, je dois dire que vous avez appuyé sur ce bouton avec un talent indéniable.

Elle reprend son téléphone, s'absorbe dans le cliché qui signe le retour de sa passion de portraitiste.

— Si vous êtes content, je le suis aussi…

Puis :

— Si j'en crois les infos sur Internet, la grève est sur le point d'être levée.

Il pense : *Dommage.* Il répond :

— Tant mieux.

— C'est une belle coïncidence, la pluie et la grève qui s'arrêtent en même temps, ajoute-t-elle en décochant une nouvelle œillade au-dehors.

— Je n'ai jamais cru aux coïncidences, lâche Marcel.

Il a le cœur gros, l'aventure est sur le point de se terminer. *Allez, Marcel, ressaisis-toi, les parenthèses n'ont pas vocation à s'éterniser. Prends ce qu'il y a à prendre, les deux pieds dans le présent, et pour le reste…*

— Un petit déjeuner au lever du soleil, ça vous tente ? demande-t-il pour chasser le spleen.

— Avec grand plaisir.

Alice a suggéré de sortir deux chaises sur le seuil, Marcel a rétorqué que s'asseoir par terre est encore dans ses cordes. Alors, pendant qu'elle revêtait ses vêtements secs, il a étalé une grande serviette sur la marche du perron, avant d'en doubler l'épaisseur parce que l'humidité pince les fesses.

Il frissonne mais avoir le cul mouillé n'est pas désagréable.

Tasse de chicorée fumante à la main, plaid sur les genoux, ils se tiennent côte à côte sans parler, le caniche hiératique entre eux. Perchée quelque part, une tourterelle roucoule tandis qu'un avion perce le ciel flamboyant.

— Il y a un garçon…, entame Alice en réprimant un bâillement.

— Un homme, vous voulez dire ?

— Un homme, oui.

— Et ?

— Il vient chaque jour à la boulangerie, il commande un café à la caisse, il s'installe sur un des mange-debout, il dessine et c'est tout.

— Il dessine quoi ?

— Moi…, murmure Alice en penchant sa tête sur l'épaule du bottier. Il est éboueur.

— Un éboueur-illustrateur, qui vient s'ajouter à une boulangère-photographe, une couturière-danseuse et un capitaine-poète.

— Et un bottier-conteur ?

— Et un bottier-conteur, répète-t-il. Comme quoi, on est toujours plus que ce qu'on donne à voir.

— Les plumes ne font pas l'oiseau…

Marcel approuve, heureux de constater que les mots écrits par Nini il y a plus de cinquante ans résonnent d'un bel écho.

Alice lutte pour ne pas s'endormir, Marcel sent sa respiration qui s'amenuise. Pauvre gamine fourbue, peut-être rêve-t-elle déjà.

Il pose sa tête sur celle de la jeune fille, légèrement, pour ne pas la déranger, et grattouille une oreille de Lucien. Le chien bâille et se blottit dans l'espace chaud de leurs cuisses.

Le temps se suspend une heure ou deux, assez longtemps pour que le jour enrobe la ville et que la lune accepte la défaite. Le sol est presque sec.

— Marcel ?

— Mmh ?

Alice se redresse tout à coup, extrait de sa poche un bout de papier sur lequel figurent une adresse et un numéro de téléphone. Il fronce ses sourcils.

— Ce sont les coordonnés de Capucine. Je me suis dit que vous seriez content de les avoir.

Les lèvres de Marcel tremblent, ses doigts aussi, le bout de papier gondolé d'humidité se tord sous ses doigts.

— Comment avez-vous… ?

— C'était facile grâce aux réseaux sociaux, je n'ai eu qu'à taper « Capucine Dambre » dans la barre de recherche.

— Mais… son nom… c'est peut-être un homonyme, bafouille Marcel qui ne comprend rien à ces histoires d'Internet.

— Alors ça, ça m'étonnerait.

En guise d'explication, elle pénètre dans la boutique et en ressort avec son sac d'où elle extirpe son téléphone. Elle pianote dessus une seconde en se rasseyant. Tourne l'écran vers Marcel.

Il porte la main à sa bouche, interdit, alors que son cœur manque un battement. Capucine possède les yeux vairons de Denise, son arrière-grand-mère.

La stupeur étrangle Marcel, il contemple Capucine, cette petite-fille qu'il s'était résigné à ne jamais retrouver, cette Nini en jean-baskets, l'inébranlable cycle de la vie, le prodige de la technologie, aussi, qui rend envisageables d'improbables retrouvailles et l'espoir d'une seconde chance.

De son temps, les gens se dispersaient comme des grains de poussière sur la route, on se perdait de vue et, à moins d'une annonce dans le journal ou d'une rencontre fortuite, c'était fichu. Comme quoi, la modernité a du bon, en fin de compte…

— Elle tient un magasin de vêtements dans un petit village au bord de la mer…

— Un magasin de vêtements…, réverbère Marcel.

Alice regarde l'heure, le soleil déjà haut dans le ciel, caresse la truffe de Lucien qui, aussitôt, lui lèche la joue. Elle fronce le nez sous l'attaque moelleuse et chaude en pouffant. Puis elle se lève et annonce :

— Je dois aller travailler.

— Évidemment.

Elle hausse les bras, elle ne sait pas comment dire merci, comment dire au revoir, comment ne pas abîmer le départ en prenant congé n'importe comment.

— Voilà, dit-elle.

Marcel se relève à son tour, lui fait face, immobile, bras ballants, grattant le béton avec le bout de sa chaussure, maladroit à la manière d'un jeune homme gorgé de timidité devant sa première conquête.

Alice s'approche de lui, se hisse sur la pointe des pieds, s'appuie sur son avant-bras et dépose un baiser sur sa joue, au coin des lèvres.

— C'était…

— Bien, coupe-t-elle en souriant. C'était bien.

— Oui, c'est ça, c'était bien.

Il la regarde s'éloigner dans la rue du Rendez-Vous et repartir à ses heures, à sa boulangerie, à sa vie.

Avec ses poignets de poulet, ses cuisses de grenouille, sa frimousse de gosse perdue, sa tendresse et sa confiance, elle lui a redonné le goût. De danser, de rire, de respirer, d'aimer. Peut-elle imaginer combien, désormais, il loue l'existence qu'il a connue ? Combien, grâce à elle, il bénit le temps qui lui reste ?

Marcel a compris qu'il a aimé et que ce fut une chance.

Ça y est, Alice est sur le point de dépasser la barrière, elle va tourner à l'angle.

Il aimerait qu'elle se retourne.

Elle se retourne, en lui adressant un signe joyeux qu'il ne peut que deviner, et s'évapore comme elle est arrivée.

— Allez viens, mon chien, on rentre.

48

Alice retourne à sa vie, donc. Elle avance en direction de la boulangerie, la caresse du matin sur sa peau, encore engourdie de sa rencontre avec le vieux bottier.

Le ciel est nettoyé, le soleil perché, les rues animées, les bouches de métro ouvertes, les bus bondés, la circulation dense, les taxis râleurs, les camions de livraison imposants, les commerçants bavards. Autour des bistrots, ça sent bon le café.

Alice ralentit. Inspire l'air de la ville. Des gamins courent avec leur cartable sur le dos, des pigeons se balancent sur des câbles électriques, des clémentines colonisent l'étal du maraîcher, une concierge fredonne un vieux tube en balayant, un chien urine placidement sur un tas de feuilles.

Alice envisage les monuments, la Seine au milieu, les bouquinistes et leur stand vert bouteille, les fontaines Wallace, les façades haussmanniennes, les bancs publics. Elle envisage les visages. Les gens qu'elles croisent sont beaux, chacun à sa manière.

Beau, le visage expérimenté de cet ouvrier du chantier qui fume, jambes ballantes sur l'échafaudage, casque antibruit sur les oreilles. Beau, le visage concentré de cette jeune femme à lunettes qui lit sous l'Abribus. Beaux, le visage radieux de ce papa qui court après le vélo de son jeune fils, les traits fardés de cette vieille dame attablée à la terrasse d'un bistrot modeste devant un verre de vin.

Beau, le visage bruni de ce vendeur de tissus orientaux, parmi toutes ces couleurs chatoyantes.

Beaux. Les inconnus, Parisiens de passage ou de toujours, dont les yeux, les commissures des lèvres, les rides sur le front, les formes des doigts racontent tant d'histoires à celui qui prend le temps de voir.

Alice saisit son appareil. Elle sent, elle ressent plutôt, l'impérieuse nécessité d'immortaliser tous ces moments. Avec parcimonie d'abord, puis, de plus en plus, elle prend des photos. Portraits maladroits, mal cadrés, portraits pressés, en coin, en biais, en catimini, boulimiques. Elle rattrape le temps perdu, avide.

À proximité de la rue de la boulangerie Patach', là où se tient le marché hebdomadaire, elle distingue un air d'accordéon, pointillé d'une voix de mégaphone. Intriguée, elle se coule au milieu des camelots et découvre un attroupement au bout de l'allée, sur la petite place. Noué à un réverbère flotte un drapeau aux couleurs d'un syndicat. Juste en dessous, entre le Lavomatique et le kiosque de presse, une planche et deux tréteaux tiennent lieu de table où s'amoncellent des gobelets, des Thermos et des miniviennoiseries. Deux femmes assurent le service en se dandinant gaiement. Un homme portant un dossard invite les curieux à approcher en scandant des slogans dans son porte-voix tandis que l'accordéoniste et son brassard chaloupent devant un micro.

Les enceintes accrochées près du drapeau crachotent des « On continue le combat » ; « La démission ou rien ! » ; « Tu ne nous auras pas ! » ; « Marche ou crève, pas pour nous ! », au rythme de la musique.

Il s'agit d'un bal improvisé par une organisation syndicale. Une occupation joyeuse, comme on dit aujourd'hui.

Surpris sur leur trajet ou dans leurs courses, les gens échangent des regards interloqués, des gamins tirent la main de leurs parents, la foule se densifie.

Voilà que trois couples téméraires se forment pour le plus grand plaisir de l'accordéoniste dont le visage s'éclaire d'un large sourire. Il tape du pied, dodeline de la tête, le charcutier invite la bouchère, le libraire se trémousse n'importe comment, l'institutrice danse avec la fromagère, un homme en costume fait tourner la serveuse d'un troquet, un bambin avec sa grand-mère.

Et plus ça danse, plus ça attire de monde, les nouveaux couples s'ajoutent aux premiers, ça s'entrechoque, la place manque, les curieux reculent.

Alice arme son smartphone. Mitraille. De loin d'abord, puis de plus près, pour mieux capter la lumière sur les visages.

Tandis qu'elle bombarde la foule, des vêtements couleur pomme granny attirent son attention. L'éboueur-dessinateur se tient à quelques mètres, adossé à un poteau, en première ligne des spectateurs, un calepin dans la main.

Lui aussi l'a vue. Il la salue d'un signe de tête timide.

D'un geste du menton, elle désigne son téléphone, c'est un réflexe, une sorte d'excuse suspendue, vous voyez, je ne suis là que pour les photos. Pour montrer qu'il a compris, il dégaine son crayon.

Elle sourit, il sourit, elle se mord l'intérieur de la joue, il tord sa bouche. Elle contourne la foule, lui aussi, ils vont se rejoindre, aimantés. Alors qu'ils ne sont plus très loin, ils ralentissent, un zeste de trouille dans le ventre, un soupçon de délicieuse angoisse au cœur.

Mais voilà qu'une ronde s'improvise et que la poigne vigoureuse d'une femme en tailleur happe l'homme qui décoche à Alice des signes d'impuissance. La ronde tourne de plus en plus vite, il manque de perdre l'équilibre. Alice rit derrière sa main. Elle ne le lâche pas des yeux, lui non plus, ils s'envoient des mimiques qui, pour le commun des mortels, ne veulent pas dire grand-chose. Mais pour eux, si.

Quand, au tour suivant, il tend le bras, elle se laisse embringuer.

Elle s'appelle Alice Beausoleil, il s'appelle Avril Diakité, de l'addition de son prénom à lui et de son nom à elle résulte un chouïa de printemps.

49

Voilà qui a tout d'une fin commode. Débuter par un bal de l'été 1929, terminer sur une guinguette improvisée, boucler la boucle sur un air d'accordéon. À l'image de nos deux protagonistes dont l'histoire est celle d'une double rédemption : Marcel a sauvé Alice, Alice a sauvé Marcel, deux cœurs menacés de ruine se sont offert mutuellement un début de guérison. Par le truchement d'une rencontre fortuite, chacun voit désormais ce qu'il ne discernait plus : les couleurs pour Alice, l'horizon pour Marcel, ce qui donne, vous en conviendrez, quelque chose qui ressemble à un arc-en-ciel. Ce n'est tout de même pas rien, une cicatrisation.

Aucun d'eux n'a jugé l'autre, ce qui leur a permis de jeter sur les failles de leur histoire un nouveau regard, empreint de bienveillance. Bien sûr, cela ne ramènera ni la grand-mère d'Alice ni l'épouse de Marcel, seuls les fous, les romanciers ou les amnésiques possèdent le pouvoir de ressusciter les morts et de remodeler le passé.

Oh ! ne faites pas cette tête, je vous vois venir, vous allez m'opposer qu'il subsiste des questions et que si, dans la réalité, on se résigne à ne pas tout savoir, rien n'est plus désagréable dans un livre.

Alors, Marcel a-t-il oui ou non pris contact avec Capucine ? Rien n'est moins sûr : n'a-t-il pas tout un tas de raisons valables de se contenter de savoir qu'elle est le portrait craché de Nini et que son passé ne mourra pas, puisque sa petite-fille, bien en vie et pour longtemps, le porte en elle ? Ne pardonneriez-vous pas à un vieil homme cette agréable lâcheté qui consiste à se satisfaire de ce que l'on a et de ce que l'on sait ?

Qu'adviendra-t-il de la rue du Rendez-Vous ? La boutique du bottier sera-t-elle sauvée *in extremis ?* Parviendra-t-on à stopper l'avancée des bulldozers et l'explosion de la dynamite ? On aimerait, n'est-ce pas ? Et qu'adviendra-t-il d'Alice et d'Avril ? Les détails leur appartiennent et j'ai confiance en votre imagination, vous me pardonnerez donc de ne vous fournir que des fragments.

Par exemple, je n'évoquerai que le bouquet de fleurs tropicales et chatoyantes qu'Avril apporte à la boulangerie et qu'Alice embarque à qui mieux mieux dans ses deux métros, son RER et ses deux bus. J'effleurerai, sans m'y appesantir, les heures qu'il passe à la dessiner et les heures qu'elle passe à poser, les heures qu'elle consacre à le photographier et lui à jouer les modèles, les heures qu'ils passent à s'apprendre, à se comprendre, ce dîner dans une pizzeria, la vie qu'ils s'y racontent et le baiser effarouché qu'ils échangent à la lueur d'un réverbère, sur un des bancs publics de la rue Mouffetard qui a vu tant d'amoureux transis se succéder.

Il m'est en revanche nécessaire de préciser qu'Alice a préparé un tirage papier de la photo qu'elle a prise de Marcel lors de cette fameuse aurore, qu'elle est plutôt fière du résultat, qu'elle a mis le précieux cliché dans une enveloppe et que, par un bel après-midi de début décembre, assise derrière Avril sur le scooter de ce dernier, ses bras fermement cerclés autour de sa taille, un casque trop grand qui rebondit sur sa tête, elle se rend chez Marcel, le cœur en fête de revoir le vieux bottier.

Comme le scooter ne peut pas aller au-delà de la balustrade, Avril pose un pied par terre et attend la jeune femme qui arpente, seule, les derniers mètres. Le cœur battant.

Le cœur qui tombe dans ses chaussettes quand elle constate que des planches de bois obstruent la vitrine. Elle toque à la grille de Marcel Dambre. Personne.

Elle appelle doucement, comme si elle craignait de le réveiller :

— Marcel ?

Personne.

Rebelote. Elle hèle cette fois :

— Marcel, Marcel !

Toujours personne.

— Lucien !

Non plus. Évidemment, le pire lui traverse l'esprit, Alice n'est pas encore vaccinée contre les idées noires, elle n'est qu'en rééducation, le chemin de la retape est long.

Elle décoche une œillade remplie d'espoir vers le troisième en face. Les volets sont clos. Elle ramasse des graviers qu'elle veut balancer contre la fenêtre du musicien, avant de renoncer. Elle se raisonne : Marcel est peut-être parti bavarder avec Suzanne au cimetière, ou chez le médecin, ou faire des courses, ou boire un café à la terrasse d'un bistrot, ou traîner du côté de la « grotte ». Ou n'importe quoi d'autre, c'est Paris, et les possibilités ne manquent pas.

— Ce n'est pas grave, dit Avril lorsqu'elle et sa mine désappointée regagnent le scooter, on reviendra demain.

Le lendemain, re-scooter, re-bras autour de la taille d'Avril, re-soleil sur le casque trop grand. Mais ni Marcel, ni Lucien, ni musicien.

Surlendemain itou. Et ainsi de suite pendant deux semaines, dès qu'ils terminent leur travail, de jour comme de nuit. Il semble ne plus y avoir une once d'humanité rue du Rendez-Vous. Rien que des façades écorchées et des bâtiments de guingois. Et une touffe de pétunias rabougris.

La jeune femme envisage le morceau de l'enseigne en bois croqué par les années et éclairé par la lune, les contours de la pancarte indiquant que le magasin est fermé. Sans l'enveloppe qu'elle tient dans la main, Alice serait sûre d'avoir rêvé sa rencontre avec Marcel.

Tant pis, elle se résout avec tristesse à balancer l'enveloppe dans la fente réservée au courrier, qui se referme dans un bruit métallique. Elle appose ensuite ses mains en cornet pour distinguer l'intérieur plongé dans la pénombre. Elle n'aperçoit que son enveloppe sur le parquet, perdue au milieu d'un tas de publicités, dont un bristol de la Société protectrice des animaux…

Elle n'a quand même pas imaginé tout ça, si ? Elle n'a pas pu rêver Marcel, Lucien, les chaussures de Nini ? Il y a son image dans son portable, un vieillard qui se marre comme un gosse de dix ans, ça ne s'invente pas.

La vie continue et Alice renonce à ses visites, la mort dans l'âme, observant de temps à autre la photo du vieil homme sur son téléphone ainsi que toutes celles des visages qu'elle ne cesse d'immortaliser depuis, le cœur gonflé d'espoir que Marcel soit heureux, où qu'il se trouve.

Janvier, février, l'hiver butine les avenues, Paris est joli sous la neige, on a monté et démonté les décorations de Noël, des gosses font de la luge sur des sacs-poubelle à Montmartre, les bistrots servent des chocolats chauds à tire-larigot, des vendeurs à la sauvette proposent des épis de maïs cuits sur des barils rouillés aux bouches de métro et des stands de crêpes embaument le Pont-Neuf.

Ce jour-là comme presque tous les autres, Alice travaille chez Patach'. Dans la boulangerie flottent des effluves de beurre cuit et de pain chaud. Tout à l'heure, Avril viendra la chercher, ils iront ensemble patiner sur la place de l'Hôtel de Ville. En attendant, la jeune femme garnit le rayon des pains au chocolat tout en encaissant la baguette Tradition de la pharmacienne.

Quand, tout à coup, débarque un coursier. Courtaud, figure rougie par le froid. Il porte un carton et une veste à l'effigie de son entreprise.

Il compulse le formulaire scotché sur le colis.

— C'est pour « Alice », claironne-t-il.

— C'est moi, répond-elle, surprise, en levant l'index à la manière d'une élève qui n'a pas l'habitude d'être interrogée.

— Signez là.

Elle essuie ses mains sur son tablier, s'exécute. Frémit à la lecture du nom de l'expéditeur. Se réfugie dans l'arrière-boutique pour prendre connaissance du contenu du colis.

Tremble un peu, d'excitation, de réassurance. De peur.

À l'intérieur du carton, emballée dans du papier bulle, une boîte en bois noir qui a dû être laqué, il y a long-temps. Quand Alice l'ouvre, une ballerine en tutu jaillit, le mécanisme s'enclenche, *La Lettre à Élise* résonne.

Nini…

La jeune femme déglutit, sidérée de voir la mémoire de Marcel prendre forme entre ses mains.

À l'intérieur, une carte postale. Un bord de mer.

« Et qu'est-ce que j'irais foutre au bord de la mer ? Écouter l'océan dans des coquillages ? Ils en vendent plein la butte Montmartre, ces cons-là ! »

Alice sourit. À cause du bonheur que lui procure ce souvenir.

J'ai trouvé votre photo en revenant faire du tri avec Capucine pour mon déménagement. Elle est dans ma nouvelle chambre avec vue sur la côte.

Heureusement pour moi, l'adresse de votre boulan-gerie était inscrite sur un sac que vous avez laissé.

Je vous souhaite d'être heureuse, chère Alice. Je ne m'en fais pas trop, je sais que vous et moi sommes bien partis pour.

Avec toute mon amitié et mon bon souvenir,

Marcel

PS : envoyez-moi vos « immortelles » de temps en temps, ça me fera plaisir. Qui sait, peut-être aurons-nous la chance de nous revoir lors d'une de vos expositions.

Il y a une lettre aussi.

Alice,

J'espère que ce colis vous parviendra. Je n'ai, pour vous joindre, que l'adresse inscrite sur le sac que mon grand-père gardait près de lui et auquel il fait référence dans la carte postale qu'il n'a malheureusement pas eu le temps de vous envoyer, tout comme la boîte à musique qu'il vous destinait.

Je ne connais pas exactement la teneur du lien qui vous reliait. Mais je sais, ou du moins ai-je cru le deviner entre les lignes, que c'est à vous que nous devons nos retrouvailles.

Après plus de trois mois passés à mes côtés, il s'est éteint paisiblement dans sa chambre, ma main dans la sienne, son chien couché sur ses pieds. Tranquillisez-vous, c'est allé très vite, sans souffrance, juste un grand coup de fatigue qu'il sentait être la fin. Lucien l'a suivi le lendemain, presque à la même heure. Pour lui aussi, c'est arrivé de façon sereine, il s'est couché, et voilà tout.

Au moment de quitter ce monde, mon grand-père n'a émis qu'une seule dernière volonté et elle vous concernait : il tenait à ce que vous sachiez qu'il est parti heureux et, surtout, entouré. Il a beaucoup insisté sur ce dernier mot, il disait que vous comprendriez ce qu'il entendait par là.

À titre personnel, je voulais vous remercier. Sans vous, nous serions passés à côté l'un de l'autre. Même si nous avons cheminé ensemble le temps d'un voyage trop court, cela valait la peine : j'ai savouré chaque instant. Ce n'est pas terminé d'ailleurs, je sens sa présence si souvent. Je ne suis pourtant pas du genre mystique mais il y a des signes qui ne trompent pas.

Si le cœur vous en dit, et si votre emploi du temps vous le permet, j'aimerais avoir la joie de faire votre rencontre un de ces jours.

Avec toute ma gratitude,

Capucine

Alice est triste. Et elle est heureuse.

Elle espère que l'adresse de Capucine est lisible. Pour lui répondre.

Elle l'est. C'est écrit :

Mademoiselle Cupucine Dambre
Rue du Départ
76980 Veules-les-Roses

Elle observe la petite danseuse qui funambulise sous le soleil.

« Clic. » Photo.

50

Nous arrivons cette fois au bout de notre voyage.

Les fondations de l'atelier de chaussures ont plié sous l'attaque des excavateurs et l'immeuble du pianiste est en ruine. Depuis une semaine, les tractopelles ont commencé à déblayer le terrain pour préparer la suite, puisque plus rien ne s'oppose au projet de la large voie piétonne bordée d'arbres.

Ce dont je me réjouis, vous n'avez pas idée. Je commençais à trouver le temps long.

Il arrive régulièrement que les ouvriers sectionnent par inadvertance l'extrémité d'une de mes racines ou écrasent une de mes boutures. Je le leur pardonne volontiers. Croyez-moi, en deux cents ans, le chêne que je suis en a vu d'autres.

Parfois, je me demande comment j'ai pu passer entre les gouttes. La vie s'écoule et je reste là, indéboulonnable. Même moi, ça me questionne.

Mais enfin, je serais mal avisé de m'en plaindre.

J'ai entendu dire que les travaux seront terminés d'ici trois ans. Il y aura des locaux commerciaux, une école, des logements, et tout recommencera, des enfants coinceront des ballons dans mes branches, des adolescents graveront leurs initiales sur mon tronc, se jureront sous mes feuilles des serments qu'ils ne tiendront peut-être pas. Des vieux nourriront des piafs, il y aura des jardinières aux fenêtres, des musiciens dans la rue, de l'orage et du ciel bleu, de nouvelles grèves et d'autres batailles, des querelles de voisinage et des bals pour se rabibocher, des odeurs de graillon et des coupures d'électricité, des anciens pour préférer avant, des jeunes pour se hâter d'être après.

Il se trouvera bien quelqu'un pour enterrer un objet ou deux dans le mètre carré et demi de terre qui me nourrit et quelqu'un pour le récupérer, des années plus tard. Des pétunias pour pousser là et me tenir compagnie.

Le cycle ne s'arrête jamais. Nous repoussons toujours. Comme on peut, mais toujours.

Remerciements

J'aimerais adresser un bouquet de mercis.

À Jean-Luc, apôtre de la joie de vivre et de la douceur, grand professeur des bonheurs simples, de la convivialité et du partage, pour m'avoir appris que la vie est plus lumineuse quand elle est tournée vers les autres.

À Minou, à Lili, pour leur soutien indéfectible, leurs encouragements et leur prodigieuse tendance à rêver en toutes circonstances.

À ma grand-mère, dont les souvenirs personnels émaillent ce texte et lui apportent du corps. Sa mémoire, incroyablement précise, a donné un sacré coup de main à mon imagination.

À Lilas Seewald, mon agente et amie, pour sa confiance, sa bienveillance, sa patience à toute épreuve, son œil de lynx et son improbable capacité à comprendre ce que j'essaie de dire même quand ce n'est pas très clair pour moi. Elle est la preuve que les anges gardiens existent bel et bien.

À Pauline Ferney et aux Éditions Plon d'avoir cru en ce texte au point de décider qu'il devait vivre.

À la rue du Rendez-Vous, la vraie, située dans le 12ᵉ arrondissement de Paris, pour m'avoir prêté son si joli nom. Elle ne ressemble en rien à mon décor, ses couleurs et ses formes ont été allègrement modifiées. C'est que la fiction a pris le dessus. J'espère que l'artère parisienne ne m'en voudra pas de l'avoir un peu distordue, voire carrément malmenée.

À la boulangerie Patach', de Levallois-Perret, qui appartenait à mon oncle et dans laquelle je travaillais quand j'étais étudiante. À mon oncle, justement, qui a accepté d'embaucher une novice, à la patience des clients qui ne m'ont jamais reproché de rater leurs paquets montés (il y avait pourtant de quoi être consterné), aux rires qui résonnaient entre les éclairs et les religieuses, à cette fabuleuse odeur de pain chaud et à ces bonbons que je mangeais en cachette derrière le comptoir.

À Paris que j'aime tant et qui me le rend bien.

À Mistinguett, Lucienne Boyer, Damia, Fréhel, Berthe Sylva, Charles Trenet et tous ces autres chanteurs qui m'ont permis de voyager dans le temps durant l'écriture.

Aux libraires, blogueurs, organisateurs de salon, que je ne nomme pas parce qu'ils sont trop nombreux et que je crains d'en oublier malgré moi. Leur enthousiasme jamais démenti me porte depuis plusieurs années. Ils sont un cadeau inestimable.

Et à vous, chers lecteurs, qui avez accepté de vous laisser embarquer dans cette histoire, quitte à vous étourdir au son d'un accordéon et à boire un verre d'eau de pluie.

Merci !

Composé et édité par HarperCollins France.

Imprimé en avril 2022
par CPI Black Print (Barcelone)
en utilisant 100% d'électricité renouvelable.
Dépôt légal : mai 2022.

MIXTE
Papier issu de
sources responsables
FSC
FOO* 0158065

Pour limiter l'empreinte environnementale
de ses livres, HarperCollins France s'engage
à n'utiliser que du papier fabriqué à partir de
bois provenant de forêts gérées durablement
et de manière responsable.

Imprimé en Espagne.